接受美学与中小学文学教育

经典翻译文学与中小学语文教育

张心科◎著

华东师范大学出版社

丛书总序

2007年,心科来到北京师范大学攻读博士学位。其实,早在2005年,他就已经出版学术专著《接受美学与中学文学教育》,其中的很多篇章在那以前就以单篇论文的形式面世,受到了一些学者和一线教师的重视。到北师大后,心科一头扎进了师大图书馆的书库,因为这里有全国首屈一指的历代教科书馆藏,清末民国的部分尤其蔚为大观。如今回想起来,心科在读博的这些年里,和这些教科书打交道的时间恐怕要远多于和我这个导师打交道的时间。

心科的勤奋很快得到了回报。2011年,心科的博士论文经过打磨后以《清末民国儿童文学教育发展史论》为名在北京师范大学出版社出版。书甫一出版,便得到诸多儿童文学和教育学专家的好评。更多的读者知道心科,多半也有赖于这本书。事实上,当初在审定他的博士论文原稿时,很多专家都已经预见到了,这份博士论文材料翔实、考辨精审、视野开阔,出版之后势必成为后来人绕不开的一部作品。如果读者朋友尚未读到心科的那本书,我倒是很建议您找来翻一翻,看看一篇优秀的博士论文能将史料挖掘到何种程度。

不过,勤奋是学者的本分,但一个好的学者从来不能够只骄傲于自己的勤奋。史料好比砖块,即便贪婪地占有了满地的砖,但如果不经过独具匠心的层层拼搭,依然造就不出宏伟的建筑。博士论文完成之后,心科最迫切的问题,就是要从他极为熟稔的大量史料之中,抽绎出一些更具学术旨趣的线索,进行一些更有学术深度的反思。

毕业之后，心科来到华东师范大学任教。相隔京沪两地之后，除了一些学术会议的机缘之外，我和心科见面的次数并不算多。但是，心科写成的论文越来越多地出现在各类颇具影响力的学术刊物上。我基本上都会在第一时间读完心科的论文，关注他在更多领域进行的各类研究。我明显感觉到，心科在深入爬梳史料的同时，还在进行一些更艰难的探索性学术工作。

今天，他将自己这些年来的部分成果汇为这套五卷本的"接受美学与中小学文学教育"丛书，使更多的读者可以借此综览他这些年来在这一领域付出的努力和结出的果实。对此，我感到由衷的高兴。

首先值得一提的是这本再版的《接受美学与中学文学教育》。如前所述，这本书初版于十多年前，但今天读来并无陈旧的感觉。在某种程度上，这本书也是这套丛书的灵魂所在。接受美学是德国人开创出来的文学理论流派，如同心科在书里所言，这套理论极大地扭转了我们关注的重心。过去是"知人论世"，想要把握作家在创作时的"原意"；后来变为了"以意逆志"，要从文本细读中挖掘出深刻的意味；而到了接受美学这里，关注的目光投向了"读者"。确实如德国学者所注意到的那样，任何一部作品，倘若不经过读者的阅读，就无异于沉默在纸张上的油墨符号。不过，不同的读者是带着不同的审美眼光和阅读期待在阅读一部作品的，这就给文学作品的阐释留出了巨大的空间和难以准确估量的多样性。在某种意义上，可以说，我们过去的阅读教学，很像是"作家论"和"文本论"强扭在一起的结合，而要让"接受美学"顺利地被语文教学界"接受"，似乎还有很长的路要走。正如心科当时就认识到的那样，接受美学的背后，要牵动教学目标的设定、教材的编写、教学过程模式的调整以及考评方式的变化，可谓错综复杂。近些年来的语文课程改革实践在一定程度上和心科当初的设想是一致的，读者朋友如果仔细读读心科的这本书，会对这些年的语文课程改革工作背后的学术理念有更多的理解。

《经典课文多重阐释》则是一部典型的、贯彻了"史论结合"这一原则的著作。以接受美学为理论基础，心科用丰富的教科书史料呈现了一些经典课文在不同时代教材编选者眼中呈现出的不同面貌。一个很简单但又常常被人们所忽视的道理是，即便是同一篇作品，也会因为时代的流转变迁而在读者那里呈现出不同的面貌，甚至对它的褒贬都可能会发生剧烈的变化。譬如，这本书里谈及白居易《卖炭翁》的一章就颇给人以启发。在今天，《卖炭翁》固然被视作白居易"新乐府"中的名篇，但在晚清民初，这首诗却一直未能被选入教材。晚清颁定的《奏定学堂章程》偏重"经"和"文"，"诗"的部分明显不受重视。及至民国初年，"诗"在教材中的比重稍有抬头，但白居易却是以"嘲风月，弄花草"的《画竹歌》等诗作入选。心科敏锐地发现,这背后有一个俗雅的转换问题。在当时人看来,教材诗文的选择务求"清真雅正",这四个字的背后其实还是所谓文言与白话、雅与俗的理念对峙。白居易是大诗人,教材里不选说不过去,那么对当时人而言,要选也应当选择其文辞雅驯之作。在心科看来,要到1917年,胡适的《文学改良刍议》和陈独秀的《文学革命论》分别发表后,教材编选的标准才发生了根本性的变化:俗文学,又或者说,白话文学,开始登上了大雅之堂。尤其在推翻文言文的绝对正统地位之后,为了创造新文学,胡适等人创造性地利用传统资源,将《新乐府》理解作"很好的短篇小说"搬了出来。1919年,戴季陶将白居易的文学评价为"平民的、写实的、现代的",这几乎就像是在说,《卖炭翁》是唐人白居易比照着近人胡适《文学改良刍议》的标准写出来的。随着这种雅俗认识的变化,1920年,《卖炭翁》的篇名才开始出现在了教科书中,并且逐渐和我们今天对白居易的普遍认知靠拢了。对《卖炭翁》命运的这一认识,是不可能完全从陈旧的教科书里窥得的,心科还需要对当时整体社会氛围和学术思潮的变迁有敏锐的洞察才能够捕捉到。我认为,这些地方就是心科的创见所在。

任何一个读者在阅读《经典课文多重阐释》一书时都会感觉到,为了阐明教材编写者在选编《卖炭翁》等知名选文时的考量,心科需要综合考察整套教材的"序言"、"编辑大意"、选文所在单元的结构安排、课后的"指点、发问"等,并且时时和课堂外的社会氛围、历史发展进程、学术史上的一些公案进行对话。我几乎可以想象,心科一定是一边在图书馆里反复琢磨着整套教材,玩味其中旨趣,一边写下这些论文的。扎实的史料功夫和敏锐的思考合于一处,才能推动心科的研究。

《近代文学与语文教育互动》与前一本书当属姊妹篇,但似乎又要更精巧一些。心科在这本书里只选取了九篇(部)大家耳熟能详的作品,考察它们在清末民国教科书中的呈现,但是每篇(部)其实都指向了某一类特定的文体、语体、题材抑或主题,讨论一个甚至两三个语文教育的重大问题,乃是一种以小窥大、见微知著的写法。心科自己最看重这一本。

其实我更希望读者朋友们关注的,是心科为这本书所写的前言。这篇前言比心科别处的文字都多了一些"夫子自道"的意味。心科想要追求的不是一些故弄玄虚的"上位",而是一种更扎实,但同时又更精巧的"方法":"绣女绣了一幅织锦,木匠造了一个小亭,除了要绣得美、造得巧可供人观赏、歇息外,如果再告诉别人这么做的目的,并示人以自己所用的'金针'和'规矩',也许更有价值。"这种宗旨其实贯穿在《近代文学与语文教育互动》的整个写作过程之中,盼望读者朋友能够仔细体察。

在这方面,我倒是很愿意提及一本对我们语文教育圈子刺激不小的日本学者的著述，那就是东京大学藤井省三教授的《鲁迅〈故乡〉阅读史》。这本书的日文版是1997年出版的，2002年就被译为了中文出版，2013年又再版了，可见来自读者的反馈是不错的。藤井省三的书开创了一种研究"范式"，用一篇课文，以及围绕在这篇课文周边的讲解、习题、问答等阅读史材料，来窥视"近代中国的文学空间"。应当承认，这一范式是成功的，带动了日后众多的模仿者，也多多少少形成了一种"影响的焦虑"。心科自己也坦承，藤井省三"别开生面的立体视角、扎实的文献功夫，让人顿生敬意"。但心科更坚定地认识到，照搬藤井省三的阅读史研究方法，不可能给研究带来任何真正的突破。因此，虽然心科可以在某些方面搜集到比藤井省三更多的材料，但他并没有简单地在"量"上和藤井省三的研究进行碰撞，而是力图在"质"上有所超越。如果说藤井省三着眼的是"文学空间"，那么心科所着眼的明显是"教育空间"。我现在尚不能决然判断心科的这种尝试是否完全成功，但是他这种研究姿态是我所欣赏的。

《经典翻译文学与中小学语文教育》是这套丛书里读来很有趣的一本。很多我们从小听到大的域外故事，往往因为我们太过熟悉，而不会留意到它们传播到中国来的具体过程。心科以教科书为渠道，将这条原本若隐若现的"文化丝绸之路"展现了出来。我们可以借心科的研究增进很多具体的认识。譬如说，教科书编纂者对《皇帝的新衣》的认识就有一个渐进的过程。最早向中国介绍安徒生的孙毓修，就认为这篇童话的主旨乃是"赞新装之奇异"，而且明显是对照着中国传统的《聊斋志异》去理解它的；之后的《新学制国语教授书》则认为这篇童话"旨趣在做国王容易受人蒙蔽，不如做平民的好"，和"五四"之后文化界盛行的反对封建统治、追求平民教育、宣传劳工神圣等思潮形成了有趣的呼应；再往后，叶圣陶通过续写这个故事来"批皇帝之虚荣"；到了1937年的《高小国语读本》，对这个童话的阐释就相对比较完整了，并且突出了赞颂孩子率真的一面。

相较于用本民族母语写成的作品，翻译文学要经由更复杂的甄选、翻译、剪裁、诠释的过程，换言之，教材编选者在其中发挥的直接影响会更为突出，这其实可以给我们的研究工作带来更多的、亟待发掘的亮点。心科写《最后一课》《项链》等经典篇目在教科书中的呈现，其实是找准了很多近代教育史上的亮点，这就使得整本书变得有趣起来。

《〈红楼梦〉与百年中国语文教育》与前几本书又稍有些不同，不是对几篇不同文本的分述，而是将笔墨集中于一部分量足够的大书，考察其在百年语文教育史中的呈现面貌。我相信，这本书的出版会带动不少同类型研究的相继出现。

众所周知，曹雪芹的《红楼梦》是一部尚在创作过程中就被人们竞相传抄的文学经典。然而，或许出乎很多人意料的是，这么一部妇孺皆知的小说要经历一个非常曲折的过程，一直到1924年才进入中小学教科书之中。这当中涉及到实用文言散文一度的统治地位、白话文的崛起、统一国语的进程等多个方面。即便进入了教科书，不同的时代对《红楼梦》的解读也是有很大差异的。心科将这个过程细致梳理了出来，我认为这加深了我们对文学和语文教育的关系的认识。这就是心科所总结的"一篇文学文本只是自然文本，一旦进入教科书就变成了教学文本。作为自然文本，可能仅是供获取信息的文本或作文学研究的对象，作为教学文本又因为不同学段的教学目的不同、不同编者对其认识不同，所以编者所呈现出来的解读结果不同；又因为经典文本本身是一个充满着空白点和未定性的空框结构，而文本所承担的教学功能以及编者的知识水平、解读角度的不同，所以解读结果也不同"。

心科这套书是高度成熟的作品，但也绝非十全十美。因为很多章节过去都是以单篇论文的形式出现的，诸如介绍《奏定学堂章程》、新文化运动的部分往往需要作为背景资料出现。现如今结集成书，这些部分反复出现的次数较多，整套书读下来会觉得稍欠整饬。我想，心科也一定对此有过顾虑，但全书的体例似乎又决定了倘若不如此处理，很多问题不容易解释清楚，这实属无奈。

不过，从没有哪项研究会是十全十美的。心科还这么年轻，未来还有着更多的可能性。我希望他能沿着自己开辟出来的这条道路，继续走得更远，走得更深。目送着自己的学生在学术道路上不断地往前走，是作为一个老师最幸福的事情。

郑国民

2018.06.01

目 录

前　言 1

上编　经典翻译文学的接受与阐释 / 1

第一章　《皇帝的新装》的接受与阐释 / 3
　　　　文选一　皇帝之新衣 / 13
　　　　文选二　国王的新衣 / 15
　　　　文选三　皇帝的新衣 / 17
第二章　《卖火柴的小女孩》的接受与阐释 / 21
　　　　文选一　卖火柴的女儿 / 36
　　　　文选二　可怜的女儿 / 38
第三章　《鲁宾逊漂流记》的接受与阐释 / 39
　　　　文选一　鲁滨孙 / 73
　　　　文选二　鲁滨逊漂流记 / 75
　　　　文选三　鲁滨孙漂流记 / 76
第四章　《最后一课》的接受与阐释 / 78
　　　　文选一　最后一课 / 127
　　　　文选二　一个老翁的自述 / 129

　　　　文选三　最后一课(剧本) / 130
　第五章　《项链》的接受与阐释 / 133
　　　　文选一　项链 / 154
　　　　文选二　项圈 / 162

下编　翻译文学教育的发展历程 / 165

　第一章　清末翻译文学教育(1902—1911) / 167
　第二章　民初翻译文学教育(1912—1916) / 171
　第三章　新学制前后翻译文学教育(1917—1926) / 174
　第四章　新标准前后翻译文学教育(1927—1936) / 182
　第五章　全面抗战及之后翻译文学教育(1937—1949) / 189

结语 / 193

参考文献 / 195

后记 / 207

前　言

　　1902—1904年,《钦定学堂章程》和《奏定学堂章程》相继颁布或实行,标志着现代语文独立设科。百余年来,翻译文学作为一种用汉文翻译外文的特殊的文本样式,应否或如何成为语文课程资源一直存在诸多争议。如早在20世纪二三十年代,在胡适、周作人、叶圣陶等新文学家的大声疾呼下,翻译文学就曾大量进入过中小学国语、国文教科书,但是随后钱基博、孟宪承、阮真等著名的教育学者就对此进行过严厉的批判。又如,在始于1997年的那场被称为使语文教育遭遇了"世纪末的尴尬"的语文教育大批判中,有人对中学语文教科书中的翻译文学数量过少、艺术性不强、写作时代偏古、题材及体裁单一、解读方式机械等问题进行了抨击,认为当时的教科书编者是在"阉割外国文学",建议编者运用"世界文化"的眼光,至少选入80篇以上(达到已有篇数的4倍),以作品的艺术性而非思想性为选择标准,兼顾各个历史时期、各个国家、各个流派的出名和不出名的优秀作家的优秀作品,力求做到给中学生"一个比较成系统的世界文学的'版图'"[①]。随后出版的多套新课标中小学语文教材中出现了多种风格、体裁的翻译文学作品。目前,翻译文学的教育功能的界定、选入数量的多少、文本呈现的方式、教学内容的选择、教学过程的安排、教学方法的运用等,还包括对翻译作品的评介标准的确立和翻译人员素质的要求等翻译文学教育如何实施,仍然是一个文学界和教育界无法回避而亟待研究的问题。鉴于此,有必要对我国中小学翻译文学教育发生、发展的历史做一回溯,梳

[①] 孔庆东、摩罗、余杰主编:《审视中学语文教育》,汕头:汕头大学出版社,1999年版第152—161页。

理其发展脉络,发掘其在教材编写和教学实施等方面的基本做法,汲取经验,规避教训,为当下的翻译文学教育的研究与实施提供参照或借鉴。

因为文学教育具有文化传承、情操陶冶、审美愉悦、语言习得、思维培育等多重功能,对健全人才的培养有着举足轻重的作用,所以文学教育在本世纪初受到普遍的关注,人们开始对有关文学鉴赏能力的培养、文学教材的选文、文学教学的内容、文学教学方法、文学教学评价等一系列问题进行研究。因为翻译文学作品不仅具备上述教育功能,还能建构学生的国际视野,有利于培养参与全球竞争能力的人才,所以翻译文学教育也日益受到重视。《全日制九年义务教育课程标准(实验稿)》在前言中强调要培养学生的"开放的视野",在"关于优秀诗文背诵推荐篇目的建议"中建议教材编者和任课教师补充推荐"外国优秀诗文",在"关于课外读物的建议"中推荐的童话有《安徒生童话》《格林童话》及中外现当代童话等,寓言有《伊索寓言》《克雷洛夫寓言》,故事有中外历史故事、中外各民族民间故事等,长篇文学名著有笛福的《鲁滨逊漂流记》、斯威夫特的《格列佛游记》、罗曼·罗兰的《名人传》、高尔基的《童年》、奥斯特洛夫斯基的《钢铁是怎样炼成的》等,还特别强调要推荐阅读"近年来发表的各类中外优秀作品"[①]。2003 年颁布的《普通高中语文课程标准(实验)》在"课程目标"中提出让学生"注意观察语言、文学和中外文化现象";在必修课程"阅读与鉴赏"模块中提出要"学习鉴赏中外文学作品";在选修课程"诗歌与散文""小说与戏剧""新闻与传记"三个系列中分别提出学生要"阅读古今中外优秀的诗歌、散文作品","培养阅读古今中外各类小说、戏剧作品(包括影视剧本)的兴趣","阅读古今中外的人物传记、回忆录等作品";在"附录"中的"关于课外读物的建议"中以及"选修课程举例"的"中外戏剧选读""中外小说戏剧名著精读"中列举了大量的经典翻译文学作品[②]。2011 年颁布的《义务教育语文课程标准》和2018 年颁布的《普通高中语文课程标准》同样十分强调翻译文学教育。相应地,九年义务教育和普通高中《语文》教科书中也选入了大量的翻译文学作品。

语文课程标准和教科书对翻译文学教育的重视,必然使得有针对性的翻译文学教育的理论研究和教学实践方式变得日益重要。前文提及,自 1902—1904 年《钦定学堂章程》和《奏定学堂章程》相继颁布或实行而确立现代学制后,甚至早在1897 年左右实行的新式蒙学中,翻译文学就一直被我国的中小学国文、国语学科

[①] 中华人民共和国教育部制订:《全日制义务教育语文课程标准(实验稿)》,北京:北京师范大学出版社,2001 年版第 1、23、28 页。

[②] 中华人民共和国教育部制订:《普通高中语文课程标准(实验)》,北京:人民教育出版社,2003 年版第 7、8、10、11、28—29、30、31 页。

当成一项课程资源在使用,如1901年南洋公学朱树人编订的《新订蒙学课本》已选入讲述华盛顿与樱桃树的故事《华盛顿》,又如1904年底商务印书馆出版,蒋维乔、庄俞等编的《最新初等小学国文教科书》已选入乌鸦被狐狸欺骗的寓言《鸦好谀》等。翻译文学教育在整个20世纪前期共经历了清末、民初、新学制前后、新标准前后、抗战与内战时期五个发展阶段。每个发展阶段的学者对翻译文学的重视程度各不相同,中小学语文教科书中的翻译文学的功用、数量、题材、体裁、国别、呈现方式等也均不太相同,翻译文学的教学内容的选择、教学过程的安排、教学方法的运用也有较大差异。对历史上有关翻译文学教育的这些方面进行研究,必然可为当前的翻译文学教育的理论研究提供参照,可为翻译文学教学实践提供借鉴。

翻译文学作为一种用汉文翻译外文的特殊的文本样式,具有中外文学双重特征,其文本内容和艺术手法是外国(族)的,而语言表达形式却是汉文的。所以,在很多情况下,教育者将其当成一种特殊的汉语文学来处理,教学采用的是母语教育的方式。如就清末民国国文、国语教科书中翻译文学选文的题材、体裁来说,小学低年级教材中的翻译文学多是以动物为题材的没有明显国别差异的寓言、童话,而小学高年级则出现篇幅较短的有外国人名、地名的小说、故事、传记,而中学则出现了篇幅较长的反映人生、社会问题的小说、剧本等。在选择这些不同体裁的作品时,又各有侧重,如很少选剧本,几乎不选诗歌。还有在教学内容的选择、教学方法的运用等方面虽然在不同阶段也不太相同,但所采用的都是那个时段的"国文""国语"的"教授法"或"教学法"。研究这种在历史发展中形成的带有明显中国特色的特殊的教育方式、方法,对其进行分析、归纳,则可提炼出汉语翻译文学教育特殊的教育方式、方法,相对于从西方移植来的教育方式、方法,可能更适合这种特殊的文本样式的教学,而达到预期设定的教学目标。

本书上编"经典翻译文学的接受与阐释",从微观(点)上选择《皇帝的新装》《卖火柴的小女孩》《鲁滨逊漂流记》《最后一课》《项链》五篇(部)作品,先考察它们在中小学语文教育中的接受与阐释,如教科书的收录情况,以及教育界、文学界等对其进行的异彩纷呈的多元阐释,除了呈现不同的观点外,还可为教材编选,教学内容选择、教学过程安排提供参考和借鉴。然后呈现丰富多彩的文本形式,如语体是文言或者白话,文体是小说或剧本等,形式是翻译或改编,全文或节选。

本书下编"翻译文学教育的发展历程",从宏观上(面)梳理翻译文学教育在清末、民初、新学制前后、新标准前后、全面抗战与内战时期五个发展阶段的变化过程,呈现翻译文学作为一种用汉文翻译外文的特殊的文本样式,其在中国语文中是否应成为课程资源及其在中小学语文教科书中的功用、数量、题材、体裁、国别、呈现方式等问题所存在的诸多争议,也为认识上编单篇作品的多元解读及其原因提供一个广阔的历史背景。

上下编结合,以做到点面结合、经纬交错地呈现翻译文学教育的立体图景。

还在结语中总结清末民国翻译文学教育的经验和教训,结合现实探讨并设计翻译文学的未来发展路径。

希望本书能够为当前在制定或修订语文课程标准及编写或修订语文教科书时解决涉及翻译文学教育问题提供历史的参照,为一线教师解读翻译文学作品以及设计和实施翻译文学作品教学提供丰富的教学资源,并在作品解读、教学方法等方面提供切实的指导。

上 编

经典翻译文学的接受与阐释

  本编选择《皇帝的新装》《卖火柴的小女孩》《鲁滨逊漂流记》《最后一课》《项链》五篇(部)经典文本,先考察它们在中小学语文教育中的接受与阐释,如教科书的收录情况,以及教育界、文学界等对其进行的异彩纷呈的多元阐释,除了呈现不同的观点外,还可为教材编选、教学内容选择、教学过程安排提供参考和借鉴。然后呈现丰富多彩的文本形式,如语体是文言或者白话,文体是小说或剧本等,形式是翻译或改编、全文或节选。

第一章
《皇帝的新装》的接受与阐释

"安徒生童话"现在几乎成了每个中国孩子的必读书目,其中的《皇帝的新装》几乎成为各套初中语文教科书中的固定篇目。

"皇帝的新装"的故事起源于古代波斯帝国(今伊朗):一个皇帝雇了两个织工替自己织一种神奇的服装。织工称此服装的神奇之处在于聪慧和忠君的人可以看见,否则看不见。国王派大臣们去参观,大臣们看不见,却不敢说,反而交口称赞。于是国王自己前去视察,但是他也看不见,也不敢说。新装织成后,大臣们附和着骗子称赞新装的精美,并和骗子一道帮国王穿上新装。在国王"着装"回宫的途中,百姓们夹道欢迎,称赞新装的精美。突然一个小孩嚷道:"国王并没有穿什么新衣呀!"于是,百姓们纷纷议论开了。但是,国王还是在群臣的簇拥下继续往前走着。

下面,我们先简介民国期间文学界对其翻译与语文教科书对其收录的情况,然后梳理、分析文学界与教育界对其主旨所作的阐释。

一、文学界的翻译与教科书的收录
(一)文学界的翻译

"皇帝的新装"这则故事经翻译传入我国,可能有以下两种途径:

1. 梁朝时以印度佛经故事的形式传入。梁朝的《高僧传》之鸠摩罗什传记中提到了盘头达大师所讲的一则

安徒生

故事,其情节和上述故事的主要情节如出一辙:

如昔狂人,令绩师绩棉,极令细好,绩师加意,细若微尘,狂人犹恨其粗;绩师大怒,乃指空示曰:此是细缕。狂人曰:何以不见?师曰:此缕极细,我工之良匠,犹且不见,况他人耶?狂人大喜,以付绩师,师亦效焉,皆蒙上赏,而实无物。

翻译家杨宪益于1947年据此认为,"皇帝的新装"的故事在公元6世纪初就已经传入我国了[①]。

2. 民国时以安徒生童话的形式传入。西方儿童文学传入我国始于清末,其间孙毓修的《童话》系列、林万里的《少年丛书》等都是对西方儿童文学进行编译而成的。民国初年,在周作人等人的呼吁下,视儿童文学为一种独立的文学样式,且应有意识地去从事创作,已成为一种时代思潮。受自称为"安党"的周作人对安徒生及其作品的评论、翻译的影响,1925年《小说月报》第16卷第8、9期出版了"安徒生专号"评价安徒生及其作品。安徒生童话也纷纷被翻译到国内,其中安徒生根据西班牙作家胡安·曼纽埃尔的《织布骗子和国王的故事》改编而成的"皇帝的新装"就至少有6种译本:刘半农译《洋迷小楼》(刊于《中华小说界》,1914年7月号)。陈家麟、陈大镫译《国王之新服》(收入《十之九》,中华书局,1918年版)。赵景深译《国王的新衣》(《少年》,1920年第10卷第12期;收入《安徒生童话集》,新文化书社,1924年版)。周作人译《皇帝之新衣》(收入《域外小说集(增订本)》,广益书社,1920年版)。步揆译《皇帝的新衣》(《兴华》,1924年第21卷第26期)。赵景深译《皇帝的新衣》(收入《皇帝的新衣》,开明书店,1930年版)。

(二)教科书的收录

新学制时期,文学教育思潮高涨,新文学、儿童文学分别成为中、小学国语教科书的主体。由叶绍钧起草、1923年初颁布的《新学制课程标准纲要初级中学国语课程纲要》将周作人用文言翻译的收入了《皇帝之新衣》的《域外小说集》纳入了学生的"略读书目"之中[②],这就使得"皇帝的新装"第一次被要求学生阅读。吴研因等编撰、1923年初版的初小《新学制国语教科书》中收录了白话的《波斯国王的新衣》,使"皇帝的新装"第一次被语文教科书收录作为课文。从20世纪20年代至40

[①] 杨宪益:《高僧传里的国王新衣故事》,《零墨新笺》,上海:中华书局,1947年版第58页。陈宜安在《从〈皇帝的新装〉看安徒生童话对民间故事的继承与创新》一文中指出,安徒生所写"皇帝的新装"故事与流传于印度民间的故事《上帝的织工》的情节十分相似(《外国文学研究》2001年第3期)。此说也可佐证杨宪益的观点。

[②] 课程教材研究所编:《20世纪中国中小学课程标准·教学大纲汇编(语文卷)》,北京:人民教育出版社,2001年版第276页。

年代,其在语文教科书中以翻译或续写两种形式出现过6次[①]。

课题	教科书名称	编者	出版社	时间、版次	学段/册次	翻译或续写
《波斯国王的新衣》	《新学制国语教科书》	庄适、吴研因、沈圻	商务印书馆	初小/第6册	1923年初版	翻译
《美哉！王之新衣!》	《新小学教科书国语读本》	黎锦晖、陆费逵、易作霖	中华书局	高小/第4册	1924年6月再版	翻译
《波斯国王的新衣》	《新学制国语教科书》	吴研因等	商务印书馆	初小/第6册	1932年国难后14版	翻译
《新定下的法律》《遭到了不幸的人》《"撕掉你的虚空的衣服"》	《开明国语课本》	叶绍钧	开明书店	高小/第4册	1934年6月初版	续写
《国王的新衣》	《高小国语读本》	朱翊新	世界书局	高小/第2册	1937年4月版	翻译
《新定下的法律》《遭到了不幸的人》《"撕掉你的虚空的衣服"》	《少年国语读本》	叶圣陶	开明书店	高小/第4册	1949年2月平1版	续写

上表中的《美哉！王之新衣!》是根据周作人的《皇帝之新衣》的文言译文改写的,保留了《皇帝之新衣》的情节,改动了一些词句。《波斯国王的新衣》和《国王的新衣》虽然译文不同,但基本上根据原文的全译,收入课本时前者被分成4课(第20—23课),后者被分成2课(第15、16课)。《新定下的法律》《遭到了不幸的人》和《"撕掉你的虚空的衣服"》,均是以上二书的编者叶圣陶自己根据"皇帝的新装"的故事续写的三个片段,最初发表在1930年第二十二卷第一号《教育杂志》上,题为《皇帝的新衣》。1932年版《新学制国语教科书》几乎是1923年版《新学制国语教科书》的重印,收入《波斯国王的新衣》的两书的第6册中总50篇课文,题目完全相同。之所以不新编而重印,是因为虽然1932年正式的小学国语课程标准已颁布,但商务印书馆在一·二八事变中遭到了毁灭性的打击,元气大伤,难以及时根据课程标准编出新的教科书,而只有重印了。《少年国语读本》是在《开明国语课本》的

[①] 另外,由钱光毅编剧、寥辅叔作词、陈田鹤作曲的《皇帝的新衣》在《音乐教育》1935年第三卷第一、五、六期上连载。1936年的一项调查显示,三至六年级儿童均喜欢《皇帝的新衣》,其中3年级有男生1人,4年级有男生1人、女生1人,5年级有女生2人,6年级有男生2人,共7人。对《安徒生童话全集》,1年级男生有1人喜欢,6年级有男生2人、女生5人,共8人。迟受义:《儿童读物研究》,《师大月刊》,1936年第二十四期第71页。

基础上对其中的有些篇目稍作调整而编成的,所以以上二书中的同题三文并没有区别。不过,三文在二书中的课次不同,在前者中是第19—21课,在后者中是第16—18课,而且前者是教科书,后者因1949年2月时国民政府仍坚持实行教科书国定制、禁止民编教科书出版而以"参考书"的名义出版。

二、文学界与教育界对其主旨的阐释

在《皇帝的新装》被接受的过程中,我国文学界及教育界通过对其进行不同的转述、评介和续写等形式而对其主旨作了如下多重阐释,甚至音乐界还有人将安徒生的原作与叶圣陶的续作结合在一起并改编成歌曲《皇帝的新衣》①。

《皇帝的新衣》,《音乐教育》1935年第5期

(一) 赞新装之奇异

"中国最初介绍安徒生的是孙毓修"②,作为我国翻译西方童话的第一人,除最早翻译了安徒生的《海公主》(《海的女儿》)和《小铅兵》(《坚定的锡兵》)外,其对安

---

① 钱光毅(编剧)、廖辅叔(作词)、陈田鹤(作曲):《皇帝的新衣》,《音乐教育》,1935年第三卷第一、五、六期。
② 郑振铎:《安徒生的作品及关于安徒生的参考书籍》,见王泉根主编《中国安徒生研究一百年》,北京:中国和平出版社,2005年版第34页。

徒生的评价影响了其他读者对安徒生作品的解读。1916年,孙毓修出版了专著《欧美小说丛谈》(商务印书馆)。其中《神怪小说》和《神怪小说之著者及其杰作》就曾专门谈到了安徒生的童话,并称之为神怪小说。这两篇文章曾在《小说月报》1913年的第8和10月号上刊出过。在《神怪小说》中,他称安徒生为"丹麦之大文学家,亦神怪小说之大家也","其脑筋中贮满神仙鬼怪,呼之欲出,是诚别擅奇才者也"。在《神怪小说之著者及其杰作》中,他又说:丹麦"文学家之诗文戏曲皆不传,而独以神怪小说闻。其人为谁,则安徒生 Hans Christian Andersen 是也。安徒生未成名之前,格列姆为神怪之巨子,及安徒生之书成,乃得比较之评论曰:格列姆之书,述神怪之神怪而已,安徒生则不然,当其闭置一室、凝神静思之顷,不啻变其身为神怪……(由此观之,则《聊斋志异》《阅微草堂》等书之不能与于神怪小说作者之列其可知矣)"。① 可见,在孙毓修看来,中国的《聊斋志异》等"志怪"小说只是"述神怪之神怪",而安徒生的包括《皇帝的新装》等在内的童话则是安徒生"变其身为神怪"的产物。安徒生的童话译选集《十之九》出版之后,解弢便在1919年出版的

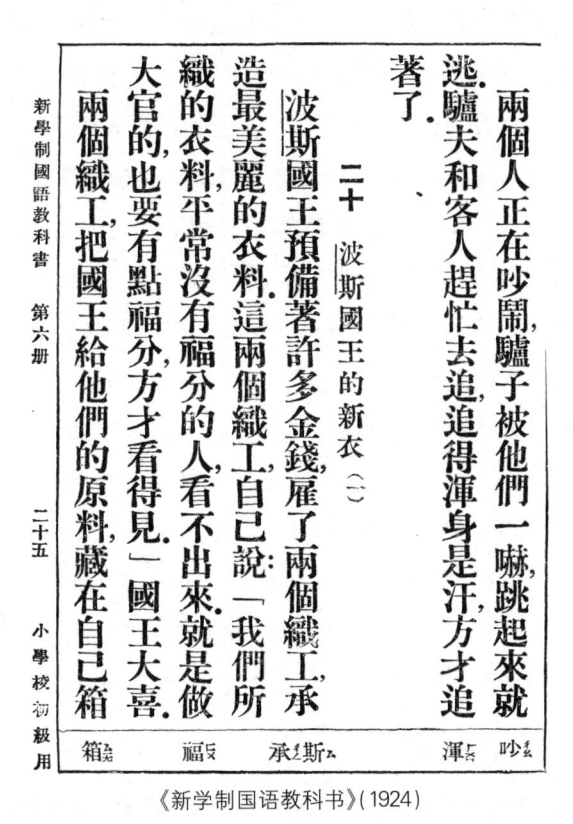

《新学制国语教科书》(1924)

---

① 孙毓修:《欧美小说丛谈》,上海:商务印书馆,1916年版第39、65页。

《小说话》(中华书局)之《小说提要》中予以评述。他认为安徒生的童话的特点是"奇",安徒生童话集中"最奇"有两篇,其中之"一为国王奇服,国王既好奇服,有二织工,献织无形之衣,衣惟忠智者见之,国人惧受不忠不智之名,均诡云见衣,于是国王乃著无形之衣,裸体游于国中"。① 可见,他认为《皇帝的新装》等既然是供儿童阅读的童话,那么只是内容新奇有趣、引人入胜而已,别无其他深意。他对《皇帝的新装》的主旨的解读,显然受了孙毓修观点的影响。

(二) 刺众人之盲从

1913年12月,"使安徒生被中国人清楚的认识"②的周作人在《丹麦诗人安兑尔然传》一文中专门谈到了《皇帝的新装》的情节及其主旨,他说:"如《皇帝之新衣》一篇,言皇帝好衣,有二驵侩言能织美锦,举世无匹,唯下愚之人,或不称其职者视之,则不能见。帝厚偿之,使制衣。二人张空机作织状,使者往视,见机上无物,而不敢言,唯返报盛称其美。帝亲监检,亦默而退。及衮衣已成,二人排帝使裸,加以虚空之衣,皇帝乃从百官,警跸而出,观者夹道,见帝裸行,咸莫敢声。安兑尔然于此,深刺趋时好而徇世论者。"③从周作人对其故事情节的转述及对其主旨的揭示来看,颇强调作品所具的社会性,即认为皇帝不实事求是而喜好不存在的新衣是一种盲从("趋时好"),使者、百官及众人不坚持己见而随大流也是一种盲从("徇世论")。此时,周作人尚属文学启蒙者,他希望通过文学来启发民众、改良社会。他曾指出,既然童话的内容涉及社会、生活的方方面面,那么让儿童读(听)童话,不仅有利于儿童"识名物",还可以"知人事"④。既然盲从是一种普遍存在的国民劣根性且应在革除、改造之列,那么从批判众人盲从的角度来解读《皇帝的新装》就显得很自然了。此前,周作人用文言写完《童话略论》和《童话研究》两篇论文。但是,周作人将《童话略论》和《童话研究》的稿件所寄给《中华教育界》后,均被退回。两文最终借鲁迅在教育部任职之便才得以在教育部编纂处的月刊的第一卷第七、八期(1913年8、9月)上发表。几个月后,周作人所写的专门用以介绍安徒生的《丹麦诗人安兑尔然传》,也只是在绍兴的一个民间团体所办的地方刊物《叒社丛刊》上得以发表。周作人于1911年才从日本回国,1913年始任绍兴县教育会长,此时尚为"文学青年"而非五四时期的"文学旗手",人微而言轻,所以,他所阐发的关于《皇帝的

---

① 胡从经著:《晚清儿童文学钩沉》,上海:少年儿童出版社,1982年版第194页。
② 郑振铎:《安徒生的作品及关于安徒生的参考书籍》,见王泉根主编《中国安徒生研究一百年》,北京:中国和平出版社,2005年版第34页。
③ 王泉根主编:《中国安徒生研究一百年》,北京:中国和平出版社,2005年版第3—4页。
④ 周作人著、止庵校订:《儿童文学小论》,石家庄:河北教育出版社,2002年版第8页。

新装》的观点,自然也就不会产生多少影响①。与高级小学用《新小学教科书国语读本》配套的《新小学教科书国语读本教授书》就将《美哉！王之新衣！》的教学"目的"确定为"使儿童知道不可盲从,不可自欺欺人"。

（三）哀皇帝之不幸

与《新学制国语教科书》相配套的《新学制国语教授书》称："本教材是童话故事中的寓言；旨趣在做国王容易受人蒙蔽,不如做平民的好。"②因为你是国王,所以别人会欺骗你,假如你是百姓,那么别人就会对你说真话。总而言之,当统治者弊多,做老百姓利多。编者之所以作此解读,可能与五四之后文化界盛行的反对封建统治、宣传劳工神圣等思潮有关。为了进一步揭示此主旨,《新学制国语教授书》的编者还续写了一段"补充文字"：

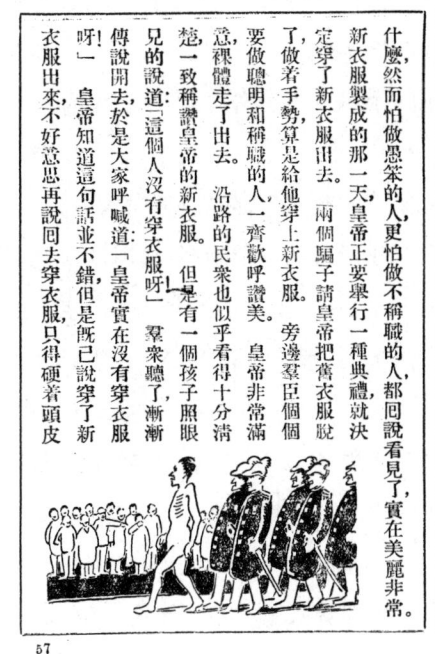

《开明国语课本》(1934)

波斯国王和王后,召集几位大臣,到海边上去稽查海塘。

---

① 关于主旨为批判"从众"的观点,1925年张友松译的《安徒生评传》(《小说月报》,1925年第十六卷第八期第2—3页)也是如此认为："最可宝贵的要推《皇帝的新衣》(The Emperor's New Clothes)那种用意的新颖,和所指摘的情形之普遍,真是拿到任何时代任何国度都湮没不了它的特色。世人对于社会上一般人的意见之尊重,和所谓'习尚'之严酷制人——这些事受人讥评,从没有像这篇这样的又确切又诙谐的。"

② 沈圻编纂,朱经农、吴研因校订：《新学制国语教授书》（小学校初级用）,上海：商务印书馆,1924年5月20版第6册第74页。

国王穿着精致的褂子,王后也穿着时式的新衣。国王传令出宫,几位大臣小心跟着。到了海边上,许多官员走来,报告海塘的工程。国王称赞了一番,就到海边上去散步。

国王站在海边上,拿着望远镜远望,看见海面上有一件东西漂来。国王说:"好像有一只宝箱,漂在海面上。"几位大臣没有带着望远镜,实在看不见什么。但是不敢说看不见。只得瞎说道:"不错!这一定是宝箱。国王的福分真大,海水里漂起宝箱来了。"旁的官员也"随声附和"的说鬼话,做手势。

过来一会,这东西漂近来了。仔细一看,是一件漆黑的东西。国王有些疑心了。王后和大臣们也疑惑了,但是都说:"国王福分大,这黑漆的箱子,一定是海神献来的宝贝。"

再过一会,那东西漂到海边。国王醒悟着说:"啊哟!上当了!我现在看清楚了,原来是一口棺材。"国王很不快乐,立刻宣告回宫。

这段文字所写的,仍然是国王受蒙蔽而不快乐!其言外之意,不言而喻[①]。

(四)批皇帝之虚荣

1936年,有人说:"叶绍钧作有续篇的《皇帝的新衣》,那是应该当作另一个'故事'看的。"[②]其实叶圣陶的续作是对安徒生原作所作的一种阐释,只不过这种阐释不是用抽象性的解说,而是用了形象性的故事。《少年国语读本》中的《新定下的法律》开头便写道:"从前安徒生有一篇故事,叫做《皇帝的新衣服》……"然后将原故事概述了一遍。接着,作者写道:"以后怎样呢?安徒生没有说。其实还有许多的事情。"《新定下的法律》写皇帝明知自己没穿衣服,仍颁布一道法令禁止别人将此说破或对此嘲笑,否则杀头。但是,这仍然阻止不了人们的说笑。于是,皇帝让大臣将捉来的43个犯上者当街斩首,以儆众人。《遭到了不幸的人》写皇帝此后终日穿着那件并不存在的新装,大臣、嫔妃们也当他穿着衣服。有一天,一位宫妃陪皇帝喝酒,皇帝因喝得太快而咳嗽,并将酒喷洒在自己的胸膛上了。宫妃说:"哎呀,沾湿了您的胸膛了!"自知失言后又吓得改口称:"不是,我说沾湿了您的衣裳……"皇帝大怒,命令对宫妃用刑。一位大臣怕自己万一因笑得祸,于是申请辞官回乡。获准后,他高兴地说:"从今以后,不再看见那不穿衣服的皇帝了。"皇帝得知此事后,命令手下对这位大臣用刑。另一位大臣为了让皇帝真正穿上衣服,便告诉皇

[①] 1936年,徐子蓉在《从表演法上研究童话的特殊性》(《光华大学半月刊》,第五卷第二期第68页)中称,《皇帝的新衣》是"描写皇帝受欺不自悟,以及一般人民对于皇帝尊敬得不敢直谏以致闹出笑话的童话"。
[②] 徐子蓉:《从表演法上研究童话的特殊性》,《光华大学半月刊》,1936年第五卷第二期第68页。

"他身上什麼也沒有"

安徒生童話的皇帝新衣插圖

赵景深《爱徒生童话里的生活》,《文学周刊》,1925年第186期

帝,他身上正穿着的一件已旧了,应再做一件新的以替换。结果,他被皇帝送进了监狱。《"撕掉你的虚空的衣服"》写严酷的法律仍不能禁止百姓的说笑,一天,皇帝在去避暑胜地的路上发现许多人在背后说笑,于是命令士兵将所有发出声音的人都抓来。然而,此时每家男女老幼一齐冲向皇帝,一边动手撕扯皇帝,一边大叫:"撕掉你的虚伪的衣服。"兵士们竟然也不自觉地加入了百姓的行列。结果皇帝在众人撕扯、叫骂声中失去了知觉。这三个连续的片段将皇帝的虚荣、残暴揭露得淋漓尽致,体现了作者叶圣陶所遵从的现实主义创作旨趣。

与《开明国语课本》相配套的《开明国语课本教学法》附录有赵景深翻译的《皇帝的新衣》。编者在《新定下的法律》的教学设计中称:封建时代,皇帝"把自己做得非常尊严,好让人家不敢生侵犯他的念头"。但是,"这种做出来的尊严,有时也会给人家利用,弄得上了大当还不肯自认。本课便是讲这种上当的事情,暴露皇帝的尊严的丑态"。[①]可见,编者认为这则故事是揭露皇帝虚荣及其弊端的。编者还指出,其实不只是皇帝爱慕虚荣,那些大臣们也很爱慕虚荣,因为他们同样为了维

---

① 卢芷芬编著:《开明国语课本教学法》,上海:开明书店,1935年1月初版第4册第143—144页。

护自己的地位和尊严而说假话。百姓不敢直说,是因为畏惧皇帝的威严,"只有小孩是最天真,是没有顾忌的。既不晓得什么是做出来的尊严,也不晓得这是可怕的,所以终于揭穿了自欺自的虚伪的新衣裳"。① 而《遭到了不幸的人》则揭露皇帝"为了要保持虚伪的尊严",连最宠爱的妃子、最尊敬的大臣也不放过,可见其虚荣之极②。《"撕掉你的虚空的衣服"》写的是皇帝用以维护虚荣的专制手段遭到了众人的反对,最后众叛亲离③。总之,这三个片段揭示出"历史上有许多皇帝在做着自欺欺人的勾当;在用暴力来维持尊严;在众叛亲离的路上结束"。④

(五)誉孩子的率真

《高小国语读本》(1937)的第2册第15、16课《国王的新衣》(一)(二)之前的口吻《小鼠》《金钱》和之后的课文《大屋子和小屋子》《焚券》都是富有情趣的儿童文

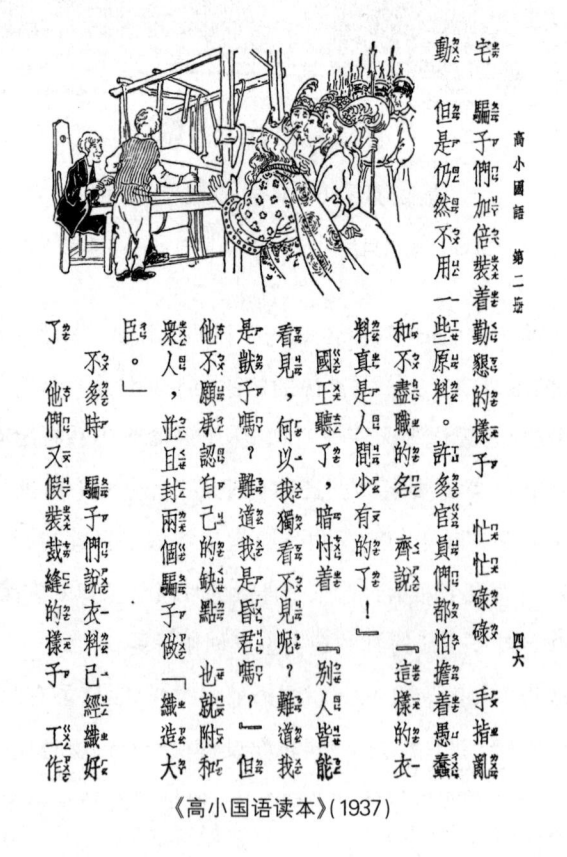

《高小国语读本》(1937)

---

① 卢芷芬编著:《开明国语课本教学法》,上海:开明书店,1935年1月初版第4册第144页。
② 卢芷芬编著:《开明国语课本教学法》,上海:开明书店,1935年1月初版第4册第154页。
③ 卢芷芬编著:《开明国语课本教学法》,上海:开明书店,1935年1月初版第4册第160页。
④ 卢芷芬编著:《开明国语课本教学法》,上海:开明书店,1935年1月初版第4册第161页。

学。选《国王的新衣》作为课文既是让学生享受阅读的乐趣,也是借此进行思想教育。从课文的记叙和课后的"思考"来看,既涉及上述主旨,又出现了新的解读,暗示孩子的率真:"骗子们怎敢欺骗国王?骗子们怎敢欺骗老臣?""国王、官员和全城的人民看不见新衣,怎样都不敢说出?小孩子怎样敢说真话?推测骗子们的结果,怎样?"从中可以看出,编者可能认为国王虚荣、众人盲从应该批判,国王的结局尴尬,骗子也没好下场。不过,从这几个问题可以看出,编者暗示唯有孩子的率真是应该赞颂的。

文选一

皇帝之新衣

[丹麦]安兑尔然 著　周作人 译

昔有一帝,特爱新衣,尽耗财货,不问兵戎,亦不寄心于歌舞田猎之事,仅以新衣夸示于众,或偶一出耳。每时辄一易服,世言其君恒曰上在内阁,今则不尔,但曰帝在更衣殿也。

都之为地,至极繁华,异域人士,日日纷集。一日,来二狙僧,自称织工,能制美锦,为世希有,色采文章,美艳特绝,制以为衣,复具神异,凡有不称其职,或愚蒙者,视之不能见。帝忖曰:"此必极美,而况服此,得以遍验国人,孰不称职,或以识别贤愚,吾当立诏之织矣。"遂召二人,予以金资,俾速始事。二人置机二具,佯作织状,而梭上实无一物。又索金线佳丝甚多,悉匿囊中,但对空机,夜织不息。

帝自念曰:"吾不知织工制锦,今已何若?"又忆前言,凡不称厥职,或愚蠢人,虽视不见,复深异之。帝因自计,此不足惧,唯当先遣人觇之耳。乃思索曰:"吾将遣老丞相往视织者,锦美如何,量必能见。盖丞相智人,亦善尽职,人所弗及也。"丞相受命,往入其室。二人方对空机而织。丞相瞠目视之,心自念曰:"天乎天乎!何吾不能有所见也!"然不肯言。二人见客,邀之进,示以空机,问如此文采,合公意否?老人睁目力视,终无所见,乃自思惟曰:"嗟乎嗟乎!岂吾乃愚人耶?吾自意不至此,且当弗令人知。抑吾岂又不称吾职耶?慎勿言不能见锦也。"其一佯织,问之曰:"明公见锦,不置一辞,何也?"丞相出眼镜审视之,曰:"此锦甚美,大可人意,文采俱佳,吾当奏之皇帝。此锦甚悦我矣。"二人曰:"闻明公言,令人欢喜。"因为之历言色采文章之目,丞相谨听,俾见皇帝时,得一一复述之。二人复乞资财及锦丝金线,云以织锦,而悉入私囊,不以一缕置机间,唯对空机织如故。

未几,皇帝复遣宠臣往,视锦如何,将告成未?其人就之,不异丞相所见,谛观良久,仅有空机,不睹他物。二人言曰:"此锦不亦美耶!"又为述文采华绣,而杳不可见。其人自计曰:"吾自知非下愚人、然则必是不称其职矣!此怪事也,然勿语人。"于是盛誉锦善,质美而文华,返报皇帝,言锦大佳。自此而后,市人聚语,无不言锦美者。

明晨,帝乃亲临,就机观锦。朝士从者无数,丞相宠臣亦在其中。既至,织者二人俱对空机,力作不息。丞相宠臣曰:"美矣哉!陛下视此,文绣佳丽,如何可言!"乃指空机,意当能见。帝愕然,念曰:"嗟夫!吾无所见,此事大恶,岂吾是痴,抑不称帝位耶?此不可堪也。"乃大言曰:"善哉,锦诚美丽,甚惬吾心。"引领视空机而颔其首,以示欣赏,而实无所见,则不肯言。朝臣环视久久,亦无所见,唯皆赞叹曰:"锦甚美!"又请帝制以为衣,日内大酺,当有行列,可御以出。众皆大悦,称锦美不绝声。帝于是赐驵僧以武士勋章,悬诸衣纽,又进职为织造大臣,锡号曰织科学士。

大酺之前二日,二人织愈力,彻夜不止,计燃十六烛,俾人知为皇帝制衣急也。未几,二人就机佯取锦出,又持大剪一双,作裁剪状,已而缝之,针亦无线。顷之,曰:"皇帝新衣,今告成矣。"帝率群臣往,二人举臂,如持物示人,曰:"此为裤,此为袍,此外衣也。轻如珠(蛛)网,著物如无,而美即在此。"群臣皆曰:"然。"顾实无所见,因本无物可见也。

二人又曰:"乞陛下去其故服,就大镜前,为陛下加新衣也。"帝乃去衣,二人取所制衣物,一一授之,终乃为帝束带,又系一物,曳于地上,是为垂裾。帝裸立镜前,回旋不已。众欢呼曰:"帝御新衣,天颜益丽。衣甚称身,采色文章,莫不富美,盖华衮也!"

礼官启曰:"今华盖已候门外,请陛下行矣。"帝曰:"吾服已具。"又顾谓曰:"此衣不亦善耶!"复回身对镜,如自视其衣。侍中为君执裾者,乃俯伏,以手掬地,如掇拾状,即执之随帝行,不敢使人知其无见也。

帝覆华盖,随行列而进。国人集于道旁,或在楼上聚观之,莫不叹曰:"美哉,帝之新衣!垂裾一何佳丽哉!盖尽美矣!"无人肯作诚实语者,盖若不见,则其人必不称职,或痴人耳。

皇帝之衣,善得民心,无如今日者。

有孺子曰:"然彼人实乃无所衣耳。"其父曰:"善夫,孺子无成心也,众其识之。"于是众皆耳语,述孺子言曰:"帝无衣,有孺子言,彼实无所衣也。"既而呼曰:"帝实无所衣耳!"帝闻之懔然,知所言诚,唯念行列方进,不可以止,则挺身径行,而侍中执空裾以从之。

（标点后加）

选自鲁迅、周作人译《域外小说集》，北京：新星出版社 2006 年版第 22—25 页。

文选二

国王的新衣

朱翊新　改编

（一）

　　从前，某国有个国王，很讲究装束。臣民知道他的嗜好，也都奉承他的意旨。每天有人和他讨论穿着。

　　一天，有两个骗子冒充织工，来见国王，他们说："我们会织颜色很好、花样很新的衣料，并且会做极时式的衣服。这种衣料和衣服，和寻常的不同，凡是不聪明和不称职的人都看不见。"

　　国王听罢，心里想道："这真是奇异的衣服了。我能得着这件衣服，不但穿在身上，比任何衣裳要贵重些，还可以借它判别臣民的贤愚哩。"他想了一下，便给骗子们一笔款子，并且说："你们快替我先制一套。"

　　骗子们领了钱，便回家去。各人坐在一架织绸机旁，做着织绸的手势。实在机上一根丝线也没有。国王给的钱，都被他们均分花用了。

　　过了几天，国王怕他们做事懈怠，差一个老臣前去监督。他以为这个老臣很忠实，一定可以看见这衣料的。

　　老臣到了骗子们住的屋子里，只见他们坐在空机旁边，假装织布，非常诧异。但他恐怕国王说他是个不称职的人，因此不愿直说。他只戴了眼镜，向机上呆呆地看。骗子们问他说："这绸上的花样可中国王的意？"老臣只得答道："花样和颜色都好呀！我立刻去回报国王，使他快乐。"

　　骗子们知道老臣回到宫里，对国王说了假话，连忙请求国王增添原料。国王急要试穿新衣，如数付给他们。他们得了钱还是分用，一面坐在空机旁边，仍旧不断地做工。

(二)

　　过了几天,国王见新衣还没有做成,又差一个宠臣去探问。那人仔细察看,机架上一些织的东西也没有。

　　一个骗子问道:"你看,这衣料不是很美吗?"

　　那人想:我不是不聪明的人呀!怕是为了贪赃的缘故,才看不见这衣料的。我回到国王那里只好说假话,我就说织工们的手艺很好。想罢,他对骗子们点点头,就走了。

　　这时,京城里的人民,都知道国王要得着宝贵的衣服了。

　　又过了几天,国王见工作还没有完成,心里急得不耐,便带领许多官员,同去视察。他到了骗子们的住宅。骗子们加倍装着勤恳的样子,忙忙碌碌,手指乱动,但是仍然不用一些原料。许多官员们都怕担着愚蠢和不尽职的名,齐说:"这样的衣料真是人间少有的了!"

　　国王听了,暗忖着:"别人皆能看见,何以我独看不见呢?难道我是呆子吗?难道我是昏君吗?"但他不愿承认自己的缺点,也就附和众人,并且封两个骗子做"织造大臣"。

　　不多时,骗子们说衣料已经织好了。他们又假装裁缝的样子,工作了好几天,便说衣服做好,献给国王。国王很觉得意,忙吩咐他们说:"快替我穿起新衣,我要给全城的民众欣赏一下哩。"骗子们在国王身上摸了几下,说道:"衣服已经穿好了。"

　　臣子们都欢呼道:"国王的新衣,多么华丽啊!"国王在喝采(彩)声中走到街上。只见全城的男女老幼,都站在街旁观看,他们也都喊着说:"国王的新衣,多么华丽啊!"

　　隔不多时,国王走到一处,忽然有一个小孩大声说道:"国王身上并没有穿新衣呀!"他的父亲叱责他说:"不要说!"小孩子说:"国王真的没有穿新衣,怎么不可以说呢?"这话风也似的传出去了。街上的民众才改口说:"国王身上一件新衣也没有!"

选自《高小国语读本》,1937年版第2册。

文选三

皇帝的新衣

叶绍钧 著

（一）新定下的法律①

从前安徒生有一篇故事，叫做《皇帝的新衣服》。这篇故事讲一个皇帝最喜欢穿新衣服，就给两个骗子骗了。骗子说他们制成的新衣服美丽无比，并且有一种神奇，凡是愚笨的人和不称职的人就看不见。他们开头织衣料，随后裁剪缝纫，都只空做些手势。皇帝屡次派大臣去看。大臣看不见什么，然而怕做愚笨的人，更怕做不称职的人，都回说看见了，实在美丽非常。新衣服制成的那一天，皇帝正要举行一种典礼，就决定穿了新衣服出去。两个骗子请皇帝把旧衣服脱了，做着手势，算是给他穿上新衣服。旁边群臣个个要做聪明和称职的人，一齐欢呼赞美。皇帝非常满意，裸体走了出去。沿路的民众也似乎看得十分清楚，一致称赞皇帝的新衣服。但是有一个孩子照眼见的说道："这个人没有穿衣服呀！"群众听了，渐渐传说开去，于是大家呼喊道："皇帝实在没有穿衣服呀！"皇帝知道这句话并不错，但是既已说穿了新衣服出来，不好意思再说回去穿衣服，只得硬着头皮，往前走去。

以后怎样呢？安徒生没有说。其实还有许多的事情。

皇帝硬着头皮一路走去，跟从他的群臣知道自己正在扮演滑稽戏，只是要笑；可是又不敢笑，只得紧紧咬住了舌头，更把眼睛看定了自己的鼻子。

民众却直爽得多，既经说破了皇帝没有穿衣服，索性带着笑声，你一句我一句说起来了。

"哈哈，看不穿衣服的皇帝！"

"嘻嘻，他莫非发了痴！"

"他的身体多瘦、多难看！"

"呵呵，臂膀、大腿都像鸡骨头！"

皇帝听了这些话又羞又怒，站定了吩咐大臣道："这班愚笨的人、不忠心的人在

---

① 《皇帝的新衣》用其初发表时题名为总题名。课文和现在通行的叶圣陶作品集中的该文相比，情节绝大部分相同，而文字绝大部分不同。

那里嚼舌头,你们听见了没有?我这一套新衣服美丽无比,不是你们都这样说的吗?以后我永远穿这一套了。谁说我没有穿衣服的,显见是最坏的东西,立刻捉住杀掉!这是我新定下的法律,你们去宣布,让民众知道。"

大臣不敢怠慢,立刻吹起号筒来,高声把新法律宣布了。一时间居然不再听得笑声、说话声了。皇帝这才放心,重又开步前进。

但是走不到几十丈路,笑声、说话声又像乱箭一般射过来了。

"哈哈,皇帝没……"

"哈哈,皮肤黑……"

"哈哈,肋骨根根……"

"哈哈,从来未有的新……"

皇帝耐不住了,满面怒容对大臣喝道:"听见了没有?"

大臣抖抖地回答道:"听见的。"

"记不记得我新定下的法律?"

大臣连"记得的"也来不及说,赶忙发命令,叫兵士把所有说笑的人都捉住了。

一阵的扰乱。结果捉住了四十三人,皇帝吩咐就在街上把他们杀掉,好让民众知道他的法律是铁一般的。

(二) 遭到了不幸的人

从此以后,皇帝不再穿别的衣服,无论在内宫,在朝廷,总穿他那一套新衣服,实际是裸着身体。他的宫妃和群臣渐渐练成了一种本领,看见他装模作样以及他那瘦黑得不堪的身体,能够若无其事,一点不笑。这种本领实在是必要的,否则他们不但会失掉地位,连性命都难保了。

然而也有因为偶然失措,便遭到了不幸的。

一个是最受皇帝宠爱的宫妃。一天,她陪着皇帝喝酒,斟满了一杯葡萄酒献到他嘴边。皇帝欢喜极了,嘴凑着酒杯,就一口喝下去。大概是喝得太快了,一阵咳呛,喷出好些酒来,滴在他的胸膛。

"哎呀!沾湿了您的胸膛了!"

"什么?胸膛!"

那宫妃方才省悟,脸孔立刻转成灰色,抖抖索索改口道:"不是,我说沾湿了您的衣裳……"

"说沾湿了胸膛,不就是说我没有穿衣服吗?你愚笨!你不忠心!并且犯了我的法律!"皇帝便吩咐左右道:"把她送交行刑官去吧!"

又有一个是很有学问的大臣。他只怕自己的本领不到家,万一不留心笑了一声,那就糟了,便托言回家侍奉老母,向皇帝辞去官职。皇帝说这是孝心,准许了。那大臣谢了皇帝,转身下殿,心里非常松快,不觉自言自语道:"从今以后,不再看见那不穿衣服的皇帝了。"

皇帝没有听清楚,问群臣道:"他说些什么?"群臣一时想不出别的话,只好照实回答。

皇帝大怒道:"原来你辞官回家,为的是不愿意看见我!临走又犯了我的法律!看我永不让你回家了!"便吩咐行刑官道:"把他绑出去吧!"

一般民众却没有练成宫妃、群臣那样的本领,每逢皇帝出来,总不免要指点,要议论,要笑。跟在背后的就是一场残酷的杀戮。

这样残酷的杀戮感动了一位年老心慈的大臣。他以为只有想个方法,使皇帝重行(新)穿上衣服,才能停止民众的说笑,才能停止残酷的杀戮。一连几夜没有睡觉,他果然想到方法了,便去朝见皇帝道:"您是最喜欢穿新衣服的,可是近来没有做什么新衣服,大概因为国家事情多,所以忘记了。您身上这一套衣服有点旧了,赶快做一套新的来换上吧。"

"旧了吗?没有的事!这一套是神奇的衣服,永远不会旧的。我永远穿这一套了,你没有听见我说过吗?你要我把这一套换去,莫非要我难看,要我倒楣(霉)!念你一向忠心,年纪又老了,我不杀你。你给我住到监狱里去吧!"

(三)"撕掉你的虚空的衣服"

残酷的杀戮总不能禁绝民众的说笑,皇帝定下更严厉的法律来了:当皇帝经过的时候,民众一律不准开口发声;不管说什么,但有开口发声的,立刻捉住杀掉!

这条法律宣布之后,民众彼此相戒,待皇帝经过的时候,大家关起大门来躲在家里,千万不要出去看。

一天,皇帝带了群臣和兵士到避暑的地方去。街上没有一个百姓,家家都关起大门。只听得队伍的脚步声,达,达,达……

皇帝忽然站定了,侧耳细听,向大臣呵喝道:"听见了没有?"

许多大臣留心听了一会,陆续回答道:

"听见的,是小儿啼哭的声音。"

"这边是女人唱歌的声音。"

"那家的人大概喝醉了,那笑声怪可笑的。"

皇帝看了许多大臣不要不紧的态度,更动了怒,咆哮道:"你们忘记了我新定下的法律吗?"

许多大臣方才省悟,立刻命令兵士把各家的门打开,不论老幼男女,不论啼笑歌唱,凡是开口发声的都得捉住。

预料不到的事情发生了。兵士打开各家大门进去搜捕的时候,各家冲出老幼男女许多人来。他们一齐奔向皇帝,动手在他身上乱撕乱拉;并且呼喊道:"撕掉你的虚空的衣服!撕掉你的虚空的衣服!"

兵士回转身来,看见皇帝一副窘迫的形相,简直像一只被乱蜂刺螫得没法的猴子。他们平时见惯的是威严的皇帝,不料他会这样完全失了体统,他们都拖着长枪,哈哈大笑起来。

同时群臣也哈哈地笑了,仿佛受着兵士的传染。

正笑的时候,大家忽然想起,这不是犯了罪吗?以前是民众笑皇帝,他们帮着皇帝处罚民众。现在他们也到民众这方面来了。皇帝的确好笑,为什么笑了他就犯罪呢?兵士和群臣这样想着,索性加入老幼男女的群众里,附和着呼喊道:"撕掉你的虚空的衣服!撕掉你的虚空的衣服!"

皇帝怎样呢?他看见兵士和群臣也犯他的法律了,好像有一个巨大的铁椎向他头顶上猛击一下,他顿时失了知觉。

选自高级小学用《开明国语课本》,1934年版第4册。

第二章
《卖火柴的小女孩》的接受与阐释

《卖火柴的小女孩》和《皇帝的新装》一样，是安徒生的童话中在我国语文教科书中出现次数最多的作品之一。

《卖火柴的小女孩》是安徒生根据 Annne Andersen 所绘的一幅画作而创作的一则童话[①]：除夕，一个光头赤脚的小女孩在街上卖火柴。可是，没有人买她的火柴。虽然又冻又饿，但是想到可能要遭受父亲的毒打，和家中那不能遮风的房子，她只好向前走。为了给自己取暖，她只好划着火柴。她实在太冷了，火柴划着的刹那，她感觉自己似乎坐在火炉旁；她实在太饿了，在火柴燃烧的光焰里，她似乎看到了房内的烧鹅朝她走来；她似乎看到了缀满饰品的圣诞树和她那和善的祖母……次日清晨，人们发现她被冻死在墙角，手里还拿着火柴！

小女孩悲惨的命运让人哀叹，导致此悲剧的原因也引人深思！这篇童话在 1919 年就被翻译到我国，随后被收入多套语文教科书。下面，我们先简介《卖火柴的小女孩》被翻译的经过及其被教科书收录的情况，然后看教科书编者们对其主旨所作的阐释。

[①] 周作人在《新青年》刊登《卖火柴的女儿》译文之后，加了一段述评文字，其中提到安徒生在自撰的《童话年谱》中对该文说明的文字："卖火柴的女儿在 Grasteen 旧城所作；当时接到 HerrFlinch（案此系当时出板业者）的信，嘱我为他题画，共有三张，我取了一张绘着女儿拿火柴的画，就写了这一篇。"周作人接着写道："当时所印的画，可惜现在已经没有了。但他集内丹麦人 Pedersen 的插画，有两张小图插在这故事里，也非常得神。"（周作人译：《卖火柴的女儿》，《新青年》，1919 年第一期第 32—33 页）1927 年《教育杂志》第十九卷第二号的插页刊登有安徒生创作此文时所依据的彩色画作。引文中的"板"应为"版"。

一、翻译的经过与教科书的收录

（一）翻译的经过

五四之前，文学革命和国语运动思潮兴起。这两项运动都试图借助中小学教育的改革来获取成功。因此，国语运动者推动了白话文的写作，最终使得从小学到中学的教科书中选文的语体逐渐由"国文"（文言）改为"国语"（白话）。文学革命者则催生了新文学的诞生，最终使得中学国文教科书中选文的文体由"古代散文"（"古文"）变为"现代文学"，小学国文教科书中选文的文体由"知识短文"（议论、说明文）变为"儿童文学"。同时，五四前后，提倡科学、民主、自由、平等而反对迷信、压迫等各种新思潮四处传布，"问题"和"主义"被广大师生所热衷讨论。这些均是《卖火柴的小女孩》被翻译到国内进而被收录进中小学教科书中的时代背景。

在《〈皇帝的新装〉的接受与阐释》一文中，我们已经提及，清末孙毓修和五四前夕，刘半农等人已经翻译过安徒生的作品，尤其是陈家麟和陈大镫翻译的《十之九》更可算是安徒生作品的译文集。不过，周作人对《十之九》的翻译并不满意，因为其译文所用语体是文言且删改了原作的部分语句，这种译文笔触如同"班马文章"、思想似乎更合"孔孟道德"，最终抹杀了安徒生童话原作的用小儿的语言来反映天真的情思的特色。这种译文作"教室里的修身格言"则可，作儿童阅读的文学作品则不当。周作人力倡在文学界进行儿童文学的翻译、创作，在小学进行儿童文学教育。正是出于对旧有译文的不满，他翻译了安徒生的《卖火柴的小女孩》，并将其发表在《新青年》1919年第六卷第一号上，名为《卖火柴的女儿》。1920年，受新潮社傅斯年（孟真）和罗家伦（志希）的邀请，周作人又将1918—1919年所发表的包括《卖火柴的女儿》在内的19篇翻译小说结集为《点滴》，交北京大学出版部出版。1928年，周作人又对《点滴》进行了修订，并将其更名为《空大鼓》，交上海开明书店出版。

《卖火柴的小女孩》的译本，除上

《卖火柴的女儿》，《教育杂志》1927年第十九卷第二号插图

述周作人的之外,至少还有六种:舒锡庚译《卖火柴的小孩》(《少年》,1922年第十二卷第五期)。云影译《卖火柴的小孩子》(《民国日报·觉悟》,1924年第八卷第十四期)。陆士豪译《卖火柴的女孩》(《新民》,1931年第一卷第五期)。蒋世焘译《卖火柴的小女孩》(《磐石杂志》,1932年第一卷第一期)。天水译《卖火柴的小女儿》(《校风》,1933年第八十二期)。非龙试译《卖火柴的女孩》(《公教白话报》,1942年第二十五卷第十二期)。不过,无疑周作人的译本最早,影响也最大,正如1925年西谛(郑振铎)在《安徒生的作品及关于安徒生的参考书籍》一文中所称:"使安徒生被中国人清楚的认识的是周作人先生。周先生在他的《域外小说集》上,曾译过《皇帝的新衣》一篇。然那时是太早,大家还不注意。到了'五四'之后,我们的思想,经了大变化,《新青年》成了青年的指导者,于是周先生译登在《新青年》上的安徒生的《卖火柴的女儿》才为大家所十分注意。"[1]安徒生及其《卖火柴的女儿》不仅从被周作人翻译,并被登载在《新青年》上之后被广大青年所关注,而且不久就被语文教科书所收录。

(二)教科书的收录

1922年,新学制实行。1923年,中小学国语课程纲要颁布。纲要的课程目标规定,应训练学生的白话文读写能力,并提高学生欣赏文学的兴趣或能力。相应地,课程纲要规定,小学教科书中的选文应几乎全用白话儿童文学,初中低年级也以白话文学为主,然后逐年递减。无论是从语体、文体,还是从主旨来看,周作人翻译的《卖火柴的女儿》都是一篇应该让学生学习的典范之作。于是,由叶绍钧起草、1923年初颁布的《新学制课程标准纲要初级中学国语课程纲要》将收录了《卖火柴的女儿》的周作人的《点滴》纳入学生的"略读书目"之中[2]。范祥善、吴研因、周予同、顾颉刚和叶绍钧编纂,且于1923年2月初版的《新学制国语教科书》,正式将周作人译的《卖火柴的女儿》收入教科书。此后,至少有如下22套[3]教科书收录了《卖火柴的小女孩》。1931年,许钦文在评论《卖火柴的女儿》时说:"安徒生氏底《卖火柴的女儿》,翻译的已不止一两人,许多教科书都采用,可谓已经很普遍了。"[4]

---

[1] 西谛(郑振铎):《安徒生的作品及关于安徒生的参考书籍》,《小说月报》,1925年第十六卷第八期第6页。
[2] 课程教材研究所编:《20世纪中国中小学课程标准·教学大纲汇编(语文卷)》,北京:人民教育出版社,2001年版第276页。
[3] 其中《北新国语教本》未觅得原书,从所见与之配套的《北新国语教本教授书》中得知《北新国语教本》也收录该文教科书和教授书出版者及时间一般相同。表中列出的《初中国文指导书》和《初中国文选本注解》是教学用书(教授书),不在这22套之内。
[4] 许钦文:《卖火柴的女儿》,《中学生文艺》,1931年第一期第105页。

编者	教科书名称	册次	出版社	时间、版次
范祥善、吴研因、周予同、顾颉刚、叶绍钧	初级中学用《新学制国语教科书》	第2册	商务印书馆	1924年4月3版
朱剑芒	初级中学学生用《初中国文》	第3册	世界书局	1929年出版
北师大附中	《初中国文读本》	第4册	文化学社	1931年1月出版
赵景深	《初级中学混合国语教科书》	第1册	北新书局	1931年7月3版
傅东华、陈望道	初级中学用《基本教科书国文》	第1册	商务印书馆	1931年12月初版
北平文化学社	《初中二年级国文读本》	第2册	文化学社	1932年6月出版
陈椿年	《新亚教本初中国文》	第1册	新亚书局	1932年8月初版
赵景深、李小峰、陈伯吹、徐学文	后期小学用《北新国语教本教授书》	第1册	北新书局	1932年8月初版
赵景深、李小峰、陈伯吹、徐学文	后期小学用《北新国语教本》	第1册	北新书局	1932年8月初版
朱剑芒	初级中学学生用《初中国文》	第3册	世界书局	1932年8月出版
朱剑芒、陈霭麓	初级中学教师及学生用《初中国文指导书》	第3册	世界书局	1932年8月出版
北师大附属二小	高小用《新选国语读本》	第1册	编者自刊	1932年9月初版
王侃如等	《新学制中学国文教科书初中国文》	第1册	南京书店	1932年9月再版
姜亮夫、赵景深	《初级中学北新文选》	第3册	北新书局	1932年9月再版
周颐甫	《基本教科书国文教本》	第1册	商务印书馆	1932年10月初版
石泉	《初中师范教科书初中国文》	第1册	文化学社	1933年2月再版
罗根泽、高远公	《初中国文选本》	第1册	立达书局	1933年8月初版
崔新民等	《初中国文选本注解》	第1册	立达书局	1933年8月初版
李小峰、赵景深	《高小国语读本》	第1册	青光书局	1933年9月初版
沈荣龄等	《实验初中国文读本》	第1册	大华书局	1934年3月出版
盛朗西、施蛰存、朱雯、沈联璧	《初中当代国文》	第1册	中学生书局	1934年8月4版

(续表)

编者	教科书名称	册次	出版社	时间、版次
国立编译馆	高级小学用《实验国语教科书》	第4册	商务印书馆等	1936年11月初版
吕伯攸、徐亚倩	《新编高小国语读本》	第1册	中华书局	1937年2月初版
朱剑芒	《初中新国文》	第3册	世界书局	1937年3月初版
教育总署编审会	《高小国语教科书》	第1册	编者自刊	1940年8月版

《新学制国语教科书》（1924）

和目前《卖火柴的小女孩》多出现在小学高年级（六年级）的教科书中不同的是，其在民国期间多出现在初中低年级教科书中。在上表所列的已知收入该文的22套教科书中，有6套是小学高年级教科书，其他均为初中教科书；在出现该文的16套初中教科书的第1—4册中，出现在第1册中最多，有10套，出现在第2—4册中的有6套。在以上22套教科书中，除李小峰等编的《北新国语教本》、北师大附属二小编的高小用《新选国语读本》和《新编高小国语读本》中的课文是根据原文缩写的,李小峰、赵景深编的《高小国语读本》和教育总署编审会编的《高小国语教科书》中的课文是原文。《北新国语教本》、高小用《新选国语读本》和《高小国语读本》中课文题名均为周作人最初的译名《可怜的女儿》,《新编高小国语读本》中的课文题名为《卖火柴的女孩子》,教育总署编审会编的《高小国语教科书》中的课文题名是《卖火柴的女儿》。其他教科书所用均是周作人的译文原作,且题为原译题《卖火柴的女儿》,选自《点滴》或《空大鼓》。《北新国语教本》等之所以采用原文缩写的形式,主要可能还是考虑小学儿童的接受水平较低,而用删节的方式可去除一些不易理解的情节,用转述的方式使得语言接近于口语。

二、教科书编者对其主旨的阐释

对其形式所作的阐释不多,目前所见,最早有1919年周作人在《卖火柴的女儿》译文后的述评中所称道的高超的"幻觉"描写手法:"这篇故事又与平常的童话,略略不同,所以别有一种特色。他写这女儿的幻觉,正与俄国平民诗人Nekrassov的《赤鼻霜》诗里,写农妇在林中冻死时所见过去的情景相似。可以同称近世文学中描写冻死的名篇。"[①]其次是1931年许钦文在《卖火柴的女儿》的评论中所分析的叙述手法:"首先值得我们注意的是补叙的方法。"虽然主要情节是发生在一个晚上、一个街角,但通过补叙述的手法巧妙地把她的家境及过去全部写出来了[②]。再次,1933年赵景深在《高小国语读本教学法》中称此文的文体为"小说",并用图表的形式分析其结构,标示其"顺叙"、"先叙"和"追叙"等叙述方式所在的段落[③]。最后,1940年吕漠野在《一篇文章的精读方法(读写座谈会)》中,讨论了该文如何围绕主旨选材、安排伏笔照应、采用烘托描写、推敲字句,等等[④]。

这篇文章的主旨到底是什么?民国期间的教科书编者,是否也像今天常见的某些论者那样,将其解读为揭露资本主义社会的黑暗本质呢?从选入《卖火柴的女儿》的教科书所确立的较为明确的选文标准、组织单元的方式,课后所设置的问题和注释,以及一些与教科书配套的教学用书的解读来看,不同时代的不同编者对此认识并不完全一致。

(一) 探讨女性(童)的解放

初级中学用《新学制国语教科书》(1923)的编辑大意称:"本书的选辑,以具有

[①] 周作人:《卖火柴的女儿》,《新青年》,1919年第一期第33页。
[②] 许钦文:《卖火柴的女儿》,《中学生文艺》,1931年第一期第105页。
[③] 赵景深编:《高小国语读本教学法》,上海:青光书局,1933年第1册第180—187页。
[④] 吕漠野:《一篇文章的精读方法(读写座谈会)》,《战时中学生》,1940年第二卷第三期第37—42页。

真见解、真感情、真艺术,不违反现代精神,而又适合于学生的领受为标准"。其第2册的第23—26课分别为《先妣事略》《祭亡妻黄仲玉》《卖火柴的女儿》和《插秧女》,4篇选文题材一致,都涉及女性问题。五四时期,"儿童"和"妇女"相继被发现,儿童、妇女不是成年男人的附属物,他们被认为应有独立的人格及与成年男性平等的地位。所以,此时易卜生的戏剧便被纷纷翻译、演出、热议。《新学制课程标准纲要初级中学国语课程纲要》就在关于学生应阅读的戏剧中规定,"于近译西洋剧本内酌选如易卜生集第一册(潘家洵译)之类"。① 在日常的语文教学中,如果不讨论妇女、儿童等问题,也常会被认为是落伍的。除《卖火柴的女儿》外,上述其他3篇课文都直接写出了传统女性的悲苦人生,如其中清人陈文述的《插秧女》写道:"朝见插秧女,暮见插秧女。雨淋不知寒,日炙不知暑。两足如凫鹭,终日在烟渚。种秧一亩宽,插秧十亩许。水浅愁秧枯,水深怕秧腐。高田已打麦,下田还种黍。四月又五月,更盼分龙雨。襁褓置道旁,有儿不暇乳。始信盘中餐,粒粒皆辛苦。"将《卖火柴的女儿》置于其中,这种编排方式是否暗示该文是讨论"女童"问题、宣传女性解放等"现代精神"的作品呢?很有可能。茅盾在《关于"儿童文学"》中就曾说:"'五四'时代的开始注意'儿童文学',是把'儿童文学'和'儿童问题'联系起来看的,这观念很对。记得是一九二二年顷,《新青年》那时的主编陈仲甫先生在私人的谈话中表示过这样的意见:他不很赞成'儿童文学运动'的人们仅仅直译格林童话或安徒生童话而忘记了'儿童文学'应该是'儿童问题'之一。"②《卖火柴的女儿》的译者周作人反对在学校教育中用儿童文学从事教训之事,而主张发挥儿童文学的"无用之用",但是在发表此文的《新青年》的主编陈独秀看来,是应该用儿童文学揭示"儿童问题"。教科书编者显然是如陈独秀所主张的那样把这篇文章当成了"问题"文,而不仅仅是"文艺"文。

(二) 批判家长的专制

初级中学学生用《初中国文》(1929)的第3册第35—37课分别是《磨面的老王》《卖火柴的女儿》和《光明的使者》。这3篇课文反映的都是穷苦的人生。《卖火柴的女儿》的课后所设置的"问题"是:"雪中卖火柴的女儿,怎么没有人怜惜她?卖不掉火柴,怎么定要受父亲责打?伊在将冻死时,何以发现这许多幻象?"如果说第一个问题答案有可能是批判社会的冷漠和家长的专制的话,那么第二个问题的设

---

① 课程教材研究所编:《20世纪中国中小学课程标准·教学大纲汇编(语文卷)》,北京:人民教育出版社,2001年版第276页。
② 江(茅盾):《关于"儿童文学"》,《文学》,1935年第四卷第二号第274页。陈仲甫,即陈独秀。

> 三六 賣火柴的女兒 安兌爾然[1]著 周作人譯
>
> 本篇採自點滴
>
> 天氣很冷 天下雪 又快要黑了 已經是晚上——是一年最末的晚上 在這寒冷陰暗中間 一個可憐的女兒 光著頭 赤著腳 在街上走 伊從自己家裏出來的時候 原是穿著鞋 但這有什麼用呢？那是很大的鞋，伊的母親一直穿到現在 這小女兒見路上兩輛馬車飛奔過來 慌忙跑到對面時 鞋都失掉了 一隻是再也尋不著 一個孩子抓起那一隻 也拏了逃走了 他說 將來他自己有了小孩 可以當作搖籃用的 所以現在女兒只赤著腳走 那腳已經凍得全然發紅發青了 在舊圍巾裏面 伊兜著許多火柴 手裏也拿著一把 整日沒有一人買過伊一點東西 也沒有人給伊一個錢

《初中国文》（1929）

（三）批判贫富的不均

1931年，许钦文在《卖火柴的女儿》中认为该文结尾写小女孩在幻觉中见到了美丽的图景，可见其主旨是祈求穷人和富人能够平等，他写道："安徒生氏把这小女儿底死写得这样美丽，他在注意贫苦的孩子，替他们着急，想为他们吐一吐最后的一口气是不消说，在这里，可以说是隐约有着这样的呼声：'你们富有的自私的享乐者！你们以为这样贫苦冻死的孩子是不值得注意的么？可是这种孩子底精神是愉快的！'他怀着平等的观念，实行了这样企图平等的写作。"他接着写道："可是到了现在，我们应得明白，这只于无可奈何中给死者戴上个花圈，聊以自解自慰，所谓精神胜利，并不是好的办法；我们现在需要实实在在能够使得灵肉一致的平等方法了！"[1]反过来说，该文主旨就是批判贫富不均。持这种观点的教科书有以下数种。

《基本教科书国文》（1931）的第1册的第57—60课分别是《卖炭翁》《卖火柴的女儿》《新制布裘》和《鱼的悲哀》。其中《卖火柴的女儿》的课后"注释与说明"明确

---

[1] 许钦文：《卖火柴的女儿》，《中学生文艺》，1931年第一期第106—107页。

提到了本文的主旨:"这篇的意义,如用直接陈述法说出,便是:——富人的孩子都得好的吃,好的穿,快乐过圣诞节。穷人的孩子该得在街上饿死,冻死,而且没有人理会他:这是贫富不平等的结果,但是作者全用间接的暗示。"即批判贫富不均。

《新亚教本初中国文》(1932)的"致教者"指出,"编者确认国文教学的目的在训练思想,养成对于实生活上种种问题的批判力及正确表达的技能,所以教材的选择纯以内容为主",教材的组织"纯以某问题或中心思想为轴心联络各篇成为一组"。各组再组成以某问题为主的一册。其第1—6册主要讨论的问题分别是"实生活的体认""生活态度的训练""问题的检讨""问题的检讨""社会的批判"和"文化的批判",其第1册中的"实生活的体认"分为"经济""社会"和"政治"3组,其中的"经济"组由《同鸡蛋一样大的谷粒》《两个乞丐》《哭中的笑声》《一滴的牛乳》《卖火柴的女儿》《圣诞树前的贫孩子》《禁食节》《茅屋为秋风所破歌》《新制布裘》和《诗·魏风·伐檀》等10篇文章组成。将《卖火柴的女儿》置于"经济"组,而且在其前后安排反映贫富不均的主旨课文,尤其将其与后文陀斯妥耶夫斯基的《圣诞树前的贫孩子》相对照,很明显地吐露出编者的意图,即本文批判了贫富不均。其课后所设置的"问题"也揭示了这一点:"(一)女孩在小火光中见到些什么?她迫切地需要的是什么?(二)明晃的点着灯火,发出烧鹅的香味的窗棂里面的孩子们现在的情形怎样?他们比了这女孩怎样?她该受苦的么?(三)同神在一处,是否可得到欢乐?"可见,编者认为既然小孩们生来平等,那么就应该平等地获得欢乐,然而卖火柴的小女孩竟在富人家庆贺圣诞的夜里饿死、冻死了,这就说明其不幸完全是由贫富不均所造成的。应该批判这种社会现实,但不应寄希望于上帝,所以编者最后发问:"同神在一处,是否可得到欢乐?"其实在此前的《一滴的牛乳》课后"问题"三中,编者已明确表露了这种不能迷信观点:"他为什么定要向基督徒求帮助?基督徒真愿意帮助他么?"

《北新国语教本教授书》(1932)则明确指出,《可怜的女儿》的"要旨:同情穷人"。其教学设计的"研究"环节就预设了相应的问答:"你觉得这女孩可怜么?(真可怜呀!)那末你大了也想设法拯救穷人,使得天下都平等么?(想的。)"

《实验初中国文读本》(1934)的第1册将选文分为"个己修养""家庭之爱""学校生活""社会环境""民族精神""自然享受""艺术欣赏"和"冒险精神"等8组。《卖火柴的女儿》并没有出现在"家庭之爱"组,而是和《希望》《生命的价格——七毛钱》《路程》《聪明人和傻子和奴才》《这也是一个人吗》《学徒苦》等6篇课文一起出现在"社会环境"组。可见,编者并不认为卖火柴的小女孩的悲剧与家庭直接相关,而是认为其与社会的黑暗直接相关。其第1册的"编选说明"对此作了说明:"社会环境组凡七篇(正六副一),包含社会环境概括的写照,及社会下层阶级生活的苦痛,以引起其同情心。"当然不止于同情,还应对社会进行批判,如全套书的"编辑大意"就强调"本书选材以青年心理为本位,社会环境为对象。将教材多方组织,联络一贯,使学生习得适应时代及改造社会之需求"。

《新学制中学国文教科书初中国文》(1932)的第1册第15组包括《卖火柴的女儿》《学徒苦》和《阿菊》3篇课文,《基本教科书国文教本》(1932)的第1册第49—51课分别为《一滴的牛乳》《卖火柴的女儿》和《光明的使者》,《初中国文选本》(1933)的第1册第17、18课分别为《卖火柴的女儿》和《少年笔耕》,《初中当代国文》(1934)的第1册第27—29课分别为《卖火柴的女儿》《卖汽水的人》和《一个乡民的死》。这些教科书组织单元的方式,均揭示《卖火柴的女儿》的主旨是在同情贫苦民众的同时,批判贫富悬殊。

(四)赞美宗教的力量

上文提到,1932年朱剑芒对上述1929年版的初级中学学生用《初中国文》进行了修订并出版了新的《初中国文》。修订时调整了原书的篇目,如新版的《初中国文》的第3册第22—26课分别是《先妣事略》《一个兵丁》《小小的一个人》《卖火柴的女儿》和《海上》。与1929年版的《初中国文》相比,新版中的《卖火柴的女儿》前后的课文发生了变化。另外,1932年朱剑芒和陈蔼麓合编了与新版《初中国文》相配套的初级中学教师及学生用《初中国文指导书》。从《初中国文指导书》中对该文的教学设计来看,编者对其主旨的解读明显和1929年版的《初中国文》不同,此时编者更倾向于认为本文是赞美宗教在拯救苦难方面所发挥的作用。如《初中国文指导书》在该文"作品研究"之"内容方面"首先指出:"要旨:饥寒交迫的小女儿,虽至冻死而绝无人怜恤,那就只有离开这黑暗的世界,而到光明的天之国去了。"从《初中国文》所设定的三个问题及《初中国文指导书》所附的三个"答案"来看,同样认为本文的主旨是在批判社会(人间)黑暗的同时,更是在赞扬宗教(天国)的美好:问题——"(一)雪中卖火柴的女儿,竟没有人怜惜她,这是社会上的什么现象?(二)写卖火柴的女儿,在冻死时所发现的幻象,是表示她怎样几种希望?(三)本篇的寓意,在那几句中流露出来?"答案——"(一)雪中卖火柴的女儿,竟没有人怜惜她,这就是社会上的一种黑暗的现象。(二)写卖火柴女儿,在冻死时所发现的幻象,是表示她求得安适地方,求得丰富食品,求得美丽玩具,求得慈善的祖母安慰四种希望。(三)本篇的寓意系在'到那没有寒饿忧愁的地方去……'各句流露出来只是再也尋不着，也擎了一個孩子抓起那一隻，也擎了逃走了。那小脚，將來他自己有了孩子，可以當做搖籃用的。(他說)已經凍得全然發紅發青了。

孩子，在女兒只赤着脚走在舊圍裙裏面。她兜着許多火柴，手裏也擎着一把，整日沒有一個人給她買過她一點東西。

柴，也沒有一個人給她一個銅子。

沒有凍餓得索索的抖着，正是一幅窮苦生活的圖畫。雪片落在

走，可憐凍餓得索索的抖着的女兒，美麗的長髮——披到兩肩的好捲螺髮上，但她並不想到

高级小学用《实验国语教科书》(1936)

的。"也就是说，"他们是同神在一处了"而最终获得了幸福，超脱了人间的不平等和由此带来的痛苦。

（五）表达恻隐之心

高小用《新选国语读本》(1932)是根据1929年颁布的《小学课程暂行标准小学国语》而编写的。《小学课程暂行标准小学国语》规定教材编选时要是"不背本党主义，或足以奋兴民族精神，启发民权思想，养成民生观念的。"[1]"哀民生之多艰"自然成为国语教科书的一个主题。在高小用《新选国语读本》第1册中，第23—30课分别为《劳工神圣》《新年推动我跑上新的道路》《学徒苦》《可怜的女儿》《等候春天的到来（一）》《等候春天的到来（二）》《雪夜（一）》和《雪夜（二）》。提示学生关注劳工、学徒等底层民众的生活疾苦。《新年推动我跑上新的道路》以一个小孩的口吻记叙过元旦时所见欢乐的景象。《学徒苦》是歌谣，写学徒整天劳作、吃穿粗简而不敢言

---

[1] 课程教材研究所编：《20世纪中国中小学课程标准·教学大纲汇编（语文卷）》，北京：人民教育出版社，2001年版第19页。

苦。《等候春天的到来》写鲫鱼母子在寒冷的池水里等待春天的到来。《雪夜》写寒鸦的生活。虽然写了底层民众的疾苦，但并没有写富人的生活如何幸福而抨击贫富不均，而是正面地写以激发读者的恻隐之心；虽然《学徒苦》中也写到"生我者亦父母"，但主要是希望读者推己及人，关心别人，甚至在《等候春天的到来》中当鲫儿埋怨池子太小、水太冷时，还虚拟了一位鲤鱼公公告诫鲫儿的情节，鲤鱼公公说，"哥儿，鱼到这池子里来，并不是为了专照自己的意思闹"，"第一，应该驯良，听从父母和有年纪人的话；其次，爱那池里的大哥们，并且拼命的用功，成一条体面的鱼"。于是，"从这时候起，鲫儿便无论怎样冷，无论怎样饿，再也不说一句废话，只是嘻嘻地笑着，等候那春天的到来"。显然又是在告诉身处贫困中的民众也不要怨天尤人，而要艰苦奋斗、乐观向上。

《高小国语教科书》（1933）第 1 册第 31—33 课《我是少年》《雪》和《可怜的女儿》组成一个单元。与教科书配套的《高小国语读本教学法》虽然称《雪》的"要旨"是"希望贫富均等"，又在《我是少年》与《雪》课后"补充"中提到贫富不均（"杜甫诗云：'朱门酒肉臭，路有冻死骨。'这两句诗的意思是说，富贵人家（大都是红漆大门）的酒肉吃不了，以至臭掉，但大路上却还有连残羹剩饭都吃不到的冻死的人呵！"），但在"联络"中又说：这两课"都说的是下雪天气穷人的困苦"。所以，其重点不是抨击贫富不均，而是同情穷人，如《教学法》就明确指出《可怜的女儿》的"要旨：同情穷人"。在内容"研究"的末尾以问答的形式写道："你觉得这女孩可怜么？（真可怜呀！）那末你大了也想设法拯救穷人，使得天下都平等么？（想的。）"

高级小学用《实验国语教科书》（1936）的很关注民族、民权、民生问题。其第 4 册第 37 课《民生主义》开头对"民生主义"的界定是"对于人民的生活，社会的繁荣，国家的发展，种种问题，研究并计划，以求解决的一种主义"，结尾指出"民生主义"解决

高级小学用《实验国语教科书》（1936）

的标准:"到全国人民有饭吃,有衣穿,有房子住,有近代很方便的交通工具可以使用,方算得解决了民生问题。"对那些没饭吃、没衣穿、没房子住的穷苦民众,自然首先要同情,其次要关注,最后要帮助。第4册第24课选入《卖火柴的女儿》就是用来提请学生关注底层民众生活的困苦,而对他们表示同情。课后有一段较长的说明,点明了题旨:

安徒生(1805—1875)为世界最善写童话的作家,因为他能保存小孩子的天真。《卖火柴的女儿》,是他童话中很著名的一篇。据他自己说是看见一张女儿拿着火柴的画,就写了这篇故事。试想一个贫苦美丽的女孩在大年的晚上,一切幸福的孩子,都换上了新衣吃烧鹅,在美丽的圣诞树下玩耍她却在大雪里赤着脚卖火柴,无处可以找到一个主顾。又不敢回家,怕父亲打她。冻的没奈何,只能倚在墙角,划火柴取暖。这多么可怜!在火柴微光里她看到烧鹅,看到圣诞树,看到他(她)死去的祖母。写她冻死的情形,由幻想变成幻觉,一层深一层,渐渐至于知觉全失了。这篇写死,并不写得可怕,而只写得可怜,使我们读了永远忘不了这幅值得人类同情的图画。

高级小学用《实验国语教科书》由教育部负责中小学教科书审定的国立编译馆主编,所以上面的这则"说明"中的"可怜说"就代表了官方的观点。

在《新编高小国语读本》(1937)第1册中,《卖火柴的女孩子》的课后的"问题解答"就是围绕女孩值得同情来设问:"1. 可怜的女孩,为甚么到了除夕,还要冒着风雪卖火柴?2. 这样冷的天气,她为甚么不回家去?3. 你们读了这篇文字,心中有何感想?"可能在编者看来,《卖火柴的女孩子》主旨是表达了对穷苦人的怜悯。这在《卖火柴的女孩子》课后的"研究和作文"中也有所体现:"1. 本篇叙述女孩子的

《新编高小国语读本》(1937)

苦况,为甚么中间要穿插一段家家户户过年的热闹情形? 2. 末段为甚么要把欢乐的孩子和可怜的女孩并提? 3. 试调查本地穷苦孩子的生活状况,写下来。"问题1和2中所提的"穿插"和"并提"并不是为了揭示、抨击贫富不均,而是在对比中,形成一种反衬,最终反衬出女孩的可怜,更何况问题1已先断定课文是叙述女孩子的苦况,而问题3更是让学生学完此课关注中国贫苦儿童的生活。

1937年3月,朱剑芒在1929、1932年版《初中国文》的基础上编写的《初中新国文》出版。他将《初中新国文》的第3册第35、36课《卖火柴的女儿》和《一滴的牛乳》归为第13组——"社会上饥寒困苦者的描写",且在课后就内容设问:"卖火柴的女儿最可怜的在什么地方? 人们对于卖火柴女儿的冻死,何以绝不怜悯?"1937年7月7日,日本发动了全面侵华战争。作如此解读,显示出编者在全面抗战爆发前夕对弱者自强的急切的期盼[①]。

三三 可憐的女兒

怎不雪也似的遍地鋪着呢

天氣很冷;天下雪,又快要黑了,已經是晚上——是一年最末的晚上。在這寒冷陰暗的中間,一個可憐的女兒,原是穿著鞋;頭,赤著腳在街上走,她從自己家裏出來的時候,原是穿著鞋;但是有什麼用呢?那是很大的鞋,是她的母親一向穿著的。這小女兒見路上兩輛馬車飛奔過來,慌忙跑到對面時,又拿著一所以逃了。他說:"將來我自己有了小孩子可以當搖籃用的。"

鞋都掉了。一隻再也找不着;一隻一個小孩子抓起了一隻,又拿着一所以逃了。他說:"將來我自己有了小孩子可以當搖籃用的。"

現在這女兒只赤着腳走;那腳已凍得全然發紅發青了。在舊

七九

《高小国语教科书》(1933)

[①] 这种观点在1949年之后成为主流,如1956年颁布的《初级中学文学教学大纲》对《卖火柴的女孩》主旨的解读是"这篇童话反映旧社会里贫苦儿童的生活,揭露贫富悬殊的社会现象"。课程教材研究所编:《20世纪中国中小学课程标准·教学大纲汇编(语文卷)》,北京:人民教育出版社,2001年版第372页。

教育总署编审会编的《高小国语教科书》(1940)第 1 册中,《卖火柴的女儿》前的两篇课文是《知道正义的儿子》和《卖报童子的快活》。其中《卖报童子的快活》写一个卖报的童子捡到一个钱袋感到非常快活。一会儿一个妇人问他是否捡到了钱袋,他否认了,那个妇人失望地说:"真不幸呀!今天晚上,我的孩子要没有什么吃了!"这个童子越想越不安和自责,于是他追上去还给她钱袋并道歉,最后"那个女人很快活地走了。这个孩子也很快活地走了"。虽然编者没有明确地对《卖火柴的女儿》的主旨进行阐释,但是将其置于《知道正义的儿子》和《卖报童子的快活》之后,大概是认为就像前两篇课文的主旨所宣扬的那样,这篇课文就是告诉人要有正义之心、恻隐之心,帮助那些可怜的人,只有这样才能使人人快乐。

1940 年,吕漠野在《一篇文章的精读方法(读写座谈会)》中,以《卖火柴的女儿》为例讲解精读之法,并虚构了参与讨论的场景和人物,并讨论了其主旨,认为是表达一种同情:"锦华:阿!这卖火柴的女儿真太可怜了!快快乐乐地过新年的人,谁知道这些人的苦楚呢?慧修:可是《孟子》说过,恻隐的心是任何人都有的。那些快快乐乐地过新年的人不知道怜悯,是因为没有看见这些事情。如果有机会看见了,那人所本有的恻隐的心是一定会被拨动的。志青:这就是所以做这一篇文字的缘故。安徒生自己看到了这种情形觉得很是感动,就把它写出来,希望别的人也可以知道这一件事情。复初:所以最紧要的一点便是:自己先感动。如果自己在新年里快快乐乐地吃喝,看到就在这一天却有人冻死饿死,可是一点也不受感动的硬心肠的人,或是以为这是各人命该如此,无须感动的糊涂的人,是根本写不出这样的文字来的。""这一篇文字的主旨我们已经很清楚:记载一个可怜的女孩子在快乐的新年里冻饿死了。""读了这一篇童话以后,每逢快乐的新年我也会想起那些不幸的人了。"①虽然和前述 20 世纪 30 年代众多教科书编者将其解读为也是表达对穷苦民众的同情一样,但是并没有明确抨击贫富不均,这一方面可能是因为绝大多数民众都处于困苦之中,另一方面是因为当时的主要矛盾是中日之间的矛盾,而并非国内的贫富阶层之间的矛盾,把穷苦归咎于日本的侵略更恰当。

从以上对教科书编者对其主旨的解读的梳理可以发现:1920—1929 年,教科书编者将其主旨解读为探讨女性的解放、批判家长的专制,这是五四初期关注妇女、儿童、婚姻、家庭等社会思潮的延续;1930—1931 年初,将其主旨解读为批判贫

---

① 吕漠野:《一篇文章的精读方法(读写座谈会)》,《战时中学生》,1940 年第二卷第三期第 37—38、42 页。

富的不均,这与国民党推行党化教育并强调其中的"民生"教育相关;而将其主旨解读为赞美宗教的力量,可能与1931年九一八与1932年一·二八事变爆发后编者处在国破家亡、民不聊生之际而生发了虚无颓废思想有关;1932年,尤其是1937年之后又将其解读为表达恻隐之心,可能与多数民众极度穷苦有关。在这五种解读中,以"批判贫富的不均"为最多。另外,需要提及的是,1929、1932年版《初中国文》和1937年3月版的《初中新国文》编者同为朱剑芒,但其对三书中《卖火柴的女儿》的主旨的解读明显不同,解读的变化,也折射出时代风云的变幻。

文选一

卖火柴的女儿

丹麦安兑尔然(Hans C. Andersen) 著　周作人　译

　　天气很冷;天下雪,又快要黑了,已经是晚上——是一年最末的晚上。在这寒冷阴暗中间,一个可怜的女儿,光着头,赤着脚,在街上走。伊从自己家里出来的时候,原是穿着鞋;但这有什么用呢?那是很大的鞋,伊的母亲一直穿到现在,鞋就有那么大。这小女儿见路上两辆马车飞奔过来,慌忙跑到对面时,鞋都失掉了。一只是再也寻不着;一个孩子抓起那一只,也拿了逃走了。他说:将来他自己有了小孩,可以当作摇篮用的。所以现在女儿只赤着脚走,那脚已经冻得全然发红发青了。在旧围巾里面,伊兜着许多火柴,手里也拿着一把。整日没有一个人买过伊一点东西,也没有人给伊一个钱。

　　冻饿得索索的抖着,向前奔走,可怜的女儿!正是一幅穷苦生活的图画。雪片落在美丽的长发——披到两肩的好卷螺发上,但伊并不想到他。街上窗棂里都是明晃晃的点着灯火,发出烧鹅的香味;因为今日正是大年夜了。咦,伊所想的正在这个!

　　两所房子前后接着,其间有一个拐角,伊便在那里屈身坐下。伊将脚缩紧,但是觉得愈冷了;又不敢回家,因为伊没有卖掉一把火柴,也没有一个钱拿回家去,伊定要受父亲的一顿打;而且家里也冷,因为他们家里只有一个屋顶,大的裂缝虽然用了稻草破布已经塞好风却仍然呼呼的吹进来。

　　伊的小手几乎冻僵了。倘从柴束里抽出一支火柴,墙上擦着,温温手该有好处。伊便抽出一支。霎的一声,火柴便爆发烧着了。这是一个温暖光明的火。伊两手笼在上面，正像一支小蜡烛；而且也是一个神异的小火光！女儿此时觉得仿佛坐在一个大火炉的面前，带着明亮的铜炉脚和铜壶。这火烧得何等好！而且何等安适！但小火光熄了火炉也不见了，只有烧胜（剩）的火柴头留在手中。

第二支又在墙上擦着。火一发火光落在墙上，墙便仿佛变了透明，同薄幕一样，伊能见屋里的事情。桌上铺着一块雪白的布，上面放着光亮的晚饭器具，烧鹅肚里满装着苹果干枣，蓬蓬的发出热气。还有更好看的，那鹅跳下盘，在地板上摇摇摆摆的，胸前插着一把刀、一把叉向女儿走来。那时火柴熄了，只有厚实潮湿冰冷的墙，仍在伊的面前。

伊又烧起一支火柴。这回伊坐在一株美丽的圣诞节树下；这树比去年伊在那富商家隔着玻璃窗望见的那一株更加高大，更装饰得好看。一千多支的蜡灯点在绿树枝中间；许多彩色图画，同店头所有的一样，都向上看这烛光。女儿伸出两手向他们，火柴就熄了。圣诞烛渐渐的升高。伊现在再看，却是天上的星——一颗星往下落曳了一道火光。女儿心里想道："现在有一个人将死了。"因为伊的祖母——世上唯一爱伊的人，如今已经死了，——常常告诉伊说：凡是一颗星落下就有一个灵魂升天去了。

伊又在墙上划一支火柴。火发了光，在这亮光里，立着伊的祖母——清净光明，和善可爱。女儿叫道："祖母，你带我同去！我晓得：火柴熄时你就要去了。你也要同温暖的炉火、好的烧鹅、美丽的圣诞树一样就要不见了。"伊忙将整把的火柴擦着，想留住伊的祖母。火柴烧得很猛，比日中还光明，祖母的相貌也很大，很美丽，不同平常一样。伊将女儿抱在手里，两个人在光明喜乐中，离开地面飞得很高到那没有寒饿忧愁的地方去——他们是同神在一处了！

但次日清早女儿仍旧坐在拐角上靠着墙两颊绯红，口边带着笑容——在旧年末夜冻死了。新年的太阳起来照在一个小死尸上！这孩子坐在那里，冷而且硬；手里拿着火柴，其中一把已经烧过了。旁人说，"伊想自己取暖。"但没有人知道伊看见怎样美景，也不知道伊在怎样的灵光中同伊的祖母去享新年的欢乐去了。

选自《新学制初级中学教科书国语》，1924年版第2册。

文选二

可怜的女儿

赵景深、李小峰等　改编

　　天气很冷;天下雪,又要快黑了,已经是晚上,——是一年最末的晚上。在这寒冷阴暗中间,一个可怜的女儿,光着头,赤着脚,在街上走。伊从自己家里出来的时候,原是穿着鞋;但这有什么用呢?那是很大的鞋,她的母亲一直穿到现在,鞋就有那么大。这小女儿见路上两辆马车飞奔过来,慌忙跑到对面时,鞋都失掉了。一只是再也寻不着;一个孩子抓起那一只,也拿了逃走了。他说:"将来他[①]自己有了小孩,可以当作摇篮用的。"所以现在女儿只赤着脚走;那脚已冻得全然发红发青了。在旧围巾里面,伊兜着许多火柴,手里也拿着一把。整日没有一个人买过她一点东西,也没有人给她一个钱。

　　冻饿得索索的抖着向前奔走,可怜的女儿!正是一幅穷苦生活的图画。雪片落在美丽的长发——披到两肩的好卷螺发上,但她并不想到他。街上窗棂里都明晃晃的点着灯火,发出烧鹅的香味;因为今日正是大年夜了。咦!她所想的正在这个!

　　两所房子前后接着,其间有一个拐角,她便在那里屈身坐下。她将脚缩紧,但是觉得愈冷了;又不敢回家,因为她没有卖掉一把火柴,也没有一个钱拿回家去,她定要受父亲的一顿打;而且家里也冷,因为他们家里只有一个屋顶,大的裂缝虽然用了稻草破布已经塞好,风却仍然呼呼的吹进来。

　　次日清早,女儿仍旧坐在拐角上,靠着墙,两颊绯红,口边带着笑容,——在旧年末夜冻死了。

　　选自后期小学用《北新国语教本教授书》,第1册1932年8月版。

[①] 既然是直引,那么文中的"他"似乎应改成"我"。

第三章
《鲁宾逊漂流记》的接受与阐释

《鲁宾逊漂流记》是英国作家丹尼尔·笛福在1719年发表的一篇小说：青年鲁宾逊[①]在乘船去伦敦的途中遇到风浪，后又几次遇险，最后漂流到南美洲的一个小岛。在这荒芜的小岛上，他仅靠自己的双手和简单的木石工具建造房屋，开辟园地，种植麦子、葡萄，驯养山羊，缝衣，制伞。他曾还花费5个月的时间开凿了一艘独木舟以备逃离小岛之用，但因无法将其拖下水而失败。他曾拯救过被野人捕获的俘虏，并取名"星期五"，自己也差点被野人杀死。在岛上待了28年后，他跟随一艘途经该岛的船返回了英国，并获得了可观的财富。从此结婚生子，颐享天年。

这篇小说，在清末就开始翻译到我国，并进入学生的课外阅读视野；民国初年直至内战期间被选入以下至少16套小学语文教科书中作为经典课文。每个时代的编者出于不同的目的，赋予其不同的教育功能，并对其主旨做过不同的阐释，从中可以看出清末民国语文教育思想的演变及其对翻译文学态度的转化轨迹。

篇名	编者	教科书名称	册次	出版社	时间、版次
鲁滨孙（一）（二）	樊炳清、庄俞	高等小学校秋季始业《共和国教科书新国文》	4	商务印书馆	1913年第1版、1921年9月第55版
鲁滨孙	范源廉等	高等小学校用《中华女子国文教科书》	2	中华书局	1915年4月第2版

[①] 各教科书中"鲁宾逊"的译法不同，"漂流"有些译作"飘流"。

(续表)

篇名	编者	教科书名称	册次	出版社	时间、版次
鲁滨孙漂流记	黎锦晖、陆费逵	高等小学《新小学教科书国语读本》	3	中华书局	1924年5月24版（1923年1月初版）
鲁滨逊漂流记（一）（二）	魏冰心、范祥善、朱翊新	新学制小学教科书《初级国语读本》	8	世界书局	1924年6月初版
鲁滨孙（一）（二）	缪天绶	新学制小学校高级用《新撰国文教科书》	4	商务印书馆	1924年8月初版
鲁滨孙漂流记（一）（二）（三）	薛天汉	民智新课程《高级小学国语教科书》	1	民智书局	1931年7月初版
《鲁滨逊漂流记》（一）（二）	魏冰心、吕伯攸	初级小学（前期小学）用《新主义国语读本》	8	世界书局	1931年4月72版
荒岛上的鲁滨逊（一）（二）	叶绍钧	小学初级使用《开明国语课本》	7	开明书店	1933年6月11版（1932年6月初版）
鲁滨逊漂流荒岛	吴研因	新课程标准教科书初小《国语新读本》	8	世界书局	1933年初版
荒岛上的鲁宾逊	李小峰、赵景深	《高小国语读本》	4	青光书局	1933年9月初版
鲁滨逊飘流荒岛（一）（二）	朱翊新	新课程标准世界教科书小学高级学生用《国语读本》	3	世界书局	1933年9月第14版
鲁滨孙漂流记	吕伯攸、朱文叔、徐亚倩	修正课程标准适应《新编高小国语读本》	2	中华书局	1937年2月初版
鲁滨逊飘流荒岛（一）（二）	朱翊新	新课程标准世界教科书《高小国语读本》	3	世界书局	1937年4月初版
荒岛上的鲁滨逊	教育部编审会	《修正高小国语教科书》	3	新民印书馆股份有限公司	1939年12月3版
鲁滨逊（一）（二）	教育总署编审会	《初小国语教科书》	7	教育总署自刊	1940年8月版
鲁滨孙漂流记	国立编译馆主编、吴鼎等编写	教育部审定修订标准本《高级小学国语》	2	国立中小学教科书七家联合供应处	1946年7月初版

一、清末(1902—1911)："启冒险进取之思想"

《鲁宾逊漂流记》在清末的最早译本是《大陆》1902年创刊号刊登后陆续连载

的《鲁宾孙漂流记》①。其题上标明为"冒险小说",题下加注:"原名 Robinson Crusoe 英国德富著"。译者未署名,在创刊号中正文之前译者加了一段按语,对小说的作者、人物原型、改译的动机等一一作了说明②:

著者德福 Defoe 英国伦敦人。生于一千六百六十一年。德氏自二十二岁始发愤著书及其死时,共著书二百五十巨册。其最有大名者,即《鲁宾孙漂流记》也。当一千七百零四年,英国有一水手名 Alexander Selkirk(舍尔克),在 Juan Fernondez(真福兰得)海岛为船主所弃,独居孤岛者四年。后乃得乘经过此岛之船以达英伦。此事大动英伦之人心,传为美谈。德氏乃著此书,而假名为"鲁宾孙"。出版之后,一时纸贵,爱读者至今不衰焉。原书全为鲁宾孙自叙之语,盖日记体例也,与中国小说体例全然不同。若改为中国小说体例,则费事而且无味。中国事事物物皆当革新,小说何独不然? 故仍原书日记体例译之。

其实,译本仍考虑中国读者的阅读习惯,采用了古白话这种传统小说常用的叙述语体,又用中国传统演义体小说所有的回目体例,如第一回目为"违慈训少年作远游　遇大风孤舟发虚想",第五回目为"苦绝粮忽遇救星　误行舟重遭大劫",第十一回目为"归旧洞沿途谈保种　驾小舟入海救同胞"。这样译者改起来不费事,读者读起来有趣味。有时还采用了中国传统小说的叙述方式加入译者的解说,如第二回"风起海涌游子遇难　时过境换雄心又生"中在"这船竟变成个无桅的光船了"后的括号内写道:"看官须晓得他们所坐的船,是寻常的木舟,因此时火船的制度,尚未发明,若坐火轮船,那有这样遇着风就怕的?"原著与中国传统小说叙述方式不同的是采用了第一人称"自叙",而非第三人称"他叙",如第一回的开头即为"一千六百三十三年,我生于约克城。我父有三子,我其季也。平生不知营生为何事,惟好动的思想装满脑中,常踊踊跃跃不能自已……"

俗话说:治世崇文,乱世尚武。译者之所以选译而《大陆》杂志之所以选登这篇小说,大概因为译者和编者认为其彰显了"冒险"的精神,鲁宾逊独处荒岛谋生似乎与哥伦布发现美洲"新大陆"一般的伟大,能为缺乏冒险精神的被称为"东亚病夫"的国人确立一个榜样。《大陆》杂志就刊登过一系列名人、伟人的传记、轶事或者带有积极进取精神的小说,如在第 1 期中除了《鲁宾孙漂流演义》外还刊有《奈端轶事》(牛顿)、《华盛顿轶事》《亚历山大轶事》《康德》《费息特》《瑞格林》《黑格尔》

---

① 滕梅、于晓霞在《笛福及其作品在中国的译介——以〈鲁滨逊漂流记〉为例》(《聊城大学学报(社会科学版)》,2011 年第 4 期第 114 页)称:"《鲁滨逊飘流记》于 1902 年被沈祖芬(跛少年)翻译成了中文,译名为《绝岛飘流记》,这是笛福的作品第一次被介绍给中国读者。"不知此说所本。
② 《冒险小说:鲁宾孙漂流记》,《大陆》,1902 年第一期第 1 页。

《寿平好儿》和《侠特门》,第 2 期中刊有《哥伦布传》《华盛顿传》和《彭及明法郎克林传》,第 3 期中刊有《惠灵吞轶事》《斯梯文孙轶事》《哥仑(伦)布轶事》《拿破仑轶事》《鼐尔逊轶事》和《俾士麦克夫人传》。其实《大陆》创刊的目的就是为了介绍异域的新知新人,以疗救闭眼塞听、羸弱沉沦的国民,如其《大陆发刊辞》称:"陋哉,我支那之大陆乎？古之大陆,为开明最早之大陆;今之大陆,为闇黑最甚之大陆。他之大陆,为日新月盛之大陆;我之大陆,为老朽腐败之大陆。士抱残缺之故纸,而大陆无学问;工用高曾之规矩,而大陆无技艺;其才智皆沉溺于利禄之中,而大陆无气节;其风俗皆惑于偶像之教,而大陆无教化。其所以然者,盖数千年来,杜大陆之门户,塞大陆之耳目,于大陆以外之事,无所闻见。"[①]之所以选译、刊登这篇小说,大概是因为译者、编者均希望国民能冒险进取从而改变闭关锁国的现状。除此之外,1904 年《广益丛报》,也连载有《鲁宾孙漂流记》,采用的也是文言章回体。

清末,小学国文教学内容主要是传授各科实用知识和进行思想道德教化,中学是训练学生写作能力,所以小学国文教科书中多数是用以介绍知识、阐发思想的说明文、议论文,很少有文学作品;中学国文教科书是古文的汇集。这样一来,《鲁宾逊漂流记》就不可能出现在国文教科书中作课文来供学生阅读。但是,清末教育学者已意识到学校教科书的不足及课外读物的重要,如《教育杂志》的编者在 1909 年创刊号中评介孙毓修编的《童话》、林万里编的《少年丛书》时,就指出课外阅读小说的重要性:"我国儿童功课之外,无书可读,非为不规则之嬉戏,即溺于神鬼淫盗之小说。校中之训练与小说之渐渍,其收效不可同日而语。然则欲教育进步、民德高尚不能不有待于校外读物矣。"商务印书馆所出版的《童话》即为十岁左右儿童课外阅读之用,而首批收入《毕斯麦》和《哥伦布》的《少年丛书》"所辑均圣贤豪杰之事迹"[②]。其广告称:《少年丛书》"诚学生校外最重要之读本也"。

除了上述两种翻译丛书外,同期的《教育杂志》在另一插页广告中开列了《美洲童子万里寻亲记》《鲁滨逊漂流记》(二册)和《澳洲历险记》三部翻译小说,并标明"以上三种学部审定为宣讲用书"。其广告语中特别指出了小说的教育作用,包括启发神智、增进文学、振起国民之精神、发爱国孝亲之至性、启冒险进取之思想,并涉及科学实业等。

该广告的边栏中有"有益小说""少年必读"和"宣讲实用"三个提示性的词语,提示语不仅说明了这些小说是对学生有益的,而且指出其适合课外阅读,从"宣讲

[①]《大陆发刊辞》,《大陆》,1902 年第一期第 1 页。
[②]《绍介批评》,《教育杂志》,1909 年第一卷第一期第 1—2 页。

实用"的提示及在所列书名之间所加的"以上三种学部审定为宣讲用书"的注解可以看出,编辑认为这些儿童文学作品也可以在学生学习教科书之余由教师宣讲给他们听(以故事的形式讲给学生听)。《鲁宾逊漂流记》经清朝最高教育机关学部审定,说明学部希望学生能通过读、听此书而由此"启冒险进取之精神"。

清学部将其选作课外读物,与当时的主要教育宗旨是相关的,如1906年3月学部奏请朝廷建议宣示"忠君""尊孔""尚公""尚武"和"尚实"为教育宗旨,而《鲁宾逊漂流记》中彰显的冒险精神和"尚武"救国("振起国民之精神")的教育宗旨是一样的。

二、民初(1912—1921):"为图自立者之模范"

1912年,民国成立。天翼在《艺苑琐谈》中称:《鲁滨逊漂流记》为"冒险小说之佼佼者"。① 该书在我国有了新的译本,首先是林纾、曾宗巩合译,商务印书馆于1913年2月出版的《鲁滨孙飘流记》,其次是1921年严叔平翻译、崇文书局出版的《鲁滨孙漂流记》。林纾"以古文笔法译西洋小说"甚多,"林译小说"在清末民初影响巨大。林纾在该书的序言中同样称其为"探险之书",且竭力夸赞鲁宾逊的开拓精神,甚至认为其超越了中国先圣孔子的中庸思想,而兼有开创中国文明的先祖们的智慧:"吾国圣人,以中庸立人之极……英国鲁滨孙者,惟不为中人之中,庸人之庸,故单舸猝出,侮狎风涛,濒绝地而处,独行独坐,兼羲、轩、巢、燧诸氏之所为而为之,独居二十七②年始返,其事盖亘古所不经见者也。然其父之诏之也,则固愿其为中人之中,庸人之庸。而鲁滨孙乃大悖其旨,而成此奇诡之事业。因之天下探险之夫,几以性命与鲨鳄狎,则皆鲁滨孙有以启之耳。……且云探险之书,此为第一。各家叙跋无数,实为欧人家弦户诵之书,哲学家尤动必引据之者也。"③显然,林纾希望国民读此小说后能抛弃陈腐的传统观念,然后开拓进取,建奇功立伟业。译者将其阐释为"探险",是希望国民改变因受传统儒家教化而形成的柔弱的性格,进而勇于战胜艰难险阻以成就人生伟业。

民初的教育思想和清末区别不大。"实利"和"尚武"以强国在民初的主要教育宗旨中仍是重要的两项。如1912年颁布的《小学校教则及课程表》所确定的"国文

---

① 天翼:《艺苑琐谈:鲁滨逊飘流记》,《进步》,1912年第一卷第六期第10页。
② 应为"二十八"。
③ 罗新璋编:《翻译论集》,北京:商务印书馆,1984年版第169—170页。

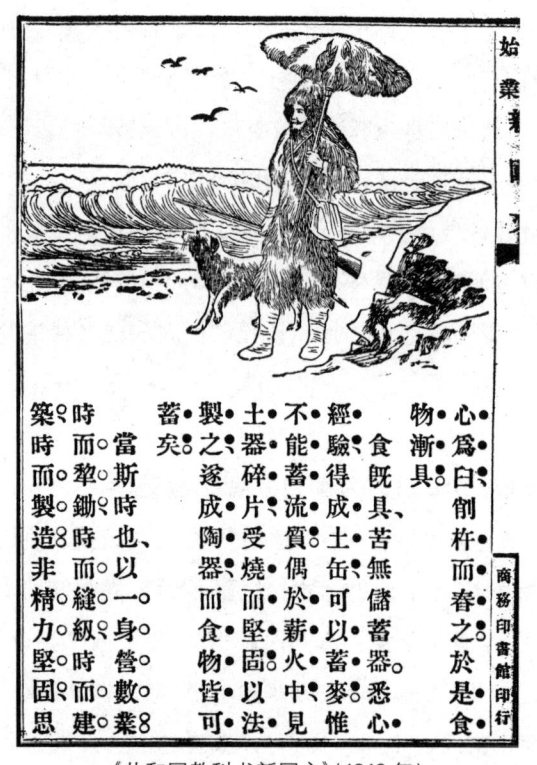

> 心為白,創杵而舂之,於是食
> 物漸具。
> 食既得,苦無儲器以蓄
> 之。經驗既成,土缶可以蓄
> 麥,惟
> 不能碎流,偶於薪火中,見
> 土器之逐片受燒而堅固,以
> 製之。遂成陶器而食物皆可
> 蓄矣。當斯時也,以一身營數業,
> 時而挈鋤時而縫紉時而
> 築時而製造,非精力堅固思

《共和国教科书新国文》(1913年)

要旨"中就有"启发其智德"的规定①。又如1915年1月,袁世凯特定的《教育纲要》宣明教育宗旨时称:"以道德教育为经,以实利教育尚武教育为纬,以道德实利尚武教育为体,以实用主义为用。"②可能因为如此,1913年商务印书馆出版的高等小学校秋季始业《共和国教科书新国文》的第4册将这篇小说缩写之后,以《鲁滨孙》为题收作课文。教科书的编辑大意的第七、八条分别是"注意体育军事上之智识,以发挥尚武之精神"和"注重国民生活上之技能以养成独立自营之能力"。民初的小学国文教科书和清末区别不大,仍充斥着介绍各科知识的说明文和进行道德教化的议论文。虽然是小说,但《鲁宾逊漂流记》所写均可达成编辑大意中所列出的这两项目标,但是编者选入此文更有可能是因为其中所含的进取开拓,永不屈服精神。我们再看课文的编排方式,《鲁滨孙》(一)、《鲁滨孙》(二)前面的两篇课文是《晏安之害》和《艰难》,后面的两篇是《田单》和《郑和》。《晏安之害》是一篇阐明不应贪图安逸而应勇于克服艰难的道理的议论文。动物肢体各有其用,假如废置不

---

① 课程教材研究所编:《20世纪中国中小学课程标准·教学大纲汇编(语文卷)》,北京:人民教育出版社,2001年版第11页。
② 《大总统特定教育纲要》,《中华教育界》,1915年第四卷第四期"附录"第2页。

用,则会其性渐失。家养的鸡鸭原来和野生的雉凫一样飞翔迅速,否则不能求食、避害而自存于世。驯养之后,"日处庭除,仰给于人,不虞匮乏"。几十代之后翅膀飞翔功能丧失,投之山林,不到一天就葬身鹰腹。意大利深谷巨壑中的盲鱼,也是因水深无光且无水獭之患退化而致的。动物如此,"人亦犹是,尝见富家子弟,丰衣足食,不知治生为何事,一旦失其所凭藉,往往无以自给,流为饿殍。是岂聪明才力之不如人乎?毋亦习于晏安,不克遽自振拔耳!"《艰难》同样是阐发人生应勇于战胜艰难困苦的道理:人生就像战场,"艰难之事,日临吾前,吾苟不出死力与之博战,又乌能胜之?柔者遇难而靡,见危而怖,惟刚果之人,以奋励之力,战胜艰难,始能有所成就"。最后以《孟子》之《生于忧患死于安乐》章作结①。很显然,在这两篇说理文章之后,呈现一篇小说,其实就是以小说所写鲁宾逊的经历来印证前二文所阐发的"生于忧患死于安乐"的道理。编者在《鲁滨孙》(一)的开头就用一段议论性的文字来点名其旨:

境遇无常,惟能自立者,可不为境遇所困。否则安顺之时,因人成事,若可偷生。一旦值意外之变,呼吁无门,未有不束手待毙者。呜呼!吾读英人所记鲁滨孙事,未尝不叹其坚忍之力、创制之才,深足为图自立者之模范也。

文中多次出现"好奇耐苦""忍苦执役""精力坚固"和"思想缜密"等赞扬其具有"坚忍之力";也介绍其"一身营数业",如建屋、锄犁、利用羊皮缝衣和制伞,采野留种繁殖,斩木取火,削杵舂食,等等。

编者在课文的结尾又议论道:"呜呼!鲁滨孙居孤立无助之世界,衣食日用,取之不竭,可谓能自立矣。今或居人烟稠密之地,百业并举,物用皆备,乃犹束手嗟贫,谋生无术,能勿耻欤?"很显然是借此来激励学生:只有兼具创业的精神和谋生的技能才能自立于世。

清末,林万里编译的《少年丛书》收录的都是西方伟人的轶事,这在当时就遭到批评,如有人在指出其不足时说:"第一不当纯用外国人物……我国人物,如苏子卿、班定远、张博望、诸葛武侯、岳武穆、秦良玉、沈云英、郑成功诸人,其行事确可为后人矜式,而人之感情对于本国之圣贤豪杰,固异于他国之圣贤豪杰,此所以不当纯用外国人物,而当采用本国史传也。"②大概《共和国教科书新国文》的编者觉得单用西方事例不当,所以在《鲁滨孙》之后,以《田单》写田单以火系牛尾大败燕军之

---

① 《共和国教科书新国文教授法》确定《晏安之害》和《艰难》之"目的"分别为"言肢体以运用而益灵,不可习于晏安而失其功用"和"言人能战胜艰难,始克有为"。
② 《绍介批评》,《教育杂志》,1909年第一卷第一期第2页。

巧计,以《郑和》写郑和"志在通欧洲",因为他志向坚定,所以虽然没有现代航海工具,但是仍能"足迹殆无不历"南洋、印度、非洲海岸。就是说,可做榜样的,不仅有西方的鲁宾逊,还有我国古代的田单、郑和等,这种民族自豪感在《郑和》的末尾体现得较为明显:"所携将士,或留居其地,往往征服土人,而王其国。今南洋群岛中,吾闽粤人之流寓者,尚数百万。以工商矿业致富,所在皆是。虽其土地为欧洲所分据,而生计之实权,皆操于华人之手。推其由来,实自和始也。"话语中明显带有"精神胜利"的味道,甚至以祖上也曾"殖民"他国而自豪。

作死生患难得此将伯差不寂寞居久之有欧洲估舶过岛乃得归国计其居荒岛三十五年天灾人患毒虫猛兽俱通海岸乘独木舟以出岛中野蛮而噉之则杀而拯三人前后相从俱皆愿相从备

《中华女子国文教科书》(1915)

与《共和国教科书新国文》(1913、1921)相配套的《共和国教科书新国文教授法》也是从两方面来阐释《鲁滨孙》的主旨的,认为《鲁滨孙》(一)的主旨为"述鲁滨孙之屡遇艰险,不挫其志,养成学生坚忍心";认为《鲁滨孙》(二)的主旨为"述鲁滨孙经营荒岛之苦心"。[①]

高等小学校用《中华女子国文教科书》(1915)的编辑大意称选材时,"文字注重适用(实用)","欧美读本,亦有选译,惟仍以无戾我国国情为断","道德、知识,新旧

[①] 谭廉编:高等小学《共和国教科书新国文教授法》(第4册),上海:商务印书馆,1913年版第24—30页。

并重","详言女子生计艺能及家政概要","国民知识为女子不可缺者,择要列入"。其第2册的第31—33课分别为《英民之特性》《鲁滨孙》和《乐羊子妻》。《英民之特性》认为国民性与国家富强存在直接的关系,"英民之特性,好勤而恶惰。人各有职业,以尽力于社会。举国无游民专事分利者,又辅之以信义,不轻约,约必践;不妄应,应必行。英民营业无往不利,胥赖此也"。讨论的是性格与营利的关系问题。很显然,随后所选英国小说《鲁滨孙》就是用来印证《英民之特性》所阐发的观点的。课文概述其曲折的经历,重点介绍其如何求生,最后写道:"天灾人患,毒虫猛兽,俱不足以死之。卒能生还故国,享有令名,虽古贤豪间,殆不易数见觏云。"可见,编者认为鲁滨逊虽是英国人,但其独立营生的精神和本领是值得国人学习的。《乐羊子妻》就是借乐羊子之妻鼓励丈夫不拾遗获利、不中途弃学的行为,让女生们成人妻后能鼓励丈夫向鲁滨逊那样坚韧不屈,最终成就一番事业。

如果说清末让学生于课外阅读或由教师宣讲《鲁宾逊漂流记》,更多的是从国家利益的角度考虑,用以启发学生的冒险进取之心的话,那么民初教科书选用其作为课文则更多的是从学生个人利益出发,希望教育能满足学生日后适应成人之后的生活的需要,所以更强调"自立"营生时所需的"坚忍之力"和"创制之才",所以对其中涉及的知识和思想均予以了阐释。

1919年,杜威来华宣传其教育思想。儿童本位审美主义教育思潮高涨。1920年,周作人在《新青年》上发表了著名的论文《儿童的文学》。在文中,他对教科书中充满各类知识的说明文和各种训诫的议论文大加批评,儿童有阅读文学作品的需要,应根据不同年龄阶段的儿童的心理特点供给不同的文学作品。针对处于少年后期的中学阶段的学生,他指出应读诗歌、传说、写实故事、寓言和戏曲等。他在举例解说写实故事与写实小说的区别时提到了《鲁滨逊漂流记》《堂吉诃德》:"这与现代的写实小说不同,单指多含现实分子的故事,如欧洲的《鲁滨孙》(Robinson Crusoe)或《堂克诃台》(Don Quixote)而言。"[①]周作人的这篇文章在当时影响很大,掀起了儿童文学教育的大潮。其中提到《鲁宾逊漂流记》自然会对其传播起到了极大的推动作用,不久这篇作品的接受命运出现了极大的变化。

三、新学制时期(1922—1928):"引起读书趣味……启发想像力和思想力"

1922年,实行新学制。1923年,《新学制课程标准纲要小学国语课程纲要》颁

---

① 周作人:《儿童的文学》,《新青年》,1920年第八卷第四号第6页。

布,其"目的"为"练习运用通常的语言文字,引起读书趣味,养成发表能力,并涵养性情,启发想像力及思想力"。① 这样就以"涵养性情"取代了以前国文课程目的中的"启发其智德",将各种知识及道德教育放在其他学科中去完成。据此编写的新学制小学国语、国文教科书均以纯美有趣的儿童文学作品为主体,而将议论文、说明文等实用文章剔除出去。除了新文学作家的作品被大量选作课文或列为课外阅读书目外,一些翻译文学作品也是如此。1923年颁布的、叶绍钧起草的《新学制课程标准纲要初级中学国语课程纲要》的"毕业最低限度标准"之"略读书目举例"中就明确列出了"林纾译的小说若干种"②,林纾译的《鲁滨孙漂流记》自然就包含在内了。

新学制时期的教科书收入《鲁宾逊漂流记》,主要不再像此前教科书从启发学生冒险精神和训练其自立营生的技能等出发,而是从其情节曲折、想象丰富可"引起读书趣味……并涵养性情"出发的。1923年1月,黎锦晖、陆费逵等编、中华书局出版高等小学《新小学教科书国语读本》第3册收入《鲁滨孙漂流记》。1924年6

> 第 20 三 册
>
> 课文
> 【联络】
> 四 鲁滨孙漂流记
>
> 假设有一个人脱离社会跑到荒寂无人的地方,衣食住、一无凭藉,谁还相信他能生存着更人论那生存年限的短长了;可是竟有一个人在一摩违隔重洋的荒岛上辛苦经营,生存了二十八年之久,这人便是中外闻名的鲁滨孙.
> 鲁滨孙从小就喜欢航海探险家中虽有遗产都不愿不顾十九岁逃就在船上当水手,漂洋过海毫不畏怯,有一次地从巴西乘船到幾内亞去,中途遇了绝大的颶風,鲁滨孙把船打破了,同行的十四人,一個個都葬在水里只有鲁滨孙被幾個大浪衝到靠近的一个小岛上.鲁滨孙一見四周都是茫茫大海自知身入绝境不覺悲從中來看天色已漸昏黑又怕有猛獸和野人出來害他,

《新小学教科书国语读本教授书》(1923)

---

① 课程教材研究所编:《20世纪中国中小学课程标准·教学大纲汇编(语文卷)》,北京:人民教育出版社,2001年版第13页。
② 课程教材研究所编:《20世纪中国中小学课程标准·教学大纲汇编(语文卷)》,北京:人民教育出版社,2001年版第276页。

月,魏冰心、范祥善和朱翊新编,世界书局初版的新学制小学教科书《初级国语读本》,其第 8 册收入了《鲁滨逊漂流记》(一)和《鲁滨逊漂流记》(二);1924 年 8 月,缪天绶编、商务印书馆初版的新学制小学校高级用《新撰国文教科书》的第 4 册收入了《鲁滨孙》(一)和《鲁滨孙》(二)。

高等小学《新小学教科书国语读本》(1923)封面标示"新学制适应",显然遵从新学制的以儿童为中心,注重兴趣培养的基本精神。收入其第 3 册的《鲁滨孙漂流记》的开头便写道:"假设有一个人,脱离社会,跑到荒寂无人的地方,衣、食、住一无凭藉,谁还相信他能生存着,更不论那生存年限的短长了;可是竟有一个人在一座远隔重洋的荒岛上,辛苦经营,生存了二十八年之久,这人是谁?便是中外闻名的鲁滨孙。"这种开头一下子就激发了儿童的阅读兴趣。另外,这第 3 册中的课文也多是趣味性很强的课文,如第 1—10 课课题为《天明了》《觉悟》《王冕》《鲁滨孙漂流记》《空中国》《小儿乘轻气球》①《拯溺之少年》《顾老头子》《车中之难》和《美国之幼女》。为了提高儿童学习的兴趣,与之配套的《新小学教科书国语读本教授书》(1923)要求教师带领学生将课文分成"遇险""经营""救人"和"归国"四幕,让学生分角色表演。不过,《教授书》称本课教学目的是"使知鲁滨孙的漂流荒岛、独力生存,以养成他们勇敢自立的志趣"。甚至要求教师准备欧洲和美洲的地图,要求教师在上课时带领学生"参观地图,查出鲁滨孙的本国和从巴西到几内亚的航路"。要求"和园艺科联络,种麦;和工艺科联络,缝衣、造船、制烛……"。可见,仍有学习知识、砥砺品质的痕迹。这是因为虽然该书标明为"新学制"使用,但是其出版时间为 1923 年 1 月,而《新学制课程标准纲要小学国语课程纲要》颁布时间是 1923 年 6 月。所以,《新小学教科书国语读本》的编者更多的是根据这期间基本的教育精神,及诸多先行刊发的课程标准草案、征求意见稿等而编写的,所以基本体现了新学制精神,而又留有清末民初的基础教育思想的痕迹。

《初级国语读本》(1924)则出版于《新学制课程标准纲要小学国语课程纲要》颁布后,完全是按照纲要编写的。其"编辑大纲撮要"称:"材料有'文学'和'语言'两种:文学材料,重在能扩充想像,开发思想,和陶冶优美情感,养成读书兴味。语言材料,首重日常应用的动作语,次重会话,演讲等","材料选择,处处顾到儿童生活,低年级供给儿童想像生活的材料,高年级供给儿童现实生活的材料,内容又多可以表演的以助儿童兴趣,并使他的观念确实"。收入其第 8 册中的《鲁滨逊漂流记》

---

① 轻气球,今作"氢气球"。

> 初級國語讀本 第八冊 四三 世界書局出版
>
> 邂逅 淒涼 島嶼 揀選 毫
>
> 英國魯濱遜航海出遊,忽遇大風,海船沈沒,同船的人個個溺死,只有魯濱遜一人泅到荒島,才得保全生命。
> 那時無衣無食,滿目淒涼,好不痛苦。忽見沈沒的破船還有一半浮在水面,魯濱遜便尋些木板結成木排,劃上前去揀出幾件有用的束西,運到岸上。
> 那個荒島上,野樹合抱豐

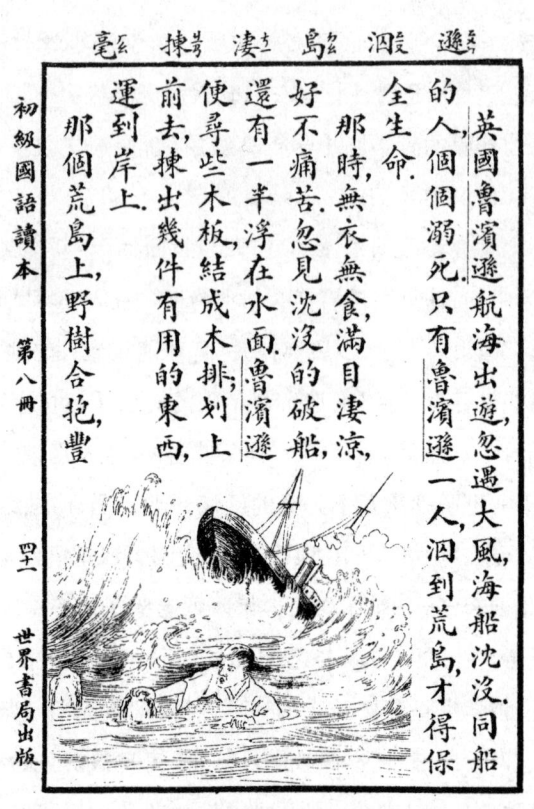

《初級國語讀本》(1924)

(一)和《鲁滨逊漂流记》(二)作为"文学材料"自然是发挥其设定的欣赏功能。其前7课是《死诸葛吓走生仲达》、《李广射石》、《武松打虎》(一)(二)、《孙唐斗师》(一)(二)、《卖油条》,其后8课是《世界奇异的风俗》(一)(二)、《田家乐》、《一个老翁的自述》(一)(二)(三)、《怪铜元》(一)(二),从题目中的"奇异""乐"和"怪"等字眼就可以看出,这是一组写离奇的情节、神奇的人物、怪异的风俗等有趣的、让人感到快乐的故事。虽然未见与之配套的《教学法》,但是不难想象,教师一定会通过让学生诵读、想象、表演来再现《鲁滨逊漂流记》中鲁宾逊的离奇经历和荒岛上的奇异景物,让学生感受到阅读的乐趣。

《新撰国文教科书》的编辑大意称:"本书以动人感情,发人想像,供人欣赏,促人实践为主旨;选材注重文学兴趣,而能与各科联络之教材间亦选入。"收入其第4册中的《鲁滨孙》(一)和《鲁滨孙》(二)按理也应符合这样的主旨及选材标准,但是其课文照抄了上述1913年商务印书馆出版的高等小学校秋季始业《共和国教科书新国文》中的文字甚至插图,而且保留了"境遇无常"那段谈坚韧之心、经营之力的文字,师生教学时更多地会从其所含的"知识"和"思想"而非"文学"特征入手,其前两课《常(棠)棣》和《艰难》阐发的生于忧患死于安乐的哲理,其后两课《观巴黎油画记》和《最后之一课》灌输的是爱国主义。在教学时,和此前不同的是,不再将其中的"知识"和"思想"作为主要教学内容,而是让学生通过"表情吟诵"和"补充想像"等手段去想象其中的场景,体味其中的情趣,如与之配套的《新撰国文教授书》不仅照抄了《共和国教科书新国文教授法》对其旨意的两处阐发,而且在新增的"推究"环节对其大加阐发,并结合共和国人应合群互助等与政治形势相关的内容:

地球面积陆少水多,大陆之外,皆海环之。故欲周游世界,不可不先习航海之术,然当时航行海上,海盗滋多,已为不易,况漂流于绝岛,在志行薄弱之人,鲜不自废以死。而鲁滨孙卒能卓然独立,是不可谓非善处困者矣。鲁滨孙以一人兼营生活之必需之各事,何等艰苦。彼携有小刀等件,做出种种用具,即此小刀一把,何尝不赖社会之助,观此则人生于社会间,所资于社会中之各事,自不一而足,而所享于社会之幸福为无穷。苟离开社会,便不能生存,关系何等密切。人奈何可终身安享,不图报答,绝无愧怍者乎!

鲁滨孙居荒岛,绝无依赖,尚能自活;今人居繁华之地,百业丛凑物用皆备,乃独束手无谋生之术,此其可耻为何如乎?

鲁滨孙少年之志趣若何?(有周游世界之志。)鲁滨孙少年时即知耐苦否?(慕航海而愿执水夫役,是即能耐苦之是见端。)鲁滨孙作事之能尽职,于何征之?(船长殁而代理其事,为海贼所捕,而又忍苦执役;办事不论巨细,不论劳心劳力,均能尽职,于此可见。)……

以一身兼营数业,而又器具不备,困难已达极点,鲁滨孙不畏其难而为之,即一息尚存,不肯稍懈其志也。因海岸陡绝,而又凿渠以通身,不计施工之难易,成功之迟速。概存得寸则寸,得尺则尺之念也。人以偷安为怀,将不图久远,鲁滨孙若希望航海者之至,不顾劳其手足,则必迫于饥寒,而死于荒岛矣。

鲁滨孙在孤岛时,对于山羊有何

《新撰国文教科书》(1924)

用途？(饮其乳,食其肉,以其脂作烛,衣冠敞,取其皮更制之,用途甚广也。)小麦落地,何以便能生芽？(得自然界雨露之资也。)何谓独木舟？(一根大树,凿空成之,谓之独木舟。)凿渠需时二年,造舟需时三月,一般人能之否？(非有大毅力者不能也。)教鹦鹉语言何意？(可慰独处之无聊也。)少年何以愿为仆？(报其活命之恩也。)……

从《新撰国文教科书》和《新撰国文教授书》的编者的做法,可以看出教育新旧交替的痕迹:教科书的编者,一方面在表面上顺应国文教育应以文学作品以引起学生的读书趣味等,教授书的编者也不再一味使用师讲生听法,而于此课指出,在"用表情讲后,可令儿童用演讲式,对众演讲之","如有时间……练习表演"以增强教学的趣味性,但是,其心里对此抵触,仍同清末民初利用国文教授知识和训育道德的教育观念,故课文的文字表述及教授书中的阐释一应照旧①。

四、新标准及抗战时期(1929—1937):"奋兴民族精神……养成民生观念"

南京国民政府成立后,推行"党化教育",将三民主义确定为全国的教育宗旨。1929年,大学院(教育部)整顿各级学制、颁布暂行标准,规定教科书选材要注意选择"不背本党主义,或是足以奋兴民族精神,启发民权思想,养成民生观念的","积极前进,乐观解放,而非消极退缩,悲观束缚的","提倡合作,互助,勇敢,劳动,规律,而非自私自利懒惰浪漫的"。②九一八、一·二八事变爆发后,为了抵抗日本的军事和文化侵略,中小学教育强调满足可提高军事斗争技能的各种生存知识教育和用以激发斗争精神的民族主义思想教育。此前教科书摒弃教化、剔除知识,只收录充满情趣的鸟言兽语式的纯美儿童文学受到广泛的批评,被认为是"不实用"。所以,1929年之后多数人主张小学国语、国文与其他学科联络,在国语、国文科内灌输其他学科的知识。1934年有人指出国文教育目标不是养成一些文学家,而是应该从属于复兴民族的教育目标,即唯欲救贫,故宜实施"生产教育";唯欲救愚,故宜实施"科学教育";唯欲救乱,故宜实施"国防教育"。③1935年,有人在谈小学国语教科书的编写时提到其五点"编辑总则":一、发扬民族精神,避免一切萎靡颓废之思想;二、提倡科学精神,摒除一切荒诞离奇之神话;三、鼓舞生产劳作之兴趣,矫

---

① 因为这一时期多数教科书侧重培养学生的兴趣,所以也有学生将其与想落天外的《桃花源记》相比附,如顾国的诗歌《鲁滨孙》(《学生文艺丛刊》,1926年第三卷第十期第9页):"破浪欣乘万里风,只身飘泊类飞蓬。瀛洲有路无人到,争似桃源在域中。"

② 课程教材研究所编:《20世纪中国中小学课程标准·教学大纲汇编(语文卷)》,北京:人民教育出版社,2001年版第19页。

③ 狂喊:《在复兴民族教育目标下对中学国文教学法之蠡测》,《文化与社会》,1935年第一卷第十二期第41页。

正享乐偷逸之习气;四、注重本省乡土材料,以启发儿童之观感;五、遵照部颁小学课程标准,以符法令之规定①。

鲁宾逊荒岛求生的技能及不屈的抗争精神正契合1929年之后的主要教育宗旨,以至于鲁宾逊成了代表求生和抗争的经典形象。如1931年何日平(陶行知)在《教学做合一下之教科书》一文中主张小学国语、国文应与"生活教育"结合起来,教科书要能"教"学生"学"会"做"事②。选材选择的标准之一就是"看它有没有引导人产生新价值的力量,看它有没有引导人产生新益求新的新价值的力量",就像《乡村教师》里一首诗所写的,"人生两个宝,双手与大脑。宁做鲁滨孙,单刀开荒岛"。诗中其实就是从开拓精神和求生技能两方面来歌颂鲁宾逊的。所以接着他又说:"《鲁滨孙飘流记》是一部小说,也是一部探险与开创的教学做指导。"即这是一本鼓励探险精神和教学生存技能的书。当然,他也从《鲁宾逊漂流记》可引起儿童阅读趣味的角度而主张应将其收入教科书,他说教科书要收"最好的文字",即要有文学的趣味才能让学生爱读,"我们读《水浒》《红楼梦》《鲁滨孙飘流记》一类小说的时候,读了第一节便想读第二节,甚至于从早晨读到夜晚,从夜晚读到天亮,要把它一口气读完了才觉得痛快。中国的教科书是以零碎文字做中心,没有这种力量"。③1934年4月底5月初,江苏省教育厅长周佛海在无锡、宜兴等地视察教育时就从这两方面以鲁宾逊为模范教育师范生,他说,"这个时代的中国,我们的教育目标是什么呢? 无疑的,'民族复兴'是我们的总目标",要实现这个目标,师范生除了要有民族主义的献身精神外,还要做到两点:一、"要养成生活上必需的技能知识"。"师范生应拿鲁滨生做模范,《鲁滨生飘流记》,恐怕大家看过,他一个人漂流在一个荒岛之中,什么都得一个人动手,艰苦卓绝,历尽种种磨难,终于在荆棘遍地,禽兽满窟的世界中,创造出自己的环境,这种精神,确值得我们模仿。我们将来的环境顺逆不可知,但无论如何现在总须准备应付逆的环境的技能和知识。最近日本全国举行备战练习,即以对付将来最恶劣的环境为准备的标准,能够有这样的准备,将来遇到逆的环境,才能应付,遇到顺的环境,自然更能应付。诸位做学生的时候,应该效鲁滨生的精神,准备能在穷乡僻壤的地方,去过最困苦的生活。能够养成这样的技能,将来才能应付一切";二、要有到农村去奋斗的高尚精神,"不要为都市物质

---

① 陈锡芳:《三年来之江苏初等教育》,《江苏教育》,1935年第四卷第一、二期第182页。
② 此前的1929年王琳在《鲁滨逊能跳出教学做合一的法掌吗?》(《湘湖生活》,1929年第七期第10—13页)中认为,陶行知提出了"教育即生活"的理念,"人类的生活决不是停滞着不进步的。要生活有进步就要经教学做合一的教育历程,使生活教学做合一。鲁滨逊是要生活的,而且是要进步的生活,所以他决不能跳出教学做合一的法掌外"。
③ 何日平:《教学做合一下之教科书》,《中华教育界》,1931年第十九卷第四期第17、18、13页。

生活所引诱"。做教员的不能专顾物质的报酬,还须注意自己的责任。中国民族是否有救,在乎农村的能否复兴,所以今天师范生的责任在能深入农村,做一番实际的救国工作,"希望大家做鲁滨生,到农村去,做复兴农村的生力军"。①

同时,鲁宾逊那种脱离社会崇尚个人奋斗的个人英雄主义不合全民团结抵抗日本侵略的时代精神;而鲁宾逊开疆拓土的行为所暗含殖民思想与日本殖民我国东北的行为一致,这也是要加以批判的。所以,鲁宾逊也可做反面教材来让儿童认识到个人主义、殖民主义的危害,以及团结互助、抵抗外侮的必要。

所以,当时"学校中也常有用《莎氏乐府本事》《威克裴牧师传》《鲁滨孙飘流记》等来教授学生学习英文"②,同时也将其收入《国语》《国文》教科书供学生学习母语的;当时的教科书编者或将鲁宾逊做正面模范,或做反面典型,或二者兼有。

(一) 正面模范

既然要师范生做中国的鲁宾逊,那么更要小学生去做中国的小鲁宾逊了。所以,不少教科书编者就是将鲁宾逊作为正面典型来阐释的。

民智新课程《高级小学国语教科书》(1931)

---

① 编者:《周厅长视察无锡、宜兴教育记》,《江苏教育》,1934年第三卷第五、六期第2、11页。
② 金兆梓:《从教科书的编纂说到教科书的使用》,《中华教育界》,1931年第十九卷第四期第51页。

薛天汉编、民智书局于1931年7月初版的民智新课程《高级小学国语教科书》的第1册选入了《鲁滨孙漂流记》(一)(二)(三)。该书的编辑大意明确该书选材遵循"党化"教育主张并注重实用性("适应于现时代的生活需要")。该文之前的4课为《圯上老人》《讷尔逊轶事》《淳于缇萦》和《一个忠勇的女子》,其后的7课为《苏武牧羊》(一)至(五)、《贫民的哭声》和《人力车夫》,宣扬了忍耐困苦和忠勇报国的精神,显然是以《鲁滨孙漂流记》作为引子来引发不屈的民族精神和探讨基本的民生问题。编者这篇文章的开头写道:"假使有一个人,脱离社会,跑到荒寂无人的地方,衣、食、住一无凭藉,谁还相信他能够生存呢?可是竟有一个人,在一座远隔重洋的荒岛上,辛苦经营,生存了二十八年。这个人是谁?便是小说里记载着,中外闻名的鲁滨孙。"目前没有见到与之配套的《民智新课程高级小学国语教钥》的第1册,故尚不知教授书是如何阐释该文的。

1931年4月72版初级小学(前期小学)用《新主义国语读本》的第8册的第三、四课为《鲁滨逊漂流记》(一)(二),第一、二课为《三民主义歌》和《纳尔逊小时候的故事》,第五、六课为《什么东西》和《中山先生小时候的故事》(一)。其编辑大意称:后四册供给现实生活的资料,以中国国民党的具体事实,及帝国主义的罪恶,被压迫民族的奋斗等材料为背景,演成文学化、儿童化的素材,使儿童感情兴奋,思想一致,并借以养成其信仰国民党。不过,目前没有见到教科书原文,不过根据其前后课文题名及编辑大意,可以判断编者是将鲁宾逊作为正面形象来阐释的,更何况本册中除了有反映中山先生这样伟人的课文,还有《救人的小英雄》(一)(二)和《为国捐躯的女英雄》(一)(二)等歌颂"小英雄"的课文。不过,编者是希望儿童从中学会生存的技能("民生"),还是汲取不屈的、冒险的精神("民族")呢?因为不知道课后练习有哪些,也没见到与教科书相配套的教学用书,故不得而知。

李小峰、赵景深编,青光书局1933年9月初版的《高小国语读本》的第4册第19课是《我的新生活观》,第20课是《荒岛上的鲁滨逊》。目前没有见到与之配套的赵景深等编的《高小国语读本教学法》,所以不知道《教学法》是如何阐释该文的。不过,从编者将其和《我的新生活观》一文放置在一起,应该是将鲁宾逊作为正面模范来让学生学习其劳动的精神。因为《我的新生活观》与当时国民政府提倡新生活运动有关,该文认为新生活是"丰富的进步的",而其显著特征就是每个人、每个团体甚至全世界的人"肯日日工作,日日求学"。而鲁滨逊恰恰是二十八年如一日地努力工作着。这从《荒岛上的鲁滨逊》课后设置的五个问题中前三个均与生活相关也可以看出:"1. 鲁滨逊在荒岛上住在那里?2. 鲁滨逊在荒岛上吃些什么?3. 鲁滨逊带到荒岛上去的有那几种动物？4.鲁滨逊救了那几个人的生命？5.鲁滨逊怎样回到英国？"

高小國語讀本 第四册

二〇 荒島上的魯濱遜

英國人魯濱遜出門航海遇到大風，船被吹翻了，同伴都死在海裏，只他一個人被大浪衝到了海島邊。這是沒有一個人的荒島，他一個人怎麼能生活下去呢？

他望見翻了的船，有一半浮起在海面上距離並不遠，就找一些木頭編成木排划到那邊去，把留着的有用的東西都搬上了岸，還有一隻狗兩隻貓成不排划到那邊去把留着的有用的東西都搬上了岸還有一隻狗兩隻貓他覺得同兄姊妹一樣的可親可愛，也把牠們帶到了島上。

他起先在山坡上用木頭和船帆搭起蓬帳來住，後來尋到一個山洞，就搬了進去，因為住在山洞裏比較安穩些。

他每天捕飛鳥獵野獸拿來充饑，又把山羊畜養起來，久後他就有成羣

七〇

《高小国语读本》(1933)

朱翊新编、世界书局1933年9月第14版新课程标准世界教科书小学高级学生用《国语读本》的第3册收入了《鲁滨逊飘流荒岛》(一)(二)。其编辑大意称："本书教材的编选：(一)依据儿童心理，尽量使教材切于儿童的生活。(二)阐扬本党的主义，尽量使教材富有牺牲及互助的精神。(三)想像性的教材和现实的教材，竭力使它调和而平均。(四)富有艺术的兴味，使儿童增进阅读的兴趣。"该文之前的3课为《佛兰克林》(一)(二)和《台湾抗日始末》。《佛兰克林》写富兰克林小时候对未知世界充满好奇最而终发明了电，青年时代投身抗击英国统治、谋求美国独立的运动中。《台湾抗日始末》写"马关条约"签订后，台湾被日本割占，丘仙根领导广大民众全力抗日。之后的5课为《最后一课》(一)(二)(三)和《国父孙中山先生》(一)(二)。将《鲁滨逊飘流荒岛》置于其间显然主要是希望学生能像鲁宾逊那样不畏艰险，抗击日本侵略，完成国父孙中山的遗志。《鲁滨逊飘流荒岛》(一)(二)的课后

> 鲁滨逊终年住在荒岛上，耳朵里只听到林中的鸟啼兽呼和身旁的猫叫狗吠。人的言语从来没有听到，他终日坐在土洞里，自己要变成哑子了。有一年，他忽然有一只鹦鹉，非常沉闷。便立刻把牠捉住，飞进洞里。他教牠学话。从此他精神上得着不少的愉快。
>
> 鲁滨逊在岛上住了几年，一切日用所需的器具都已制造完备。但他还以为缺少

二一 鲁滨逊飘流荒岛（二）

小学高级学生用《国语读本》（1933）

"思考"分别是"鲁滨逊怎样漂到荒岛？鲁滨逊怎能消除'悲愤欲死'的念头？鲁滨逊在荒岛上的生活怎样？"和"鲁滨逊在荒岛上，怎么像上古未开化的人类？鲁滨逊怎样教鹦鹉说话？鲁滨逊怎样希望回乡？鲁滨逊怎样得着一个仆人？鲁滨逊怎样才得回乡？"其后还有一项"比较"练习："试把《台湾抗日的始末》课末段文字，和本课末段文字比较，说明它们在全文中有甚么作用。"很显然，两文末段的议论文字起到点明题旨的作用。《台湾抗日始末》的末段文字为："台民明知道对于强暴的日本无法抵御，但是不愿做亡国奴，要拼命抗日，这种精神真令人敬佩！"《鲁滨逊飘流荒岛》的末段文字为："鲁滨逊从飘流到回国，其间共历二十八年，全靠天之所生，地之所长，以及自己手足之力，维持生活。他和草昧环境奋斗的精神，是值得我们钦佩的。"该课之后的补充课文《春明访问王先生与情态词知识的获得》，借问答的形式介绍情态词的用法，开头写道："春明读了《鲁滨逊飘流荒岛》，十分钦佩那鲁滨逊的奋斗精神，他禁不住说了一声：'啊！像鲁滨逊那样的奋斗精神，真值得我们钦佩呀！'……"显然，编者把鲁滨逊当成奋斗的榜样希望能以此激发学生的抗日之思

想。与之配套的《高小国语教学法》将《鲁滨逊飘流荒岛》的教学目的之一设定为使儿童"知道鲁滨逊漂流生活的事迹,培养儿童独立创造不畏艰险的精神"。在分析课文内容是着重分析其生活环境的艰苦及其设法克服:

他们的船怎会触着暗礁?(因为海中起了飓风。)结果如何?(同船的都死,剩他一人。)鲁滨逊漂流到甚么地方去了?(一个岛边。)这岛是甚么一个岛?(人迹不到的荒岛。)他怎样想?(人虽活,而身入绝境,悲愤得很。)不多时他又怎样转念?(一息尚存,应该图谋生活。)他走来走去想些甚么?(生活的方法。)他偶尔走到一处,看见些甚么?(破船推进岛边。)他在破船上捡出甚么许多东西?(麦子、猎枪、火药……和没有淹死的猫狗。)他怎样运这些东西到岛上?(用木板结成木筏。)他在岛上的那里?(山洞里。)他为甚么终日忙碌?(因为衣、食、住三件生活的需要,都要他自己创造。)他在树上斫成些甚么字?(一六五九年九月三十日鲁滨逊漂流至此。)他每日划一划有甚么作用?(用以记日子。)他还写过甚么?(日记。)后来为何停止?(墨水没有了。)鲁滨逊每日的食物是甚么?(他自己猎获的鸟兽。)后来他怎会减少肉味?(种了麦子。)他的麦子是谁给他的?(自己到破船上去捡出的。)他终日除打猎以外,便做些甚么东西?(坐在山洞里制造日常用具。)他制成些甚么东西?(桌、椅、床、席、炉、灶、舂、帚等物。)他造成这许多东西,工作容易吗?(很艰难。)他住在荒岛上有甚么感觉?(和人世隔绝,未免觉到荒凉孤寂的苦痛。)他又怎样容易消磨岁月?(终日劳动不息。)

《高小国语教学法》还在本文的"要旨"中称:"鲁滨逊具有下列两个优美特点:a. 做事不畏艰险,故能绝处逢生。b. 虽有苦痛,能设法除去之。"即具备冒险的精神和谋生的技能。在解说"形式"时又称:"先叙鲁氏的志向在海,引到航海游历之事;再由覆舟转到漂流荒岛,次即叙其初到岛上的生活情形,颇能引起儿童自立之志。"

1937年4月,朱翊新又对上述小学高级学生用《国语读本》进行了修订,名为《高小国语读本》,其第3册中选入的课文和1933年出版的《国语读本》中选入的没有多少区别,选入该册的《鲁滨逊飘流荒岛》(一)(二)所要发挥的功能和此前也没有什么不同,编者对其所作的阐释应该没有什么变化①。

(二)反面教材

由上述民智新课程《高级小学国语教科书》的校订者吴研因编写、世界书局于

---

① 在国难当头的时刻,冒险、进去的精神就成为急需,如1931年就有人在《冒险如鲁滨孙 生活似盘古氏》(强民《万有周刊》,1931年第一卷第三十六期第281页)中说:"我国现在的青年,应该多读一点含着冒险性的文字,来刺激他们沉醉的脑子。"

《国语新读本》(1933)

1933年初版的新课程标准教科书初小《国语新读本》的第8册收入了《鲁滨逊漂流荒岛》一文。1923年颁布的新学制小学国语课程标准由他起草,1929、1932年颁布的小学国语暂行课程标准、国语课程标准由他主导修订。自己主持修订的课程标准强调民族、民生主义,那么自己编写的教科书收入反映这两大主题的课文就是自然而然的事了。吴研因在《国语新读本》的编辑大意中称,该书遵照1932年颁布的小学国语课程标准编写的,内容注意的头两点为"甲、具有理想的目的。在现时的中国,应给儿童以怎样的观念和思想?准备造就如何的国民?这是本书极注重的问题……乙、切合儿童生活。本书选材,以儿童生活为中心,力求切合于中国一般儿童的习惯和需要。凡外国儿童和中国欧化家庭特殊阶级儿童所习惯的语言、动作、食物、玩具等,一概避免"。那么为什么还要选择这篇来自外国的《鲁滨逊漂流记》呢?大概因为其中的精神可以励志、知识利于生存。该文之前4课为《秦叔宝营门献武艺》《唧维逐兔》《战士们往来的信》和《月下泛舟》,后6课为《王襄仁冒险深山》《瀑布》《热闹的劳动节》《松太郎唱歌讲故事》《五月》和《侯将军奋勇剿倭寇》。课文的开头写道:"我听见一个小朋友讲《鲁滨逊漂流记》,没有听完全。有一次,我要求老师讲这故事。老师说:'《鲁滨逊漂流记》有好几种:有的很长,很详细;有的很短,很简略:是欧洲人做的小说,虽然不是真的事实,却可以代表欧洲人的个人发展,和冒险、殖民的思想。'说着便把下面的一段,讲给我们听。"编者指出该文代表了"欧洲人的个人发展,和冒险、殖民的思想",不过并没有对其好坏下断语,编者在课后设置的"想"的练习为"欧洲人的个人发展和冒险、殖民的思想,错误不错误?为甚么?"

从其后设置《王襄仁冒险深山》一文来看,应该是赞赏独立生存的技能和冒险精神,而批判殖民主义。因为《王襄仁冒险深山》写三个小孩在小说中读到家乡附近的"缥缈山"上有飞仙剑客,于是舟车兼程数日后进入深山,但并没有发现小说中写的怪人之类,其中一个道:"我们找不到侠客,难道不可以在这山中做鲁滨逊么?并且我们盘费也用完了,怎么回家去呢?"于是决定下山,在半山腰时又准备搭一间房子,但没有工具;找到一个山洞想休息,但肚子饿得受不了;虽然有飞禽走兽,但没法子弄到手;最后只有采草吃,但实在难以下咽。又饿又冷的三个人"到了这时,也知走错了路,情愿不做鲁滨逊了"。最后三人回家返校,遭到父母的责备,老师的教训:"你们很勇敢!但是人是社会里的一份子,不能离社会而生存。现在你们应该学习实在的本领,将来才可以生存在社会上。要是你们觉得社会不好,到那时也就有能力改造社会了!"很显然,编者是借《王襄仁冒险深山》来告诉学生,在社会上生存光有勇敢的精神是不够的,还要有"实在的本领",还离不开社会群体的支撑。

与之配套的《初小国语教学法》在"课文分析"中对帝国主义的殖民思想提出了明确的批评:"传说体。实质有关于公民思想。篇首的一段,说明本文的来历,介绍关于此类的小说,而依次叙述鲁滨逊的遇难,流落荒岛,以及得回祖国等。全文先写鲁滨逊的冒险精神,次写鲁滨逊的个人发展,再次写鲁滨逊的奴畜生番,救助同种,出船长于险地,弃水手于荒岛,无非是贱视有色人种,拥护统治阶级,移殖国民,开辟荒岛,十足地显示欧人的侵略的谬误思想"。给前述"想"的练习提供的答案为"欧洲人的冒险思想是不错的,因为人应当勇敢;个人发展和殖民的思想,是错误的,因为只顾个人,不顾群众,只顾己族,不顾他族,是帝国主义资本主义的基础"。称本文的"要旨"为"使儿童知道欧洲人个人主义和帝国主义(侵略殖民)的谬妄,以引起儿童合群互助的社会思想"。当然,其"教学目的"中也明确指出"明瞭①鲁滨逊

---

① 明瞭,今作"明了"。

冒险的事实,唤起儿童冒险的精神"。在对"实质方面"进行分析时也提到"衣食住行四大问题都靠自己解决"。

显然,编者只对其中的个人奋斗和殖民思想持否定的态度。这大概与当时日本侵略中国而中国需要全民团结抵抗日寇的形势有直接的关系。如《国语新读本》的第8册第1课《答爱玩具的朋友》的课后练习有"为甚么要反对帝国主义,资本家?"第6课《悲壮的呼声》的课文中有"打倒小木屐国!打倒木屐帝国主义!"等语,后附有介绍"满洲国"辽宁省立二小学生在日本宪兵面前高呼"打倒"口号的爱国之举。第8课《草船借箭》的课后练习二为"现在的时候,要是有了诸葛亮,能否战胜外国?"第11课《秦叔宝营门献武艺》的课后练习为"现在的时候,要是只有少数像秦琼一样的英雄,能否战胜外国?"第16课《王襄仁冒险深山》的课后练习为"我们的衣、食、住、行是社会供给的,我们怎样报答它?"第18课《热闹的劳动节》课文写到的莫斯科广场上的演说中有民众高呼"打倒帝国主义!""解放全世界被压迫的民族!"等口号。

当然,吴研因一直坚持小学国语、国文教科书应以儿童文学为主,尤其是第一次将"欣赏儿童文学"写进1929年的小学暂行国语课程标准的课程目标中,使得儿童文学在小学教科书中的地位愈加巩固。他在编写这套教科书时自然也不会忽视儿童文学,如该书的编辑大意关于内容的第三点规定,"注重文学趣味。本书选材,以儿童文学为主体,描写也力求真切生动,凡平淡无奇,不合儿童心理,没有永隽趣味的材料,一概不取",所以该书选入《鲁滨逊漂流记》,肯定还因为其情节离奇、描写生动而富含文学趣味,也具有"能扩充想像,开发思想,和陶冶优美的情感,养成读书兴味"等功能。因此课文写了其曲折的经历,其中野人吃人、救助"星期五"等有趣的情节也予以了保留。又如《初小国语教学法》所确定的教学目标之一就是"欣赏"全文,还主张联络各科教学:"(一)常识可以研究海滨人生活。(二)作文可以做一篇冒险的故事。(三)写字可以写'喜欢航海'等字。(四)音乐可以唱关于冒险一类的歌词。(五)美术可以绘鲁滨逊漂流荒岛的想像画。(六)劳作可以制鲁滨逊在荒岛上所用的器具。"教学过程中有"吟味或表情",有"表演"("可分二幕:表演在岛上情形。甲.勤恳工作。乙.勇敢救人")。

吕伯攸、朱文叔、徐亚倩编写,中华书局1937年2月初版修正课程标准适应《新编高小国语读本》的第2册《鲁滨孙漂流记》。其编辑大意称:其前两课为《窑居生活》和《孙中山先生的故居》,谈居室的建造。其后6课为《一千多人做成的糕》《出塞》《黄天荡之役》(一)(二)(韩世忠大破金兵)、《发炮很准》《刮骨医毒》,赞扬在

食物、枪械、弹药、帆布以及廊、绳、锯、斧头、刀等等，搬在木排上；还有一只狗，也在木排上；又寻出一枝破枪，慢慢的划近岸来到那岛上。鲁滨孙划到一处，安放木板搭成一隻筏子，临时作为安身之处。但这筏子下面有湿气，蒸着又没有门户，不能防御猛兽和野人，不多时他便搬到一个山洞里去住着，在洞口张起破……

四一

《新编高小国语读本》（1937）

抗击外敌入侵时所表现出来的合群、勇敢的精神。很显然，编者对鲁宾逊的个人主义行为是持否定态度的。《发炮很准》写普法战争中士兵皮尔为了取得战斗的胜利而在指挥官的命令下准确地用炮击毁了河对岸的一所小屋，当指挥官用望远镜查看后夸奖他打得很准时，沉默一会后，皮尔告诉他："请你原谅，将军，那是我自己的住屋。"课后的"问题解答"问："皮尔为甚么肯把自己的住屋忍痛轰去？"《刮骨医毒》写忠义的关羽，为了杀敌不肯卧床养伤，而让华佗刮骨疗伤的故事。课后的"问题解答"问："关羽中了毒箭，为甚么还不肯退兵调养？"很显然，在编者看来不顾个人财产的皮尔和不顾个人生命的关羽均以国家、集体的利益为重，这才是真正的英雄，而鲁宾逊的孤岛求生只能算是"个人英雄主义"。这从《鲁滨孙漂流记》课后设置的"问题解答"也可以看出编者的这种倾向性："1.假如鲁滨孙没有在破船上搬得许多东西，他在荒岛上的生活，将发生怎样的困难？ 2.我们读了这篇文字，觉得鲁滨孙的行为，那几处地方是值得我们佩服的？ 3.在事实上，我们要像鲁滨孙那样独个儿过生活,是否可能? 是否必要? 4.在人类合群生活中,我们应该怎样,才算合理?"反对独处主张合群的旨意不言而喻。《一千多人做成的糕》写一位叔叔告诉侄儿,一块米糕从播种到制成要有一千多人参与才能成功,这说明了社会分工协作的重要性。课后练习中有"《鲁滨孙漂流记》和《一千多人做成的糕》这两篇文字,在意义上颇有联贯的线索,试指出来"。可见,编者认为这两篇文章一反一正地说明了合群的重要。1935年也有人撰文称:有人读了《鲁滨孙飘流记》,"就说一个人只要自己高兴,尽可以和随便什么人都不发生关系过他一个人的清净日子"。这显然是不对的,因为他"在孤岛上所利用的粮食工具等项,都是别人做的",总之"单单一个人总活不来。只有结成一伙,大家去生产穿的吃的用的,大家才得活命"。[①]

需要补充说明的是《新编高小国语读本》的主要编校者是朱文叔,而他于1931年在《关于小学国语读本的几个重要问题》一文中除了赞成1929年颁布的小学国语暂行课程标准关于教科书内容的规定外,就还强调课文的"教育意义":"一篇教材到手,先要用教育的眼光从各方面估量一下,要是有不合于教育目标,或容易发生流弊之处,那末虽合于儿童心理,也不是好教材。"而且,他不避讳讨论国语教科书中的"党义教材问题",他主张"用教材化装的方法,把党义用文艺的形式表出来,或者在文艺教材之中,渗入一些党义,这样才能冶党义和国语于一炉,使儿童从文艺欣赏之中,濡染党义的熏陶于无形"。[②] 很显然,作为文艺的《鲁滨孙漂流记》很有教育意义,体现了"积极前进,乐观解放"和"勇敢、劳动"的精神,这与党义的规定及形势的需要是一致的。

(三)既是正面模范,又是反面典型

小学初级使用《开明国语课本》(1932)的"编辑要旨"称:"本书内容以儿童生活为中心。取材从儿童周围开始,随着儿童生活的进展,逐渐扩张到广大的社会。与社会、自然、艺术等科企图作充分的联络,但本身仍然是文学的。本书每数课成一单元,数个单元又互相照顾,适合儿童学习心理。"第7册第3单元由《蒲公英》《梧桐子》《荒岛上的鲁滨逊(一)》《荒岛上的鲁滨逊(二)》和《合群生活》构成。显然,虽然所选都是"文学"作品,但与"社会"等存在着关联,儿歌《蒲公英》和童话《梧桐子》歌颂了蒲公英和梧桐子顽强的生命力,紧随其后的《荒岛上的鲁滨逊》同样写了只身一人鲁滨逊在孤岛上艰难求生,同样显示出顽强的生命力,这是应当歌颂的,其离群索居、孤身奋战的行为却又不合时宜,则是应当批判的。其后《合群生活》就借

---

① 敬之:《鲁滨孙是不是孤独的人》,《通俗文化:政治、经济、科学、工程半月刊》,1935年第二卷第十期第7,8页。
② 朱文叔:《关于小学国语读本的几个重要问题》,《中华教育界》,1931年第十九卷第四期第137、140页。

两个小学生之口对鲁滨逊的行为做了辩证地分析：

今天下午开演讲会，刘余庆讲鲁滨逊的故事。末了他发表他的意见，说："鲁滨逊在荒岛上住了二十八年，自己弄来吃，弄来穿，弄来用，完全靠他一双手，真是了不起的英雄。我们应该学他，一双手要能做一切的事。那么，就是独个儿生活也不要紧了。"他讲完了，我接着登台演讲："鲁滨逊遇到了最大的困难，能够想出方法来对付它，这种精神是可以敬佩的。他自己的生活能够自己料理，当然也是很好的行为。不过，鲁滨逊的故事是做小说的人想出来的，并不是实际的事情。讲到实际，人类向来是合群生活的。你做这一件，我做那一桩，共同努力，共同受用，生活才得安舒。如果各做各的，不相往来，即使能够同鲁滨逊一样，也不过住一个狭窄的山洞，穿几张破烂的兽皮，吃一些粗糙的麦饼罢了。我们有这样的房屋住，有这样的衣服穿，有这许多的东西吃，有这样许多的物品使用，这不是一个农人做得到的，也不是一个工人做得到的。必须无数的农人和工人合起来，才做得到这般地步呀。所以鲁滨逊的精神和行为虽然可以佩服，但更可称赞的，却是人类的合群生活。"

很显然，编者赞扬了鲁滨逊的生存技能和不屈精神，但是又认为在现代生活中社会由不同的职业的群体组成，存在着不同的社会分工，只有相互服务才能拥有现代的生活，所以鲁滨逊的独自生活在现代社会中难以寻觅又并不足取。接下来的一单元由《大扫除》《做皮鞋的作场》《晏子》和《蔺相如》四篇课文构成，与前一单元"互相照应"，从"儿童生活"中协作大扫除，到"社会"生活中的分工做皮鞋，均说明合作的重要；而晏子只身使楚、蔺相如只身赴秦，更是为了"国家"这个更高层面的群体的利益而不畏不屈。

从课外阅读来看，《鲁宾逊漂流记》是老师推荐的课外读物，如1933年夏丏尊、叶圣陶著的《文心》中就以故事的形式写一先生向高小毕业不久的学生推荐阅读："翻译的外国小说故事也该选读，这架上有《鲁滨逊飘流记》、《希腊神话》，都是可读的。"[①]而且《鲁宾逊漂流记》在课外较受学生们的欢迎，尤其是受到男生的欢迎，如在1936年在北京孔德小学、师大一附小和二附小、报子胡同小学、师大平民学校等著名小学进行的一项小学生课外阅读调查显示，《鲁滨逊漂流记》在小学儿童课外喜欢阅读的"小说"类中排名第7位，其中4年级有男生1人，5年级有男生14人、女生5人，6年级有男生18人、女生11人，共49人。所以，调查者说："男生好冒

---

① 夏丏尊、叶圣陶著：《文心》，北京：中国青年出版社，1983年版第30页。

险,喜读航海,航空,侦探,探险的书。如《鲁滨孙漂流记》《金银岛》。"①1935年,钱歌川在回忆读书经历时说:"小学时代很爱读的书是《三国演义》《封神榜》一类东西,中学时代便是《鲁滨孙漂流记》一类的冒险谈。"②1935年,有人抱怨我国本土的儿童读物不多,而可读的又多翻译文学时提到了《鲁宾逊漂流记》:"我们的文化界到现在所捧出来的是什么呢?《爱的教育》《苦儿努力记》,还有《鲁滨逊漂流记》,批评起来呢,自然是好的了不得。"这也说明其在整个评论界中受关注的程度很高③。1936年,钟鲁斋、黄诰在福建省进行的一项小学阅读调查时,曾以《鲁宾逊漂流记》作为游记类的代表("游记类——如《鲁滨孙漂流记》《珍儿旅行记》"),调查结果显示,有12.5%的学生喜欢"游记类"(男生中有13.5%,女生中有10.5%),排在"传记""杂志""儿童故事"和"小说"类之后④。1936年,李景翻译、中华书局出版的《鲁滨孙飘流记》,被人推荐为初二课外阅读书目⑤。

五、全面抗战期间(1937.7.7—1945):"培养儿童的德性……训练儿童生活的技能"

　　1937年7月7日,全面抗战爆发。因为此前国民政府拟推行教科书国定制,又因为战争导致出版困难,所以抗战期间各书局几乎不再新编教科书而是重印以前编订的教科书,教育部也只是购买此前一些优秀的民编教科书的版权而更名作为官编教科书出版。1941年颁布的小学课程标准甚至将"国语"和"常识"合并,小学各级国语课程内容由集中体现了民族、民生的常识构成。1942年,教育部长陈立夫发表了《我对于编辑中小学教科书的意见》,他说:"所以编辑小学教科书,应多取历史故事,藉以激发儿童的民族意识;应充分发扬吾国故有之道德知能,藉以培养儿童的德性;应采取关于人生衣食居行最重要最普通的材料,藉以训练儿童生活的技能。"⑥教育部还于1943年出版了《初小国语·常识课本》。

---

① 迟受义:《儿童读物研究》,《师大月刊》,1936年第二十四期第56、70页。钟鲁斋、黄诰在《小学儿童兴趣的调查与研究》(《教育杂志》,1936年第二十六卷第十号第57页)中一项关于"你最喜欢看那一种故事"的调查印证了迟受义的判断:儿童喜欢的故事依次是"冒险的"(35.6%)、"武侠的"(24%)、"滑稽的"(17.7%)、"神怪的"(10%)、"奇异的"(5.8%)"动物的"(4.5%)、"幽默的"(2%)和"表情的"(1.8%)。
② 钱歌川:《二十五岁以前所爱读的书》,《青年界》,1935年第八卷第一期第52页。
③ 品今:《从儿童读物谈到〈銤〉》,《读书与出版》,1935年第三期第21页。
④ 钟鲁斋、黄诰:《小学儿童兴趣的调查与研究》,《教育杂志》,1936年第二十六卷第十号第52页。调查者并没有将《鲁宾逊漂流记》列入"小说"类,从其所列"小说类"的具体作品来看,应指如中国传统章回体小说那样的作品("小说类——如《小小说库》《江湖侠客》《三国演义》等")。
⑤ 朱聚之:《中学生国文科略读书举要(参考资料)》,《图书展望》,1936年第二卷第一期第99页。
⑥ 陈立夫:《我对于编辑中小学教科书的意见》,《学生之友》,1940年第一卷第四期第5页。

這一邊跑來，這時候魯濱遜完全忘記了驚慌衝上去「砰砰！」兩鎗就把生番嚇退。逃過來的人也是生番，不過是另外的一族。魯濱遜救了他，替他取個名字叫做星期五，沒有人作伴，現在有了星期五，魯濱遜何等快活啊！

後來魯濱遜和星期五又從生番羣裏救出兩個人，一個是

《初小国语教科书》（1940）

在《初小国语·常识课本》出版前，教育部（总署）编审会通过购买民编教科书版权的形式出版的教科书中也出现了《鲁宾逊漂流记》。如1939年12月教育部编审会出版的《修正高小国语教科书》的第3册第27—32课是《群儿放洋记（一）》《群儿放洋记（二）》《人落在鲸鱼的嘴里》《荒岛上的鲁滨逊》《草船借箭（一）》和《草船借箭（二）》。这一课的课文和课后练习完全照搬于上述1933年9月初版的《高小国语读本》中的《荒岛上的鲁滨逊》。所以从该课前后课文及课后练习，并参照其改编时所依照的教科书来看，应该是借此鼓励学生不畏艰险，积极生活。

1938—1941年，教育总署编审会出版了8册《初小国语教科书》。其中出版于1940年8月30日的第7册收录了《鲁滨逊》（一）（二）。该书编辑大意称："本书不单寓文学于识字，而且寓修身于文学。各课皆有意义有目的，使其从儿童文艺中，以激发乐于社会生活的进取意识和情绪，并涵养国民道德，养成生活态度和作事能力。"又称："以教材有联络关系之若干课组成一单元。"第4单元中《鲁滨逊》之后的两篇课文是《合群的生活》和《千人糕》。其中《合群的生活》一课的内容和上引小学

初级使用《开明国语课本》(1932)中《合群生活》相比,除了《初小国语教科书》将文中的"刘余庆"改成了"王耕"、将"我"改成"金立云"外,其他文字则完全照抄。《千人糕》则以李丽、谷小青等小朋友开茶话会的形式阐明社会生活中的分工协作十分重要的道理。这一单元的课后练习为"一、说鲁滨逊的故事。二、鲁滨逊的伟大在那儿?他怎么样才会有那个伟大?——说出来或者写出来。三、如果自己到了鲁滨逊那个地步应当怎样?——说出来或者写出来。四、生番为什么互相残杀?——说出道理来。五、说合群生活的好处。六、为什么叫千人糕?——说出理由来。七、做成一个馒头要经过多少人?——想想,大概地说出来。八、做成一本书要经过多少人?——想想,大概地说出来。"从教科书来看,如《开明国语课本》对其解读相似,一方面认为鲁滨逊生存的技能、不屈的精神应当仿效,另一方面又将其离群索居作为反面材料,由此而正面论述合群生活的重要。而且从单元练习来看,编者更强调后一方面,这大概是因为在全民抗战的形势下,为了能让民众做到众志成城、同仇敌忾,所以强调团结合作显得更重要。不过,与教科书配套的《初小国语教学法》认为课文"要旨"是"述鲁滨逊之冒险独立生活",设置的有关课文内容方面的教学"要旨"为"欣赏《鲁滨逊》的故事"和"唤起儿童独立生活的观念"。在"各科联络"中,建议在修身科教学中"讨论冒险独立之美德",在常识科教学中"讨

《得福的〈鲁滨孙漂流记〉》,宋秉恒刻,《新青年》,1943年第8卷第5期

论种麦及制造家具的方法"。可见,《教学法》的编者似乎与教科书编者的解读相反,而更强调前一方面。不过在《合群的生活》中提到教学要联系前两课,并且提到《合群的生活》本文"要旨"为"现代生活之方式——合群生活",教学"要旨"之一是"引起儿童合群生活的观念"。

大概因为小说中所写的险恶环境与学生所处的环境相似,所介绍的生存知识和抗战精神也是学生所需的,所以《鲁宾逊漂流记》在课外也是中小学生喜欢阅读的书籍。而且因为《鲁宾逊漂流记》被翻译成多种不同版本出版,学生阅读此书也相对容易些。有人统计,从1931年至1948年,该书在我国至少出版了11种译本①。1944年春天,李之朴在陕西、甘肃、四川等7省26所中学319名男女学生中进行过一项阅读兴趣的调查,发现排在初高中喜欢阅读的前47种书籍中,外国作品有7种,其中《鲁宾逊漂流记》排名第28位,其中初中有3人,占被调查的初中总人数的1.60%;高中有4人,占被调查的高中总人数的3.05%;初高中共7人,占被调查总数的2.19%。调查者在结论中称:"对于翻译的书籍,如茶花女、天方夜谭、鲁滨逊漂流记等皆较初中阅读人数的百分比为高。"②那么为什么学生喜欢阅读《鲁滨逊漂流记》呢?调查者没有对此进行分析。不过,他在调查"中学生阅读报纸所注意的问题"的调查中发现中美两国中学生的关注重点差异较大,美国中学生注意的是"游戏、诙谐文字与戏剧"等,中国中学生注意的是"时事问题",究其原因是因为"美国在平时,社会升平,一切政治多上轨道,所以中学生平日对于政治并不大关心,而对于娱乐活动则极感兴趣。至于我国,不特平日社会秩序紊乱,会引起学生的注意,且其时适当与日本战争的时候,中学生自然多注意于国内外的时事。这种事实的对照,显然表明了社会背景的不同对于学生阅读报纸的影响极大"。③其实这也可为学生喜欢阅读《鲁宾逊漂流记》作一注脚,大概除了书中情节曲折吸引学生之外,更因为其中的环境能让学生感同身受,而其中所介绍的生存技能和阐扬的抗争精神也是在战争中所必需的。当然,也与小说的人物行为、故事情节等契合中学生的一般心理有关,因为12岁以后的中学阶段"正为崇拜英雄及模拟英雄之时期"④。

20世纪30年代末至40年代中期,苏联成为抗击世界法西斯侵略的主要力量,

---

① 滕梅、于晓霞:《笛福及其作品在中国的译介——以〈鲁滨逊漂流记〉为例》,《聊城大学学报(社会科学版)》,2011年第4期第115页。
② 李之朴:《中学生课外阅读的分析》,《中华教育界》,1947年复刊第十一期第20页。
③ 李之朴:《中学生课外阅读的分析》,《中华教育界》,1947年复刊第十一期第22页。
④ 徐恃峰:《中学学生之心理的分析》,《师大月刊》,1932年第五期第8页。

苏联及俄国的一些文艺作品也纷纷被译成中文,作为我国抗战的精神食粮。1941年,《新流文丛》刊登有赵景深翻译的《阿尔泰山鲁滨孙插曲》:"篷顶有洞,四壁有缝。我们不怕雨,也不怕风。我们也不管那,雷声隆隆。因为到了明天,便是红日瞳瞳。"赵景深在插曲后面还加了一段阐明其旨意的话:"这是苏联儿童剧院一种喜剧中的插曲。用笔虽浅,含义却深。虽然像是滥调,却是极好的教训,表现出坚毅耐苦,卓绝不拔的精神。这是几个探险的孩子,要学英国Defoe所写的鲁滨孙飘流记中的主角,到西伯利亚的阿尔泰山去,晚间大风雨下躲缩在旷野的帐篷里唱的。"①赵景深之所以将这首插曲翻译成中文,而且将这几个探险的孩子比喻成鲁宾逊,应该是希望借此激发中国儿童的抗争意识。《中国公论》1942年第七卷第六期至1942年第八卷第二期连载有曲辛翻译的《鲁宾孙》,内容和笛福著《鲁宾逊漂流记》完全一致,却竟然将著者署成"托尔斯泰",是误植的可能性不大,因为是连载,如果误植那么很快就会有人指出而更正,更主要的可能署成俄国的托尔斯泰更能吸引读者的注意。

六、内战时期(1946—1949):"边疆屯垦员及工程师之培养"

1945年,日本侵略者投降,中国取得抗战的胜利。虽然内战在即,但相对于抗战期间民族国家处在生死存亡的关头而言,此时危急的形势有所缓和,民族主义教育相对于民生教育而言也变得相对次要。当时各项事业百废待兴,建设成为时代的主题。1945年,就有人指出,以前出版的国定教科书不适宜,"可是这一套书以抗战为中心,现在应该改用建国为中心了。其中不免有些不合时宜的课文"。所以,各学校应自编适合形势需要的临时教材②。1946年7月,国立编译馆主编、吴鼎等编写、国立中小学教科书七家联合供应处发行、教育部审定修订标准本《高级小学国语》出版,这是真正的官编国定高小国语教科书,直接、完全地体现了统治阶级的政治思想也就不足为奇。其"编辑大意"称:"本书选材根据《国父遗教》、《总裁言论》及中央政策。""本书指导儿童学习平易的语体文,并欣赏儿童文学,以培养阅读能力和兴趣。""本书取材标准,系遵照总裁手著《中国之命运》第五章所指示之心理建设、伦理建设、社会建设、政治建设与经济建设五项建国基本工作,故特别注重小学教师、军人、飞行员、乡社自治员、边疆屯垦员及工程师之培养,选取最新材料,以供儿童精读之用。"虽然像新学制时期的教科书一样标出"欣赏儿童文学,以培养

---

① 赵景深译:《阿尔泰山鲁滨孙插曲》,《新流文丛》,1941年第一期第4页。
② 沈百英:《胜利后的教科书》,《教师生活》,1945年创刊号第4页。

阅读能力和兴趣",但实际上是借儿童文学来宣传政党思想。其第2册第10课为《理想的乡村》:

我是一个地方自治员,
长久住在那宁静的乡间。
我们的乡村已经不像从前:
宽阔的大道,两旁树荫蔽天,
往来行人个个称便。
保甲组织严密,
人民有了训练,
汉奸、盗贼无从出现。
满山的树林,纵横的良田。
不怕水、旱与虫灾,人力真个已胜天。
小小的工厂冒着黑烟;
出品物美价廉;
生产消费都有合作社,
人民生活丰富而节俭。
壮丁都有工作做,没有一人会赋闲。
保国民学校,设立很普遍,
教师个个快乐和蔼,
儿童个个活泼康健。
托儿所、诊疗所和养老院,样样都齐全。
中山堂、图书馆,
是对国父的纪念。
体育场上新建跳伞塔,
跳伞运动最新鲜,
大家争着跳,
从没有危险。
啊!这是何等可爱的乡村!
乡镇健全了,
才能有自治的县。
少年们,快快下乡,

做个地方自治员，

把中华民国基础好好的奠一奠！

  这首充满浪漫主义的诗歌，勾勒了一幅宁静、富足的乡村图景，这在此前烽烟四起、民生凋敝的抗战期间是不可能出现的，也是不必追求的。在抗战期间，首要的任务是拯救民族(救亡)，所以要鼓励少年走向沙场杀敌；抗战结束后，首要的任务是建设国家(奠基)，所以要鼓励少年走向农村，直接服务于民生建设。

  该书的第2册收入了《鲁滨孙漂流记》。《鲁滨孙漂流记》在其中扮演的角色自然也不能例外。其前8课为《伟大的水利工程专家》(郑国渠开凿经过)、《伊资》(美国南北战争中童工出身的伊资制造舰艇、大桥帮助军队取胜)、《西北的乐园——迪化》(新疆迪化是"一个美丽的乐园")、《我爱西北》(西北风景优美、物产丰富)、《林则徐和左宗棠》(驻守新疆的林则徐在伊犁掘井，左宗棠在天山南北种柳)、《保长会议》(乡公所设养老院)、《航空员》(飞行员的在平时和战时的作用)和《开辟荒林的王瑞生》(从小立志去远方创业的王瑞生到黑龙江垦荒)。其后一课为《滇湎公路》(被称为除万里长城之外的我国第二大工程滇湎公路修建过程)。很显然，编者是将鲁宾逊在荒岛求生与古代开辟边疆的林则徐、左宗棠及当今开辟荒林的王瑞生相比附，激发学生投身于边疆等地的生产建设中去。因为这里并没有写林则徐、左宗棠的"武功"而是写他们建设民生工程，而《开辟荒林的王瑞生》中写的王瑞生开垦荒林与鲁宾逊开垦荒岛如出一辙，该文结尾写道："这样一年一年的过去，瑞生开辟荒地成功的消息传出去了，各地的青年，都想像这一个新世界，成群结队的来跟着瑞生发展这垦殖事业。十年以后，他们获得了很大的成绩，开辟了一望无边的田园，饲养了千万匹牛羊，还有用不尽、取不完的木材。瑞生见到自己的收获，一面带着笑容讲述他过去艰苦的情形，一面领导他们种植畜牧、兴修水利、设立学校、经营商业，成立了许多村落、市镇。过去杂草丛生、荒凉无人的地带，现在成了阡陌纵横，人烟繁盛的区域。大家过着共同的生活，时时想着这位首先前来垦殖的伟人——王瑞生。"在编者的笔下，王瑞生俨然是"中国的鲁宾逊"。让儿童仿效这身边的"伟人"而建功立业的旨意十分明显。而在紧随其后的《鲁滨孙漂流记》中，编者只在开头和结尾各用了一小段文字写他在海上遇险和返回英国，其他均是写他如何在岛上生存：建屋、打猎、畜牧、耕种、磨面、缝衣、制烛、制伞、伐木、造船，这些"凡人生日用必需的工作样样都得自己亲手做。这样一日一月一年的过去，他毕竟还是生存者"。课后的"说话"练习为："鲁滨孙怎样流浪到一个荒岛上去？他怎样把船上的东西搬到岸上？他在荒岛上怎样生活？鲁滨孙在荒岛上的生活，那几件事情最值得我们钦佩？后来他怎样回到英国？""作文"练习为"读了本文后,发生怎样的感想,试写出来"。显然,课文不重点写其传奇经历,是因为编者不希望用本文来"引起读书趣味,养成发表能力,并涵养性情,启发想像力及思想力"而培养文人；重点写岛上生活,是让学生通过此文的学习来掌握野外的生存技能,希望其日后能成为"边疆屯垦员及工程师"。

1946年12月,陆树勋与陆宝瑢合编、广益书局"新一版"的《言文对照小学论说精华》卷三中就分别呈现有文言和白话的《读鲁滨逊漂流荒岛记》的范文以供学生阅读模仿。文章最后写道："吾国人要想自立的,可以取法鲁滨逊。"显然,编者在这里对鲁滨逊的"自立"精神和技能大加赞颂了一番,建议国人效法,甚至把虚构的小说当成了真实的历史。并没有阐释其冒险精神,或评判随后的殖民行为,在编者看来,哥伦布航海至美洲才是冒险,对其后殖民主义发展起到了极大的推动作用,如卷四中《哥伦布寻获美洲论》开门见山地指出："冒险精神,是进取的根本。立志坚忍者,是成功的基础。要想进取,不冒险不能够扩大他的谋划；要想成功,不立志不能够达到他的目的。……行船在骇浪的中间,寻地在天涯的外面；崎岖,险阻,吃尽了许多艰苦,就使从古荒僻的区域,变成富庶殖民的地方。哥伦布的功,也大极了！"

开明书店出版的顾正均译《鲁滨逊漂流记》等原著,此时也成为学生选读的对象。1947年,在《小朋友》杂志上就连载有《鲁滨逊漂流记》。1949年,《中华英语半月刊》也开始连载这篇小说。1948年,程朋就在开明书店创办的《中学生》杂志上发表该书的读后感,对此书大加批评,称《鲁滨孙飘流记》虽然在不久前才读过,虽然也曾让自己神往过一段时间,但最终并没有留下多少印象,原因是该书反映了帝国主义殖民思想,并不值得赞赏。他说：

《鲁滨孙飘流记》产生于十八世纪的英国。那时正当产业革命发生以后,生产力向前飞跃了一步,人类的力量大大的增强了,神已经不再是支配一切的权威,因为人已经增加了自信,人已经能够征服自然了。当然,人们的思想因而也就从迷信中解放了出来。于是,鲁滨孙驾着一只小船到孤岛上去,开辟了自己的新天地,创造了奇迹,最后还停虏了"星期五"和一群土人回来,俨然成了征服者。那是一个奇迹,那是可惊叹的事,然而,那也不过是生产力发展的结果,在生产力不发达的封建社会,鲁滨孙是不可能产生的,那种"奇迹"也是不会出现的。《鲁滨孙飘流记》正反映了资本主义初期的殖民思想。

《鲁宾逊漂流记》也容易让人产生消极避世的思想[①]，所以鲁宾逊也不值得青年们效仿：青年"处在半封建半殖民地社会的我国青年……也许，他会接受了《鲁滨孙飘流记》，幻想着像鲁滨孙一样地到孤岛上去创造世外乐园……而鲁滨孙也不是人人能做的，即使能做到像鲁滨孙那样，飘流到世外去，也不过是逃避了现实。这对于今天我国的青年都是毫无益处的"。所以应该读读高尔基的《母亲》，看看周围的世界，体味当下的生活，抛弃鲁滨孙，热爱《母亲》中的伯惠尔，"勇敢的奔向伯惠尔的道路的"[②]。很显然，从作者对《鲁宾逊漂流记》的批判及对高尔基的《母亲》的推崇可以看出，其受左翼文学的影响较大；而刊登此文的《中学生》中就多次出现标题带有"苏联"和"莫斯科"等字样的文章。还有学生认为读完这篇小说后生发了两点感想："一、我深信航海事业的重要"，"二、我以为鲁滨逊是我们青年的典型"，因为他的刻苦奋斗（生活）和见义勇为（救人）[③]。

　　虽然以上两种解读观点在一定程度上折射出国共两党政治理念的不同，但是均强调关注当下现实，只不过国民政府教科书的编者强调埋头建设，而这位左翼文艺青年主张要进行政治斗争而已。

文选一

鲁滨孙

樊炳清、庄俞　编写

（一）

　　境遇无常，惟能自立者，可不为境遇所困。否则安顺之时，因人成事，若可偷

[①] 如1949年啼黎在《假如我是鲁滨孙》（《新儿童世界》，1949年第二十四期第44页）中写道："假如有人问我：'你是鲁滨孙，你将会怎样？'我一定很快的答道：'假如我是鲁滨孙，当我重新回到尘世的时候，我要带领许多善良的人民，回到最幸福的岛上，建立起一个人民理想中幸福快乐的天地。'那里永远听不到炮声；听不到呻吟声；听不到不幸者底哀嚎声；也看不到流亡，看不到饥饿；人民在安乐地工作，过着安逸的生活。我决不像鲁滨孙这样傻：渴望着回到烽火弥天的世界来！"短文反映出小作者对战争的厌恶和对和平生活的向往，但也有《桃花源记》中"避秦难"的消极意味。
[②] 程朋：《〈西游记〉〈鲁滨逊飘流记〉和〈母亲〉》，《中学生》，1948年第一九六期第76—77页。这篇读后感可能受1947年杨晦写的长文《笛福和他的〈鲁滨孙漂流记〉》（《时与文》，1947年第二期第15—18页）中的观点影响，他在文章开头提到了杨晦的文章。杨晦在文中提到将这篇小说与《西游记》《母亲》比较着读，可以发现这三篇小说写的三个人物虽然所处时代不同，但有共同的特点，他们都在走他们要走的或者应该走的道路，都是有着坚定的信心，坚强的意志，使出了他们全部力量，不怕艰难，不怕困苦，不灰心，不退缩地去实现他们的志愿。他又认为，笛福的这篇小说写于资产阶级上升时期，英国内部的矛盾和冲突很多使得去海外冒险成为时尚，所以才会诞生这篇"荒岛殖民的小说"。
[③] 任甫文：《读〈鲁滨逊漂流记〉之后》，《新儿童世界》，1948年第十三期第29页。

生。一旦值意外之变，呼吁无门，未有不束手待毙者。呜呼！吾读英人所记鲁滨孙事，未尝不叹其坚忍之力，创制之才，深足为图自立者之模范也。

鲁滨孙，英人也。幼好听航海谈，有周游世界之志。年十九，闻有航海者，鲁滨孙慕之，请随往，愿执水夫役。其好奇耐苦若此。

数日，风起船覆，幸得救，请于他船长，赴南洋哥宜亚。船长殁，鲁滨孙代理其事。发哥宜亚，取道非洲海岸间，突遭海贼，舟人皆被捕。鲁滨孙忍苦执役，得闲乘小舟而逸。

舟行数日，备尝艰苦。后为葡国船所救。留巴西，制糖及烟草。居四年，资产稍丰。以事赴哥宜亚。又遭暴风，同舟皆没。独鲁滨孙泅水，达一孤岛。岛中只岩石草木，绝无他物。鲁滨孙由死得生，方自庆。继忽觉衣湿，无可更者。又无家可居，无物可食，无利器可以御野兽。所携者，止小刀、烟管及烟草而已。虽苦恼欲狂，而无如何也。日渐暮，乃入林中，藉树叶而卧。

翌晨，走海岸。欲觅前船覆处，傍海岸迹之。俄见舟距岸仅二里余，大喜，趋视之，知不可用。遂解衣，泳而至船旁。见器具、食物，不尽渍水。取面包食之，结木作筏，载诸食物及衣服兵器，携一犬、一猫抵岛。

乃举所取材木，构庐张幕，以避风雨。然恐受猛兽或土人之害。旋觅得岩穴，梯而上，结栅居之。昼则跋涉山野，求食物，以为常。

（二）

一日纵猎，犬衔一山羊至。知岛中有此，乃多捕而畜之。饮乳食肉，以脂作烛。衣、冠敝，取其皮更制之。又以皮制伞，以御雨。久之，所留小麦，或落地生芽，渐繁殖。乃斩大木，以火灼其心为臼，削杵而舂之。于是食物渐具。

食既具，苦无储蓄器。悉心经验，得成土缶，可以蓄麦。惟不能蓄流质。偶于薪火中，见土器碎片，受烧而坚固。以法制之，遂成陶器，而食物皆可蓄矣。

当斯时也，以一身营数业，时而犁锄，时而缝纫，时而建筑，时而制造。非精力坚固，思想缜密，乌足以语此？

鲁滨孙欲出此岛，乃造舟。伐巨松，二旬，仆之。去枝剥皮，三月而舟成。以海岸陡绝，凿渠以通之，二年乃竣工。遂以独木舟浮于海。陆居有庐，航海有舟。鲁滨孙之意，亦足豪矣。又捕一鹦鹉，教之言语，以慰羁愁。如是者凡二十有九年。

既而行海岸,见野人群聚,谋杀一少年,救之。少年愿为仆,教之言语、动作及用枪法。后又见野人虏二人至,亦救之,而其一即仆之父也。

主仆四人,或农于田,或猎于山。悠游岁月,差胜于前日之寂寞矣。居久之,欧洲航海者至。鲁滨孙附其舟返故乡,计自十九岁出,经三十五年而归。家属死亡殆尽。邻里故旧,莫有识者。呜呼!鲁滨孙居孤立无助之世界,衣食日用,取之不竭,可谓能自立矣。今或居人烟稠密之地,百业并举,物用皆备,乃犹束手嗟贫,谋生无术,能勿耻欤。

选自高等小学校秋季始业《共和国教科书新国文》第4册,
商务印书馆1913年版。

文选二

鲁滨逊漂流记

魏冰心、范祥善、朱翊新　编写

(一)

英国鲁滨逊航海出游,忽遇大风,海船沉没。同船的人,个个溺死。只有鲁滨逊一人,泅到荒岛,才得保全生命。

那时,无衣无食,满目凄凉,好不痛苦。忽见沉没的破船,还有一半浮在水面。鲁滨逊便寻些木板,结成木排;划上前去,拣出几件有用的东西,运到岸上。

那个荒岛上,野树合抱,丰草成林;鸟兽见人,毫不畏惧。不用说没有一个居民,恐怕连人迹也没有到过呢!鲁滨逊此时心中忧闷,比遇险时更甚。

后来寻到一个石洞,便以此为家。一天到晚,形单影只,好不寂寞。因为衣食住三件事,样样都要亲手制造;终日忙碌,倒也可以藉此①解闷。

鲁滨逊初到时,每天总是射只飞鸟,或是打只野兽,来做衣料。后来自己种的新麦成熟了,才有麦吃。又忙着做家用的什物——如桌子、椅子、床、席、厨、架、炉、灶之类——简直没有空闲的时间。

一年以后,身上衣服,破坏不堪了。他就把从前打着的野兽皮,拿来当作衣料。

---

① 藉此,今作"借此"。

不论短衫、裤子、鞋袜；也不论春、夏、秋、冬，穿的总是皮衣。

（二）

鲁滨逊忙了几年，家用什物，也好算完备了。独少一只船，不能划出海面去，察看情势。于是他就拣了一株大树，斫倒下来，把树心凿空，枝条斩去，居然做成了一只独木船。造成之后，常傍着海岸出游，察看有无来往船只经过，可以驶去求救。

一天，看见几个生番，按着一人，要剥他的皮，吃他的肉。那人狂喊救命。鲁滨逊听得，登时怒气冲天，胆子也大了。带着枪，赶到前去，打死两人，其余一哄而散。那人非常感激，自愿做鲁滨逊的仆人；服侍终身，以报救命之恩。鲁滨逊大喜。从此有了同伴，比独居无偶的时候，好得多了。家中的山羊，滋生日繁。主仆两人，合养了一大群；饮的是羊乳，食的是羊肉，衣的是羊皮。无人岛又变成山羊岛了。

一天，鲁滨逊又看见生番在树林里伤害人命。忙即前去搭救。谁知救出的两人，都是鲁滨逊的同乡。他们航海经商，路过此岛，上岸游览。不料为生番捉住，要伤害他的性命。如今遇救，喜出望外。鲁滨逊也把前后事情说明了，众人就邀他一同搭船回去。

鲁滨逊漂流至此，足足住了二十八年。此二十八年中，全靠着天之所生，地之所长，和自己手足的力气过日子。所以世界上的人，都称他是英雄。

选自新学制小学教科书《初级国语读本》第8册，世界书局1924年版。

文选三

鲁滨孙漂流记

吴鼎等　编写

鲁滨孙从小喜欢航海探险，十九岁就在船上当水手，度那飘洋过海的生活。

有一次，他从巴西搭船到几内亚去，半路上遇着飓风，把船打破了。同船的十四个人，都葬身海底；只有鲁滨孙被几次大浪，冲到附近一个荒无人烟的小岛上。

第二天，他到海边张望，见他的船仍搁在离岸不远的沙滩上。他泅过去一看，船破了。不能再开，但船里一部分器物还没有损坏。他便用木板编成一个木排，将那些衣服、食物、枪械、弹药以及刀、锯、斧、凿、帆布、麻绳等，凡是有用的东西，都搬在木排上；还有两只猫，一只狗，也带了过来，又寻出一枝（支）破桨，慢慢的划近海岸。

鲁滨孙回到岛上，临时用木板搭了一所屋子，作为安身之处。但是这所屋子，没有门户，不能防御猛兽和野人。后来，他搬到一个山洞里去居住。他在洞口张起布幕，幕外钉了一排木桩，把铁索纵横交错的缠在木桩上，围住洞口；又在洞里掘一个地窖，把所有杂物，都收藏在地窖里。

不多时，他带来的食物吃完了，于是他天天出去打飞禽，捕走兽。他又把捉来的山羊饲养着，使它们繁殖。有一天，忽然看见地上发出许多麦芽来，仔细一想，原来是他从船上带来的麦子，偶然落在地下生出来的，从此他又耕种田地。

鲁滨孙为了耕种田地，便把坚木削成犁和锄；把麦收割了，他又刳木为臼，捣去麦皮，凿石为磨，磨成麦粉，用泥土烧成瓦锅，塑成火炉。衣服鞋袜破了，便用羊皮制成新的；夜间没有灯，便用羊脂制蜡烛；出门怕太阳晒，便用羊皮制成一把伞。他喜欢航海，便又伐木造船。

鲁滨孙住在岛上，要建筑，又要打猎，又要畜牧，又要耕种，又要磨面，又要缝衣、制烛、做伞、伐木、造船……凡人生日用必需的工作样样都得自己亲手做。这样一日一月一年的过去，他毕竟还是生存着。

鲁滨孙在这岛上，这样生活了二十八年，才好容易见到一只英国船从那里经过，他便搭船归国。这时候，他的父母都已死了，邻里故旧也大半不认识他了；原来他离开故乡已经三十五年了。

选自教育部审定修订标准本《高级小学国语》第 2 册，
国立中小学教科书七家联合供应处 1946 年版。

第四章
《最后一课》的接受与阐释

德国接受美学家姚斯说:"一部文学作品,并不是一个自身独立、向每一时代的每一读者均提供同样的观点的客体。它不是一尊纪念碑,形而上学地展示其超时代的本质。它更多地象一部管弦乐谱,在其演奏中不断获得读者新的反响,使本文从词的物质形态中解放出来,成为一种当代的存在。"[①]因为文学作品是一个由不同层次和维面构成的"召唤结构",其中的语义、句法、结构、意境等所存在的未定性和空白点星罗棋布,给读者预留了多处想象和联想的空间;而读者的情况又千差万别,处在不同的民族、时代、时节、环境,有着不同知识水平、阅读态度的读者在确定未定、填补空白时就产生了见仁见智、歧义百出的现象。法国作家都德于1873年发表的《最后一课》(La dernicre classe)于1912年首次由胡适翻译成汉文《割地》,并发表在《大共和日报》上,不久就出现了多种译本。1919年,胡适将其所翻译的10篇欧美小说结集为《短篇小说》并交由亚东图书馆出版,其中的第一篇就是《最后一课》。1920年,《最后一课》首次被洪北平、何仲英收入我国第一套中学白话文教材《白话文范》中,后来又被多种国语、国文教科书选作课文。1956年颁布的《初级中学文学教学大纲》将其确立为基本篇目,并规定了教学内容,此后几乎是以"保留篇目"的面目一直出现在人教社出版的多套中学语文教科书中。1988年实行教科书审定制后,同样被多种不同版本的语文教科书选用。其出现在语文教科书中

[①] H·R·姚斯、R·C·霍拉勃著,周宁、金元浦译:《接受美学与接受理论》,沈阳:辽宁人民出版社,1987年版第26页。

的次数之多,持续时间之长,是其他外国文学作品所难以匹敌的。如果说《最后一课》是一份管弦乐谱,那么我们看在民国期间不同的演奏者(译者、编者、教师、学生)是怎样演奏而使之成为一部动听的管弦乐的。

一、前奏:译者的一级阐释(1912—1919)

一篇作品之所以能被收入教科书作为范文来让学生学习,一般要符合"文质兼美"的基本选择标准,"文"美即语言文字美,"质"美即思想内容好。作为一部外国作品能被收入语文教科书,译者对其进行的正面解读将成为首要条件。译者作为一个特殊的读者,他选择什么作品为对象进行翻译以及如何翻译,其实就是一种对作品所进行的隐性阐释,而译者在译文前后所加的"译者识"和"序"之类的文字则是一种显性阐释。这些第一层级的阐释为教科书的编者在选择、处理课文时提供了一个基本参照。《最后一课》能进入教科书,与译者的一级阐释直接相关。下面,我们先看1912—1919年译者对此所作的一级阐释。1912—1919年发表的《最后一课》的汉译版本至少有以下5种。

译者	译名	形态	语体	按语	时间、出处
胡适	《割地》	节译	白话	无	1912年11月《大共和日报》
胡适	《割地》	节译	白话	有	1915年3月第二卷第一期《留美学生季报》
静英女士	《最后之授课》	节译	文言	无	1915年第四十二期《礼拜六》周刊
江白痕	《小子志之》	全译	文言	有	1915年5月第二卷五期《中华小说界》
梁荫曾	《最后一课》	节译	白话	无	1917年第一期《工读杂志》

(一)失地之痛与失语之痛

静英女士所译的《最后之授课》题目之上标示其为"普法战争轶事",虽然译文刊登在休闲杂志《礼拜六》上的,但不能就据此断定译者视其为一般仅供审美愉悦的闲情小说。因为在这篇小说之后,还有一篇藜青创作的标明是"爱国小说"的《小学生》。小说写巴黎一小学正在上课时日耳曼人的飞机从他们头上飞过,于是老师鼓动小学生们高呼杀敌,后又鼓励作为"小国民尽其小责任"集体捐款建造了一架飞机。其他译者也均视其为有教育意义的爱国小说,如在江白痕译的《小子志之》和梁荫曾译的《最后一课》之题上就标明其为"爱国小说"。

原著既写了普鲁士强迫法国割地的史实,又写了普鲁士不再允许所占领的原法国所属的两个省的学校教授法语的霸行。这对法国来说,遭受的则是战败之后的失地与失语双重痛苦。当时译者主要从以下三个角度来对此作出阐释。

1. 失地之痛

1840年鸦片战争爆发、中国战败之后,西方列强逼迫中国历届政府签订了一系列不平等条约,强迫中国割地赔款,或在中国设立"租界",失地之痛是爱国知识分子共同的心声,身在美国留学的胡适自然会与作者在小说中表达的失地之痛产生共鸣。1912年胡适在初译这篇小说时将原著题名改为《割地》,已将这种旨意揭示得十分明显。为了突出这种旨意,他还略去了小弗郎士的名字,删节了其在上学路上与铁匠相遇、韩麦尔自我批评及批评家长的情节以及小弗郎士在上课结束时的心理描写。1914年,仍在美国的胡适用文言翻译了都德写的与《最后一课》属同类题材的《柏林之围》交《甲寅》发表。他在《柏林之围》的译者志中提及其题旨及翻译动机时,提及《最后一课》,可借此进一步来探寻《最后一课》题旨及翻译动机。他写道:"'柏林之围'者,巴黎之围也。"1870—1871年,普法之战争中法人屡战屡败。西丹一役,全军解甲。此后,巴黎人民誓死以守,坚持四月余始陷落。"此篇写围城中事,而处处追叙拿破仑大帝盛时威烈。盛衰对照,以慰新败之法人,而重励其爱国之心。其辞哀惋,令人不忍卒读。此篇与都德之《最后一课》(La Derniere Classe)皆叙普法之战。二篇皆不朽之作,法国儿童无不习之。重译外国文字,亦不知凡几。余二年前曾译《最后一课》,易名《割地》,载上海某日报。今德法又开战矣,胜负之数,尚未可逆料。巴黎之围欤? 柏林之围欤? 二者必居一于是矣。吾译此篇,有以也夫。"①很显然,胡适翻译时选译《最后一课》和《柏林之围》,均是"有感而译"的。译《柏林之围》是由正在进行的第一次世界大战的形势而触发。和译《最后一课》的目的一样,他希望国人读此小说后,能关心世界大势(世界不宁,战争频繁,双方常以攻陷、占领对方的土地为胜利的标志),更能热爱自己的国家并关心其安危,不要重蹈他国战败割地之故辙。1915年在以《割地》为名重译并交《留美学生季报》(1915年3月第二卷第一期)发表时,他又在文前的译者识中对此旨意作了更明确的阐发:

著者都德生于西历千八百四十年,卒于千八百九十七年,为法国近代文章巨子之一。当西历千八百七十年,法国与普鲁士国开衅,法人大败,普军尽据法之东境。明年进围法京巴黎,法人力竭求和。赔款五千兆弗郎,约合华银二千兆元,盖五倍

---

① 胡适:《柏林之围》,《甲寅》,1914年第一卷第四期第1页。

于吾国庚子赔款云。赔款之外,复割阿色司娜恋两省之地,以与普国。此篇托为阿色司省一小学生之语气,写割地之惨,以激扬法人爱国之心。原名《最后一课》,今名乃译者所更也。民国元年九月记于美国。

在胡适看来,小说主要是借一小学生之口来写失地之痛、赔款之辱,那么小弗郎士的名字以及一些无关此主旨的情节自然可以略去,而从胡适使用"华银"和庚子赔款"等用词中也可以看出,他是想以翻译此文来激发国人的"爱国之心"。

2. 失语之痛

语言是一个人存在的"家",母语是维系一个民族存在的一个重要标志,正如洪堡特所说的,"为什么母语能够用一种突如其来的魅力愉悦回归家园者的耳朵,而当他身处远离家园的异邦时,会撩动他的恋乡之情? 在这种场合,起决定作用的因素并不是语言的精神方面或语言所表达的思想、情感,而恰恰是语言最不可解释、最具个性的方面,即其语音。每当我们听到母语的声音时,就好像感觉到了我们自身的部分存在"。[1] 侵略者要达到彻底征服被侵略国家的目的,除占领土地外,就是要改变其语言。相应地,保护母语就成为抵抗外族侵略的一个重要方式。江白痕的译文就取此义,其译名为《小子志之》。"志"(记)什么呢? 记失去学习母语权力所遭受的痛苦,不要忘记母语是祖国存在的一个表征。江译之前所加的按语更明确指出了这一点——"普法战争后,法人割亚尔萨斯、罗亨二州以和,而亚尔萨斯人常不忘其祖国。今观是篇,对于祖国文字三致意焉,法人爱国之情亦可概见。"[2]

3. 失地兼失语之痛

1913 年,署名"匪石"的人将胡适译的《割地》改写为《最后一课》,并刊登在当年第 1 期《湖南教育杂志》上[3]。不久,署名"健铁"的人在该杂志的第 6 期上发表了一首《〈最后一课〉题辞》的诗——"柏林书到意苍茫,汉麦先生辍讲章。四十年来求学地,知从何处话兴亡。凝神端坐睨诸生,忍泪念愁哭不成。祖国文章君识否,山残水剩最凄清。一声木铎日轮高,却怪先生新换袍。稚子亦知亡国恨,春风和泪看胡桃。"在诗中,作者既提到不能识"祖国文章"之恨,又提到祖国"山残水剩"之凄,认为小说兼写了失地与失语之痛。而且,诗歌的作者更多的是从先生和稚子的角度来论教育者、受教育者的痛苦,而不仅仅认为这篇小说是"托为阿色司省一小学生之语气"写"法人爱国之心"。

---

[1] [德]威廉·冯·洪堡特,姚小平译:《论人类语言结构的差异及其对人类精神发展的影响》,北京:商务印书馆,1999 年版第 71 页。
[2] 江白痕:《小子志之》,《中华小说界》,1925 年第二卷第五期第 1 页。
[3] 韩一宁:《"陈匪石译〈最后一课〉与胡适译〈最后一课〉考略》,《出版史料》,2002 年第三辑第 115 页。

(二) 语体之范与文体之范

从清末开始,裘廷梁、陈荣衮等人掀起了白话文运动,文言开始式微,白话地位渐高;黄遵宪提出进行"诗界革命"、梁启超提倡"小说界革命",文章不再被视为正宗,文学不再被视为"小道"。1916 年,同在美国留学的胡适和赵元任曾围绕"中国文字的问题"进行过讨论,赵元任专论"吾国文字能否采用字母制,及其进行方法",胡适则谈"如何可使吾国文言易于教授"。在胡适看来,我国语言文字不易教授,除了教法不当外,还有一个重要原因是言文不一致[①]。要言文一致,必须改文言为白话。同时,胡适正在酝酿一场新的"文学革命"运动。1917 年初,胡适的《文学改良刍议》在《新青年》上发表。他在文中主张建设新文学、反对旧文学,并从文学形式方面提出了"八不"主张——"言之有物""不摹仿古人""须讲求文法""不作无病之呻吟""务去滥调套语""不用典""不讲对仗"和"不避俗字俗语"[②]。语体改革、文体改革遂成为一种时代思潮。胡适之所以翻译《最后一课》,除其认为这篇小说能激发国人心中的"割地"之痛外,可能还有借此文来宣传新文学创作、尝试白话语体表达的考量。1918 年 3 月 15 日,胡适在北京大学国文研究所小说科发表了一次演讲,傅斯年将其演讲整理成文发表在《北京大学日刊》上。后来胡适又据此而写成《论短篇小说》一文。在文中他说当今中国的人都不知道"短篇小说"是什么东西。他认为,短篇小说从写作上来说必须符合两个基本条件:一选择的是"事实中最精采(彩)的一段,或一方面",这样选材才典型;二运用的是"最经济的文学手段",这样表述才精炼。"凡可以拉长演作章回小说的短篇,不是真正'短篇小说';凡叙事不能畅尽,写情不能饱满的短篇,也不是真正'短篇小说'"[③]。为此,他还列举了自己所译的《最后一课》和《柏林之围》来说明真正的短篇小说所具备的两个条件,他说[④]:

西历一八七〇年,法兰西和普鲁士开战,后来法国大败,巴黎被攻破,出了极大的赔款,还割了两省地,才能讲和。这一次战争,在历史上,就叫做普法之战,是一件极大的事。若是历史家记载这事,必定要上溯两国开衅的远因,中记战争的详情,下寻战与和的影响:这样记去,可满几十本大册子。这种大事到了"短篇小说家"的手里,使用最经济的手腕去写这件大事的最精采(彩)的一段或一面。我且不举别人,单举 Daudet(都德——引者)和 Maupassant(莫泊桑——引者)两个人为

---

① 曹伯言选编:《胡适自传》,合肥:黄山书社,1992 年版第 105—106 页。
② 胡适:《文学改良刍议》,《新青年》,1917 年第二卷第五号第 1—11 页。
③ 胡适:《论短篇小说》,《新青年》,1918 年第四卷第五号第 395、396 页。
④ 胡适:《论短篇小说》,《新青年》,1918 年第四卷第五号第 396—397 页。

例。Daudet 所做普法之战的小说,有许多种。我曾译出一种叫做《最后一课》(La derniere classe)(初译名《割地》,登上海大共和日报,后改用今名,登留美学生季报第三年),全篇用法国割给普国两省中一省的一个小学生的口气,写割地之后,普国政府下令,不许再教法文法语。所写的乃是一个小学教师教法文的"最后一课"。一切割地的惨状,都从这个小学生眼中看出,口中写出。

可见,在胡适的眼里,《最后一课》符合短篇小说的两个基本条件,是"真正'短篇小说'",可以作为我国新文学创作者借鉴的模范。另外,新小说是否能用白话表达,用什么样的白话表达? 他也可能是想通过自己的翻译来尝试并为此提供示范。以上译文除静英女士、江白痕采用的是文言外,其他均为白话,这一方面说明"文用白话"已成趋势,另一方面也有可能是受胡适译文的影响。总之,在胡适看来,《最后一课》可作为新文学的文体之范和白话文的语体之范。

二、演绎:编者的二级阐释(1920—1949)

教科书编者是一群特殊的读者,他们对某个作品的阐释可从其是否将其选入自己所编的教科书以及放置在教科书中的什么位置、设置怎样的导读文字或习题等来表现。有关于普法战争的史事进入国文教科书最早可能是 1906 年出版的《最新初等小学国文教科书》第 9 册第 3—4 课《法兰西》中提到,与之配套的《最新初等小学国文教科书教授法(第 9 册)》在第 4 课中的"参考"里补充道:"一千八百七十一年一月议和,割阿森司、罗来二省与普,并偿兵费五千兆佛郎。"[1]不过,以此为题材的小说《最后一课》则直至 1920 年才第一次正式出现在语文教科书中。1937 年之后其从正式出版的教科书中消失。1920—1937 年,《最后一课》在语文教科书中的共经历了初兴、高潮、沉寂三个接受阶段,每个阶段的编者们都对此作出了自己的阐释。

中学国语、国文教科书

编者	教科书名称	册次	出版社	时间、版次
洪北平、何仲英	《白话文范》	第 2 册	商务印书馆	1920 年 8 月初版
周予同、顾颉刚、叶绍钧	《新学制国语教科书(初级中、学用)》	第 2 册	商务印书馆	1923 年 2 月
朱文叔	《新中华教科书国语与国文》	第 1 册	中华书局	1928 年 8 月初版

---

[1] 蒋维乔、庄俞编:《最新初等小学国文教科书教授法(第 9 册)》,上海:商务印书馆,1906 年版第 7 页。

(续表)

编者	教科书名称	册次	出版社	时间、版次
姜亮夫、赵景深	《初级中学北新文选》	第1册	北新书局	1931年7月3版
赵景深	《初级中学混合国语教科书》	第1册	北新书局	1931年7月3版
傅东华、陈望道	《基本教科书国文》	第3册	商务印书馆	1932年12月初版
石泉	《初中师范教科书初中国文》	第1册	北平文化学社	1933年2月初版
罗根泽、高远公	《初中国文选本》	第1册	立达书局	1933年8月初版
徐蔚南	《创造国文读本》	第3册	世界书局	1933年4月再版
孙俍工	《中学国文特种读本》	第1册	国立编译馆	1933年9月版
朱文叔	《初中国文读本》	第2册	中华书局	1933年12月5版
沈荣龄等	《实验初中国文读本》	第1册	大华书局	1934年3月初版
叶楚伧	《初级中学教科书国文》	第1册	正中书局	1934年7月初版
中学国文科教学进度表委员会	《初中标准国文》	第1册	中学生书局	1934年8月出版
张鸿来、卢怀琦、汪震、王述达	《初级中学国文读本》	第1册	师大附中国文丛刊社	1934年8月初版
颜友松	《初中国文教科书》	第2册	大华书局	1935年出版
马厚文	《标准国文选》	第1卷	大光书局	1935年8月改版
叶楚伧	《初级中学教科书国文》	第1册	正中书局	1935年8月33版
朱文叔、宋文翰	《初中国文读本》	第2册	中华书局	1935年11月初版
夏丏尊、叶绍钧	《国文百八课》	第2册	开明书店	1935年版
宋文翰	《新编初中国文》	第1册	中华书局	1937年8月初版

小学国语、国文教科书

编者	教科书名称	册次	出版社	时间、版次
庄适、许国英、范祥善	高等小学学生用《新法国文教科书》	第5册	商务印书馆	1921年初版
黎锦晖、陆费逵	高等小学《新小学教科书国语读本》	第3册	中华书局	1924年5月24版（1923年1月初版）
沈圻	新学制小学后期（高小）用《新法国语教科书》	第3册	商务印书馆	1923年3月7版
魏冰心、范祥善、朱翊新	新学制小学教科书《初级国语读本》	第8册	世界书局	1924年6月初版
缪天绶	新学制小学高级用《新撰国文教科书》	第4册	商务印书馆	1924年8月初版
胡贞惠	高级小学用《新时代国语教科书》	第3册	商务印书馆	1927年11月初版、1932年4月国难后2版
王祖廉、黎锦晖、黎明	初级小学《新中华国语读本》	第8册	中华书局	1928年版（1931年43版）

(续表)

编者	教科书名称	册次	出版社	时间、版次
魏冰心等	小学高级学生用《新主义国语读本》	第1册	世界书局	1930年3月26版
薛天汉	民智新课程《高级小学国语教科书》	第4册	民智书局	1931年7月初版
戴洪恒	高级小学用《基本教科书国语》	第4册	商务印书馆	1931年8月初版
赵景深、李小峰、陈伯吹、徐学文	后期小学用《北新国语教本》	第3册	北新书局	1932年2月初版
丁毅音、赵欲仁	小学校高级用《复兴国语教科书》	第4册	商务印书馆	1933年7月20版
赵景深、李小峰	《高小国语读本》	第3册	青光书局	1933年9月初版
沈百英、宗亮寰、丁毅音	高小用《复兴国语课本》	第4册	商务印书馆	1935年1月初版
于卫廉、刘瑞斌等	《高小国语汇选》	第4册	国立北平师范大学附属第一小学出版编委会	1936年2月版
国立编译馆	小学校高级用《实验国语教科书》	第4册	商务印书馆等	1936年11月初版
朱翊新	《高小国语读本》	第3册	世界书局	1937年7月改编9版

从上表所列该文出现的册次可以发现,小学17套,2套在初小,15套在高小学段,中学除《白话文范》标识该书适合"中等学校用"而没有明确为初中或高中外,其他都出现初中。《最后一课》多出现在中学的第1、2册,其中出现在第1册的有13套,出现在第2册的有5套;出现在第3册的只有2套;其中《中学国文特种读本》上册供初级中学用。原因可能有两点:一,虽然《最后一课》是以一个小学生口吻来写的,但在编者看来,其主题、内容并不容易被一个小学生理解,而更适合一名初中生学习,尤其适合在初中一年级第一学期学习。二,当时教科书选文的文体类别安排,一般是初一记叙文、抒情文,初二抒情文、说明文,初三议论文、应用文;语体比例安排一般是初一语(白话)二文(文言)一,初二语文各半,初三语一文二;《最后一课》以记叙为主要表达方式,运用白话翻译,所以也就多放置在初一上学期学习。

从上表所列收录此文的教科书的出版时间和数量也可以看出,其集中出现在1928—1937年,9年间共出现30套收录此文的教科书;1920—1927年只有8套教

> 別過了。
>
> 最後一課
>
> 法國都德著
> 胡適譯
>
> 這一天早晨我上學去，時候已很遲了，心中很怕先生要罵。況且咋天漢麥先生說過今天他要考我們的動靜詞文法我卻一個字都不記得了。我想到這裏格外害怕。心想還是逃學去玩一天罷。你看天氣如此清明溫暖那邊竹籬，兩個小鳥兒唱得怪好聽野外田裏普魯士的兵士正在操演我看了幾乎把動靜詞的文法都丟在腦後了幸虧我膽子還小不敢眞個逃學趕緊跑上學去。
>
> 我走到市政廳前看見那邊圍了一大羣的人在那裏讀牆上的告示我心裏暗想這兩年我們的壞消息敗仗哪賠款哪都在這裏傳來今天又不知有什麼壞新聞了我也無心去打聽一口氣跑到漢麥先生的學堂。
>
> 平日學堂剛上課的時候總有很大的響聲開抽屜關抽屜的聲音先生鐵戒尺的聲音種種響聲街上也常聽得見我本意還想趁這一陣亂響的裏面混了進去.

《白话文范》(1920)

科书收录此文，1938—1949年则没有出现。下面对其原因作初步的分析并呈现每个时期编者对其阐释的结果。

(一) 初兴：双管齐鸣(1920—1927)

1920年1月，教育部通令改"国文"为"国语"，规定当年秋季小学一二年级使用的教科书中的课文一律由文言文改为白话文，文言教科书逐年分期作废。文言文章开始逐步退出语文教科书，而白话文学开始进入中小学语文教科书。什么样的白话文才能作为典范供学生学习呢？1920年4月，中华书局出版了朱文叔编写的4册《国语文类选》。该书的编辑大意称："自从《新青年》提倡文学革命以来，出版界大为刷新：《新思潮》《每周评论》《时事新报》《建设》《解放与改造》等，大都变为'国语文'了。这'国语文'底发达，和'新思潮'底澎涨，恰好做个正比例。真是国民自觉底表现，群制改善底先声。"选文按主题分为文学、思潮、妇女、哲理、伦理、社会、教育、政法、经济和科学等10类，均为论文，没有作品。"文学"类中的第5篇论文是胡适的《论短篇小说》。前文提到，《论短篇小说》主要是以《最后一课》为例讨论了短篇小说的作法。所以,在这篇论文中作为论据出现是《最后一课》在中学语文教材中的初次亮相。随后,1920年洪北平、何仲英在其编纂的供中学生学习白话文之用的《白话文范》时,立即将《最后一课》,收入其第2册,这是《最后一课》首次以作品的形式在中学语文教科书中出现。就像编者在该书的编辑大意中所说的,"现在选白话文取材很不容易"。显然,在这种情形下,作为白话文运动的旗手胡适所翻译的《最后一课》自然是最佳范本。1921年,庄适等人将胡适的《最后一课》改编成《最末了一天的功课》,收入其所编的高等小学生用《新法国文教科书》的第5册的副课之中。这是《最后一课》首次进入小学语文教材。从此,胡适所译的《最后一课》①开始以不同的形式正式进入语文教科书。在北师大馆藏的1920—1927年出版的近30套初中语文教科书中,收录《最后一课》的仅有《白话文范》。1923年,叶圣陶起草、胡适参与修订的《新学制课程标准纲要初级中学国语课程纲要》将胡适所译、收入《最后一课》的《短篇小说》一书列入学生课外略读书目。1923年,叶圣陶等编辑、商务印书馆出版的《新学制初中国语教科书》的第2册也收录了此文。该书的另一主要编者顾颉刚是胡适的得意门生,该书又由胡适等校订,可见收录此文可能与胡适有关。从其被收录的情况来看,多数编者对此文并不热心,这可能与这是一篇译文有关,因为译文采用了许多欧化句法、文言词汇,虽然文学革命者如周作人、胡适等都主张从文言、方言、外语中汲取有用的成分,以造成一种"文学的国语",但国语运动者坚持主张白话文不用"文言的白话""方言的白话"和"欧化的白话",文学应该是"国语的文学",而国语教育毕竟要完成普及("言文一致")和"统一"("国语统一")两项基本的任务,所以,这一时期的国语教科书所收录的课文绝大多数是周作人、鲁迅、冰心、陈衡哲等新文学作家创作的白话作品,而对翻译文学作品则鲜有问津。

下面,我们再看教科书编者是如何阐释《最后一课》的。

1. 白话文法之范

《白话文范》(1920)的编辑大意称:"我编辑这一本书,是供研究白话文的人做范本用的,所以名为《白话文范》","所选的文合于中等学校的程度,中等学校教授白话文,可以用做教本"。可见,选入此文的目的主要是供专家研究、学生学习白话文写作的方法。和《最后一课》放在一起的是耿介之译、俄国杜仅纳甫著的《航海》,二者之前的两篇记人文章《季遐年》和《荆元》均选自白话小说《儒林外史》,之后的

---

① 胡适所译的《割地》1919年收入《短篇小说(第一集)》时更名为《最后一课》,此后教科书均注明此文出自《短篇小说》。《短篇小说》是胡适所译短篇小说的汇集,1919年由亚东图书馆出版。

两篇记事文章《君子国》和《桃花山》分别选自白话小说《镜花缘》和《老残游记》。这些作品供学生之用,就是让其从优秀的近代白话和白话译文中学习白话文的表达方法。阮真后来点名批评《白话文范》,他说:在白话文教育初兴时,"有的来教白话新诗小说,有的从旧式白话小说中选取教材,有的从报章杂志上看见时人发表的论文,只要是白话的,便不问好歹,一起抄来(何仲英编的《白话文范》可为代表)",不过他又说:"这原是不得已的过渡办法,——因为好的白话文很少——我们应该原谅。"[①]他的批评确实存在着一定的合理性,如《最后一课》的胡适译文的第一句为"这一天早晨,我上学去的时候,已很迟了,心中很怕先生要骂"用的是欧化句法,最后一句"散学了,你们去罢"的"去"则用的是文言词汇。更何况还有翻译疏忽的地方,如胡怀琛就曾说,"胡适之先生翻译的《最后一课》那篇小说,中间有一句云:在黑板上用力写了三个大字:'法兰西万岁'。今按,'法兰西万岁'明明是五个大字,何以说三个大字。原来在法文及英文里,确只有三个大字,却不知到了中国

初级中学用《新学制国语教科书》(1923)

---

① 阮真:《时代思潮与中学国文教学》,《中华教育界》,1934 年第二十二卷第一期第 6 页。

文里,便变了五个大字",这显然是胡适"偶然疏忽"的[①]。在阮真的眼里,胡适翻译的《最后一课》是否属于"好的白话文"不得而知,但是在洪北平、何仲英这二位编者看来,显然应该是白话文的模范,而且胡适也认为自己的翻译不错,如1933年他在自己所译的《短篇小说集二》的"译者自序"中说,这个"集二"和收录《最后一课》的"集一"一样,所用的都是"明白晓畅的中国文字",而且正因为如此,十几年来才一直受到读者的普遍欢迎[②]。

虽然"国文"已改为"国语",但受升学及社会日用仍以文言为主的影响,高等小学暂时仍以学习文言为主,所以高等小学生用《新法国文教科书》(1921)中的正课仍是文言文;不过,随着形势的发展,白话文最终必然会战胜文言文,成为学习和使用的主要文体的,所以编者在"各册之后,附列语体文若干篇,以供教学国语之用"("编辑大要"),其第5册之后附有《白居易新丰折臂诗讲义》《最末了一天的功课》《巴朋作工》和《巴朋得奖》四篇"语体文"副课,显然其中的《最末了一天的功课》主要是作为白话文法之范来让学生学习的。为了体现其为纯正的白话,编者把《最后一课》题目中的"最后"改成了"最末了",将"课"改成"功课"。除此之外,编者大概是为了提醒学习国语的重要,改写时重点放在法语学习等情节上而略去其他情节,还而韩麦尔先生的话告诉学生学习母语的重要:"你们天天自己骗自己,总以为用工(功)的时候很多,如今呢?你们总算是法国人,连法国的语言文字,都不知道,你们自己想想,说得过去么?孩子们啊!现在我们是做了人家的奴隶了,要有翻身的日子,第一须不忘祖国的语言文字啊!"

2. 爱国主义之范

在《新学制国语教科书(初级中学用)》(1923)中,《最后一课》的课后只有介绍普法战争后的割地、赔款之事等简单的注释,没有练习。从《新学制国语教科书(初级中学用)》的目录来看,此文可能不是作为白话文的典范来学习的,因为就收入此文的第2册中的课文的语体的呈现方式来看,是文白混编杂呈的,如其第1—6课分别为《理信与迷信》(白话)、《举国皆我敌》(白话)、《舍己为群》(白话)、《五人墓碑记》(文言)、《史记荆轲刺秦王》(白话)和《史记荆轲刺秦王》(文言)。不过,从这6课的排列方式来看,更强调一组课文主题的一致性,可见编者更多是从主题的角度来选择课文的。又如在这册中,《木兰诗》(第41课)和《最后一课》(第42课)被放在一起,是因为这两篇课文虽然语体、文体不一,但主题一致,即都是表达反抗异族

[①] 胡怀琛著:《中学国文教学问题》,上海:商务印书馆,1936年版第49页。
[②] 胡适译:《短篇小说集二·译者自序》,上海:亚东图书馆,1933年版第2页。

侵略的不屈之志。叶圣陶、顾颉刚都属于新派人物,按阮真的说法,他们是"代表少年的"一派,这一派"多是新毕业的大学生,或是曾在新文学界出点风头的。有的专来谈主义问题,而忘记了中学国文教学的目的;有的专来做新诗小说剧本,不管中学生的需要和这些教材在中学国文教学上应占的位置"①。在阮真看来,"了解人生真义,社会环境,及现代思潮……以其为教育的目的而非国文科教学之特有目的也"。② 可见,最初在叶圣陶等新派编者看来,学生讨论"问题"和"主义"应该比学习白话文写法更重要,而《最后一课》则是学习爱国主义的好教材。如我国第一本研究儿童文学(教育)的专著《儿童文学概论》(魏寿镛、周侯于1922年12月合作,商务印书馆1923年8月初版)在分析儿童文学课文中小说体裁时就提到了《最后一课》所具备的这方面的功用:"小说。理想的事实,或确实的事实,用艺术的手腕,描写出来;有首有尾,有情有致,例如:胡适译的短篇小说《最后一课》《柏林之围》等;这类文学的特点,使儿童读了,不知不觉引起同情,增加兴趣;并且能够唤起他对于社会的关心。"③

高等小学《新小学教科书国语读本》(1923)中的《最后一课》采用的是胡适的译文,其前的课文是《鸿门之会》,其后的课文是《甘地》和《我们的责任》。与教科书配套的《新小学教科书国语读本教授书》称:本课的教学目的是"使知做人奴隶的可痛,以引起他们努力求学的决心"。又称:对事件的记述和对人物的描写,"使人读了,感着异样的沉痛"。很显然,是希望让学生体会文中寄寓的悲愤之情,进而激发其读书报国、救国的决心。

在新学制小学后期(高小)用《新法国语教科书》(1923)中,《最末了一天的功课》之前的3篇课文是《两少年》《小孩救俄会》和《石壕吏》。虽然其和高等小学生用《新法国文教科书》(1921)中的《最末了一天的功课》课文相同,但编者对其主旨的阐发却不尽相同,如果说其在高等小学生用《新法国文教科书》(1921)中是作为白话文法学习之范来使用的,那么在这里将其放在3篇有关救国的课文之后,显然是让学生关注其中的爱国内容,当然再从改编后的课文的内容重点为宣传国语的重要来看,此处的爱国主要还是指热爱祖国的语言文字。

在新学制小学教科书《初级国语读本》(1924)的第8册中,该课题名为《一个老翁的自述》(一)(二)(三)。《初级国语读本》的"编辑大纲撮要"称:本书"材料有

---

① 阮真:《时代思潮与中学国文教学》,《中华教育界》,1934年第二十二卷第一期第2页。
② 阮真:《中学国文教学目的之研究(续)》,《中华教育界》,1934年第二十二卷第六期第21页。
③ 魏寿镛、周侯于著:《儿童文学概论》,上海:商务印书馆,1923年版第45页。

'文学'和'语言'两种：文学材料，重在能扩充想像，开发思想，和陶冶优美情感，养成读书兴味。语言材料，首重日常应用的动作语，次重会话，演讲等"。"材料选择，处处顾到儿童生活，低年级供给儿童想像生活的材料，高年级供给儿童现实生活的材料，内容又多可以表演的以助儿童兴趣，并使他的观念确实"。作为白话文学材料，显然可作为学习白话的模范。作为高年级的教材，到底要使儿童什么"观念确实"呢？原著以小学生小弗朗士的口吻叙述，这篇课文却改成老年弗朗士的口吻回忆，开头写道："我现在是年过六十，须发尽白的老翁了。当我在十三岁那年的一天，早晨上学去……"其（一）（二）和原著情节相同，但续写了一部分，交代自那天散学之后，"我"多年来的经历，其中涉及了课文主旨，其（三）照录如下：

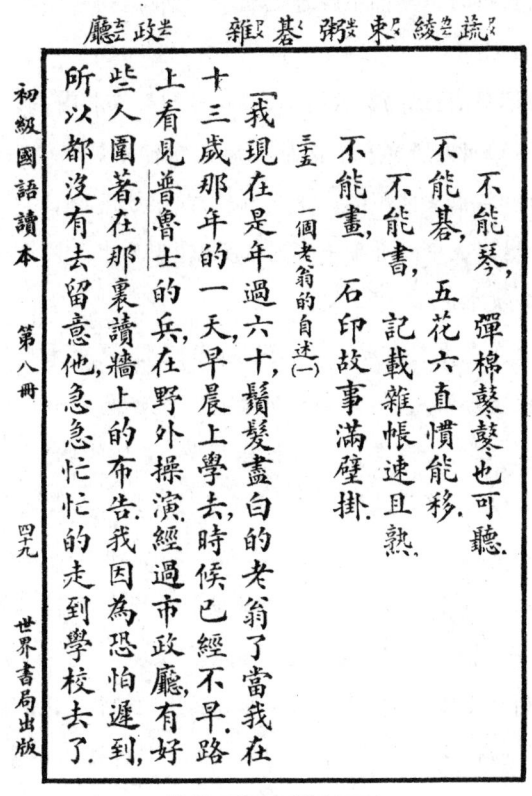

《初级国语读本》(1924)

"我们的家乡，自从做了普国的属地后，我听了汉麦先生最后的指示，背地里立志用功，努力学习法文、法语，并且约了几个朋友，不说德语，不写德文。这时听说有许多志士，在巴黎造了两座女神：一座叫阿尔萨斯，一座叫罗兰因；臂上缠一块黑纱，表示持丧服的意思。上面写的是：'自由不恢复，丧服不除去。'我得到这个消息后,就和父母,迁居到巴黎。"

"每年到割让的纪念日,我和无数人,集在女神像下,徘徊瞻恋,痛哭失声,四十年如一日。"

"现在好了,凡尔赛和约签定了,把我们的家乡和罗兰因,都还给我们了。我年纪虽然老,但是我听到这个消息,非常高兴;往访女神,见他笑容可掬,胸前堆着鲜花,不禁破涕为笑。"

"我到巴黎四十多年了,如今我预备回到故乡去,仍旧做我故乡中的主人。——唉!可是汉麦先生,到那里去了!"

显然,编者续写此段的目的,也是告诉学生,如果爱国,就要继续热爱、学习祖国的语言、文字,而且每时每刻都不要忘记国耻,只有这样才能等到取得胜利、收复失地的那一天!

在小学校高级用书《新撰国文教科书》(1924)的第4册中,该文题名为《最后之一课》,语用文言(不知何人所译),显然从语体上看它不是作为白话之范而是作为高小学习浅显文言的凭借来使用的。课文不长,兹录如下:

今日予入学甚迟。途中见普鲁士兵列队操演,又见市民聚集市政厅前读文告,予均不之顾,匆匆奔校中。

予步入教室,汉麦先生默不出一言。坐定,凝视之,见先生服华丽之服,诧异特甚;盖此服非开学放学与国庆日,未尝轻服之也。是时先生已登座,郑重言曰:"诸生乎!此为吾最后一日之功课矣!昨日柏林下令,谓亚尔萨、罗来因两州,已割与普国,嗣后此两州之学校,只许教授德文,不得复授法文。尔曹之德文教师,明日即临,兹为尔曹最后一日之法文功课矣!"予骤听此言,恍若疾雷震耳,惶恐万状。回思市政厅前之文告,必为此矣;汉麦先生今日服此华丽之服,亦必为此矣。然则予此后终不复学法文乎?诚知如是,予向者奈何不早自勖勉乎?予方懊恨无已,先生忽呼予,问予动静词之文法。首句即误答,予心滋愧,低首不敢出声。先生喟然曰:"尔曹无日不自欺!常谓来日方长,不乏用功之时,今则果何如者?……尔曹固法人,法文且不知,尔曹试自省,尚复有何说?诸生乎!今者吾等为人奴隶矣!然苟有恢复之一日,慎无忘祖国之文字!"言毕,照常授法文。是诚可异,予骤觉聪敏,今日之所授,予殆无不解;无何,即下课矣。忽闻足步杂沓之声,则普兵操演归来,经过校门,汉麦先生起身,向外探望,面色骤变;回向吾等,一一握手,若曰:"散学矣,尔曹去耳!"

从教科书编者对其前后课文的配置来看,显然是将此文当做爱国之范,如其前一课为薛福成所作描述法人以战败惨状入画以"激众愤,图报复"的《观巴黎油画记》,其后两课为《日本学生之爱国与文部省之教谕》及《木兰诗》。而且从上引课文所节译的内容来看,也是借先生之口告诫学生不要甘做亡国奴,不要忘记祖国的语言文字。

与之配套的新学制小学校高级用《新撰国文教授书》(1924)提示"《白话文范》第二册第四十页之《最后一课》,可以为本课之参考"。可见编者是有意不将其译为白话,而以文言的形式让学生学习。虽然如此,编者还是设计了一段孩子和汉麦先生的白话对话。《教授书》又设定此课的"目的"为"使儿童知为奴隶之痛苦,激发其爱国心及求学心"。并在其设计的"推究"教学环节中反复申说:"学生既不用功,何以匆匆赴校?(上学甚迟,深恐受罚,并非好学。)汉麦先生何以穿美丽的衣服?(因此日系最后上课之一日,亦即做奴隶的第一日,为极可纪念之日,所以他穿礼服。)法地割与普鲁士后,该地学校,何以不许再教法文?(法地割与普鲁士后,该地学校假若再教法文,易引起人民报仇雪耻之思想,必生反抗之举动。不许再教法文,使当地人民渐渐忘却本国之观念;因文字系灌输智识之主要品也。)先生第二次同学生说的话,同何句格言相同?(勿谓今日不学有来日,勿谓今年不学有来年。)那学生不能答出动静词之文法,是何原因?(此学生平日不知用功,所以不能回答。)此后先生讲文法,何以学生均了解?(平时不是不聪明,不过不用心听,不用心想;所以不了解。现在知道是最后一课了,良心发现,专心一致;所以均能了解。)国民何以要学本国之语言文字?(不忘本国之国粹。)汉麦先生望见普兵,何以脸色都变?(想着做奴隶之可耻。)做人奴隶有何可耻?(做人奴隶,受人指使,如牛马然。均是人也,何以要做人奴隶,岂不甚可耻乎?)"其后《日本学生之爱国与文部省之教谕》之"目的"为"言学生爱国,当以不荒废学业为主"。

高级小学用《新时代国语教科书》(1927)中的《最后一课》是改编而成的独幕剧,编者则直接在课题下标明其为"独幕爱国短剧"。

虽然这一时期收入此文的语文教科书,可能只有上述几套,但其影响颇大。如《白话文范》于1920年8月初版,在1921年4月就印至第6版,短短的8个月就重印了6次。《新学制初级中学教科书国语》的第3册1929年3月印至第65版。《新法国文教科书》的第5册1921年初出版,12月就已印至5版。又如《初级国语读本》于1924年6月初版,第1册1927年5月就印至62版。《新撰国文教科书》于1924年8月初版,1926年6月就印至第30版。高级小学用《新时代国语教科书》的第1册于1927年10月初版,1929年6月印至115版。

> 三十 最後一課(獨幕愛國短劇)
>
> 登場人物
>
> 漢麥先生(法國小學教員) 小學生二十餘人 赫叟(旁聽者年紀四十以上)
>
> 佈景 一個小學校的課堂。
>
> 開幕時 小學生二十餘人各拿著書,坐在座位上,旁聽者赫叟也

> 雞的能事,好像非島魚類的一覽表了。我國如江浙閩粤沿海各省像這樣的水族館每省可設一個或數省聯合共設一個地點設在省城供人觀覽。搜集魚的標本本不甚難,就是蓋造小規模的水族館以上所述的所費也屬無幾。館成之後,入門購券經常費不患無所出;而供人遊覽和引起人對於漁業研究的興味,其影響正大。我想江浙新立的那個漁業局正配提倡這件事哩。

《新时代国语教科书》(1927)

另外,1927年石民佣还曾将《最后一课》作为6年级上学期的阅读测验材料使用。测验共设置了23个题目,其第1—20题是考查学生对有关字词句意的理解,第21—23题则是考查学生对主旨的理解[①]:

21. 做这篇文章的用意是:(a)表示他的做文章能力,(b)想要做历史家,(c)要博得人家的称赞,(d)激励国民爱国心。

22. 亡了国应当:(a)保存本国的语言文字,(b)学外国人的说话,(c)拍外国人的马屁,(d)做他们的走狗。

23. 我们读了这篇文章可以:(a)很有乐趣,(b)引起国耻观念,(c)晓得普法战争的结果,(d)晓得法国人对于普鲁士很可恶的。

可见,设计者并没有就课文形式而是就其内容来设题。从其第21—23题来看,主要是将其当作爱国主义的作品来处理。设计者在这份测验材料后所附的提

---

① 石民佣:《小学高年级读法教学的实际问题》,《中华教育界》,1927年第十六卷第八期第10页。

示语更明确地表达了这种企图:

中华民国的国耻纪念日
——五月九日——
明天就是了!
读了这篇文章——最后一课——
你们心里觉得?

题目意在提示学生,不要忘记国耻,努力学习以报国。

(二) 高潮:多弦协奏(1928—1937)

1928—1937 年,是《最后一课》在语文教科书中集中出现的时期。上表所列 38 套收录此文的教科书中就有 30 套出现在这一时期,可见其已被编者普遍接受。之所以被普遍接受,可能有以下两方面原因。

第一,欧化白话文被普遍接受。国语运动者最初认为口语与书面语能完全一致,但随着认识的深入和白话文学的发展,人们发现口语和书面语不可能一致,而且认为口语和书面语也不应该完全一致,因此,欧化的白话同样可以用作新文学表达的工具。胡适翻译的《最后一课》作为白话范本已能被接受。

第二,民族主义教育亟须加强。首先是因为国内形势发生了巨大的变化:随着北伐成功及 1928 年张学良通电拥蒋,国民党在形式上取得全国的统一。维护在实质上对全国的统治,南京国民政府加强了对教育的控制,开始推行"党化教育"。1928 年 5 月,中华民国大学院(教育部)召开第一次全国教育会议,会议通过了"废止'党化教育'代以'三民主义'"的议案,并确定"三民主义"为中华民国的教育宗旨[1]。三民主义的核心是民族主义。同时,为了贯彻政党思想教育,国民政府开始着手修订课程标准。1929 年颁布的《初级中学国文暂行标准》的教材大纲中的选用教材的标准的第一条就是"包含党的主义及策略"。1932 年颁布的《初级中学国文课程标准》的目标的第一条为"使学生从本国语言文字上,了解固有的文化,以培养其民族精神"。1936 年颁布的《初级中学国文课程标准》的课程目标的第一、二条分别为"使学生从本国语言文字上,了解固有文化"和"使学生从代表民族人物之传记及其作品中,唤起民族意识并发扬民族精神。"[2]可见,课程文件强调从民族语言文化和民族英雄人物两方面的学习来激发学生的爱国精神。这一时期实行教科

---

[1] 《国民政府下之第一次全国教育会议·取消"党化教育"名词,确定"三民主义教育"案》,《教育杂志》,1928 年第二十卷第六号"教育界消息"栏第 3 页。

[2] 课程教材研究所编:《20 世纪中国中小学课程标准·教学大纲汇编(语文卷)》,北京:人民教育出版社,2001 年版第 289、296 页。

书审定制,各书局所编的教科书必须按照教育部所颁布的《课程标准》来编写,否则不被通过,而《最后一课》恰恰能体现民族语言、民族人物与民族精神之间的关系。其次是因为国际形势也产生了变化:日本对中国的侵略开始加剧。1931年九·一八事变爆发,日本侵占东北;1932年一·二八事变爆发,日本轰炸上海;1932年3月8日,日本扶植已退位的溥仪作为傀儡代理满洲国执政,宣布"满洲国"正式成立。日本除占领中国的土地外,还实行文化侵略,如炸毁各地的大学和出版机构,在占领地强迫学生学习日语等,实行了一系列的奴化教育措施,其做法与《最后一课》中普鲁士对法兰西所采取的侵略措施如出一辙。如1929年许兴凯在《日本在东三省之文化侵掠》中称,日本在东三省开办学校实施"亡种教育",其目的在"中国人的日本化":"学校内的课程及训练,是完全使学生忘却他自己是个中国人。中国文字是不学的,一切教科书都是日本文的,讲授是用日语直接听讲。中国的历史和地理不多讲,日本的历史和地理却讲的(得)异常详细。"①在自己的国土上不被容许学习本国的语言文字,这也无疑是一种国耻,"国耻事迹是激发国民爱国心的大好资料,应当择要编入课本,教授儿童,使儿童知道国家之艰难,引起其雪耻图强之心"②。因为国内外形势的急剧变化,中华民族处在亡国灭种的边缘,为了救亡图存,必须也应该加强民族主义教育,翻译文学作课文其中思想倾向是要考略的,如孙怒潮编、1934—1935年中华书局出版的6册《初级中学国文教科书》的编辑例言称:"翻译作品有振作民族精神,及体制风格合于国情足为模范者,间采百分之七八"。从当时的形势来看,翻译文学《最后一课》自然成了民族主义教育的最佳范本。1931年九·一八事变爆发后,《安徽教育》的第9期"抗日救国"专号立即刊发了中央政府的《中央告全国学生书》。该宣言书称,"中国当存亡关头",全国学生不能以罢课游行的形式抗议(因活动组织者宣称,若政府不对日宣战即学生不复课读书),而应听从中央政府的指挥,或共赴国难,或认真读书,并以《最后一课》来激励学生:"普法战争时,法国学校在德军枪林弹雨之下弦歌弗辍,曾读《最后之一课》者,当能识之。法国民族因具有刻励沉着拼命读书之精神,终能复其世仇,吾全国学生而欲复仇雪耻者,更宜依中央颁布之义勇军办法,日夕不懈,努力于军人之修养,若见敌来乘相率罢课,适躐吾淬厉之气示弱于敌耳,其恶乎可!"很显然,学生们坚持"读书勿忘救国",而政府则用《最后一课》来提醒学生"救国勿忘读书"。大概是考虑到有些读者没有阅读过《最后一课》,编者在宣言书后还完整地照录了胡适

---

① 许兴凯:《日本在东三省之文化侵掠》,《教育杂志》,1929年第二十一卷第四号第97页。
② 陈际云:《小学爱国教材的研究》,《大上海教育》,1933年第六期第137页。

的译本,不过将其名称标成了《最后之一课》[①]。1935年,北平大学全体学生发表宣言不南迁、不离校,"抱定以数千大学生之头颅效法国最后一课之精神,作政府的后盾,与华北同存亡"。[②] 同年,上海教育联合会和中学对华北问题发表宣言:"现在正上着最后的一课,将来愿站往最前的一线。"[③]为了配合宣传形势的需要,激发民众的反抗精神,一些刊物纷纷刊登《最后一课》,如1932年第四卷第六期《北辰杂志》上刊登的健东的译文,1936年第五卷第一、二期合刊《大侠魂》和1936年第一、第二期《烽烟》上刊登的胡适译文。

《最后一课》虽然以一个小学生的视角来写,但在1928年之前,其在小学国语教科书中出现的频率并不高。为了加强民族主义教育,所以《最后一课》出现的学段就开始下移了,为此编者也采取了一些符合高小学生学习心理的做法,如均将整篇小说分成两课以上,《新主义国语读本》(1930)甚至将其分成四课;又如将其改编成课本,可能是考虑到篇幅过长,《北新国语教本》(1932)中的课文就是根据原小说改编而成的独幕剧。

围绕课文所进行的阐释一直有"文道之争"的说法,所谓"文"多指表达形式,所谓"道"多指思想内容。《最后一课》在《白话文范》中的阐释重点是其"文",在《新学制初中国语教科书》中的阐释重点则是其"道",但两套教科书的阐释却过于单一和笼统。从1928—1937年收录此文的30套教科书的编辑大意、《最后一课》所在单元的其他课文的内容以及有些版本的《最后一课》课后的"解题""注释""说明"和"练习"等导读文字来看,这一时期的教科书编者对《最后一课》的阐释,则呈现角度多样、内涵丰富的特点。

1. 重道轻文式的阐释

重道轻文的阐释方式即突出《最后一课》中所表现出的爱国主义思想,相应地,教科书中的课文往往按主题而非文体、语体组织,如《试验初中国文读本》(1934)的第1册就按主题将课文分成"个己修养""家庭之爱""学校生活""民族精神""自然享受""艺术欣赏"和"冒险精神"等5个单元,《最后一课》被放置在"民族精神"单元中。该单元中的《观巴黎油画记》(薛福成)和《二渔夫》(莫泊桑)均涉及普法战争。而针对课文形式方面的可鉴之处,往往三言两语式地提及,或者干脆不置一词,如

[①] 《中央告全国学生书》,《安徽教育》,1931年第九期第1—7页。编者在文下补白《小说明》中称,因为这期国难文字系一人编写,故可能有"情急失检"之处。确实如其所言,胡适译文的名称应该是《最后一课》。
[②] 汉:《最后的一课》,《上海党声》,1935年第一卷第四十六期第902页。
[③] 《教闻与时事》,《公教周刊》,1935年第七卷第三十期第22页。

> 最後一課（第十七組）
>
> 法國都德著　胡適譯
>
> 最後一課
>
> 這天早晨我上學去，時候已很遲了，心中很怕先生要罵。況且昨天漢麥先生說過，今天他要考我們的動靜詞文法，我卻一個字都記不得了。我想到這裏格外害怕，心想還是逃學去玩一天罷。
>
> 你看天氣如此清明溫暖，那邊竹籬上兩個小鳥兒唱得怪好聽，野外田裏普魯士的兵士正在操演。我看了，幾乎把動靜詞的文法都丟在腦後了。幸虧我膽子還小，不敢真個逃學，趕緊跑上學去。
>
> 我走到市政廳前，看見那邊圍了一大羣的人在那裏讀牆上的告示。我心裏暗想，這年兩我們的壞消息，敗仗哪，賠款哪，都在這裏傳來。今天又不知有什麼壞新聞了，我也無心去打聽一口氣跑到漢麥先生的學堂。
>
> 平日學堂剛上課的時候總有很大的響聲　開抽屜，閣抽屜的

《标准国文选》(1935)

《初中国文读本》(1935)的编例就对此解说得十分明确："本书编选主旨：一方面顾到文学本身，一方面更注重民族精神之陶冶"。《中学国文特种读本》(1933)更是由负责中小学教科书审查的国立编译馆出版的，相当于"政治读本"，所以其更强调课文主旨的积极向上，如该书的"编辑例言"称："本书以唤起我国固有民族精神为主旨。本书选材标准：1.对于我民族发展上有关系的先民著述及传记；2.含有抵抗外侮，不屈不挠的精神的论著及抒情文；3.当代革命先辈之论著及诗歌；4.国外富于爱国思想之文艺作品。"采用这种阐释方式的教科书还有《新中华教科书国语与国文》(1928)、《实验初中国文读本》(1934)、《初中国文读本》(1933)、《初级中学教科书国文》(1934)、《初中标准国文》(1934)、《标准国文选》(1935)、《初级中学国文》(1935)、《新编初中国文》(1937)和初级小学《新中华国语读本》(1928、1931)、民智新课程《高级小学国语教科书》(1931)、高小用《复兴国语课本》(1935)、《高小国语汇选》(1936)等。其中出版最早的《新中华教科书国语与国文》(1928年5月)的编辑大意指出，本书选材的第一条标准就是"合于中国国民党党义：能发扬民族精

神,引起政治兴味,启示建设之途径并促其努力者"。如初级小学《新中华国语读本》(1928、1931)的编辑大意就称:本书根据三民主义的精神,用文学化,儿童化的作品……后四册注重文学上,生活上,建国上,世界上,重要教材(高小《新中华国语读本》称选材注重文学的、儿童化的、党化的)。收入《最后一课》的第8册以主题组织单元且题材涉及"生活""建国"和"世界",《最后一课》之后的课文是《群力》(一)(二)和《难兄难弟》,其中团结救国的旨意不言而喻。民智新课程《高级小学国语教科书》(1931)的编辑大意明确课文要"党义化"。高小用《复兴国语课本》(1935)则真正贯彻了1932年颁布的小学国语课程标准所提倡的教材富含"牺牲精神",选入了大量的爱国主义题材的课文。《最后一课》之后的《一封儿子给母亲的信》和《一封母亲给儿子的信》,就是写母子之间在信中相互鼓励为国家而舍小家、为大家而舍小我。其他各套教科书的编辑大意有关思想教育的内容与此大同小异。可见,重道轻文是这些教科书所采用的主要的阐释方式。如果细察一下,又会发现,编者对其爱国的主体以及爱国的内容和方式的阐释颇不一致。

(1) 爱国的主体:少年爱国还是教师爱国

A. 少年爱国。和早期译者认为本文只是借小学生之口写法国全体国民的爱国不同,这一时期的教科书编者,除《新编初中国文》(1937)的编者外(见下文提及的习题),其余均认为可将其阐释为少年爱国。如《新中华教科书国语与国文》(1928)的第1册第49—56课为《说自由》《寄小读者通讯十七》《济南城上》《任公画像赞》《最后一课》《少年笔耕》《廉耻》和《取义》,除《说自由》和《取义》是议论文,且《任公画像赞》(歌颂明嘉靖年间任环抗击倭寇的事)的主体是成人外,其他都是少年儿童,如《济南城上》就写的是两个小兄弟在济南城上抗击倭寇的事。《少年笔耕》选自《爱的教育》中少年叙利亚努力读书的事。《最后一课》被放置在这些选文之间,说明编者认为这是一篇讲述少年爱国的小说。又如《试验初中国文读本》(1934)的第1册第26课是《最后一课》,第27课就是《少年爱国者》;《高小国语汇选》(1936)的第4册第30课是《小学生参加卫生运动》,第31、32课是《最后一课》(一)(二);在《新编初中国文》(1937)的第1册中,《最后一课》之前的3篇课文为《亚美利加之幼童》《少年爱国者》和《莫斯科的女孩儿》。后期小学用《北新国语教本教授书》(1933)更明确地称:《最后一课》的"要旨借用法兰西的一段事实,启示儿童的爱国观念"。学习这篇课文,儿童目的之一是"在国难时期要努力读书",教师目的之一是"启示儿童爱国观念"①。

B. 师生爱国。如《初中标准国文》(1934)的第1册第9课《最后一课》的课后"题解"称:"本篇译自法人名著,写师生于亡国时紧张之状。而虽在大祸将临之际,仍是教学不辍。尤其于祖国语言文字,敬守不忘。"

(2) 爱国的内容:爱国土还是爱母语

A. 应爱国土。如在《初中国文读本》(1933)的第2册中,《最后一课》之前的两篇课文为《马援》和《左忠毅公逸事》,之后的3篇课文为《长城外》《自卫的战争》和《出塞(二首)》,歌颂的都是忠于国家、民族,抵抗外族(国)入侵,维护国土完整的崇高精神。《新中华教科书国语与国文》(1928)和《初级中学教科书国文》(1934)等在该文课后的"注释"中还提到法军大败而被迫和普鲁士签约、割地和赔款等史实,以喻国土沦丧之耻。有些教科书还指出,只要奋力抵抗,就能取得胜利,如在《初中标准国文》(1934)中,该文课后的注释和其他版本中该文的课后注释颇不同,除了有曾在《新中华教科书国语与国文》(1928)中该文的课后注释提及的法国失败的史实之外,还多了一条注释:"阿色司省……娜恋省……旧时在德国西部,欧洲大战后,已为法国所收回。"即只要进行不懈的抗争,丧失的国土是可以收复的。在《中学特种国文读本》(1933)中,《最后一课》之前的4篇课文为《与妻书》《给父亲的信》《济南城上》和《耻辱之夜》,之后的4篇课文为《柏林之围》《复仇》《被逮口占》和《旋军歌》。《最后一课》的课后"解题"只提到法国战败后割地、赔款的史实。所以,从课文组织及"解题"等来看,应该是认为战败需割地,割地即为国耻,若要不遭受耻辱,必须进行反抗、复仇并最终取得胜利。在《初中师范教科书初中国文》(1933)中,该文之前一课为《观巴黎油画记》,之后一课为《新丰折臂翁》。该文课后"注释"称:"写普法战争后,法国割地的惨状,以激发法人爱国心。"《初中国文选本》(1933)的最后一课为《最后一课》,该文之前3课为岳飞所写的《五岳祠盟记》([补白]《满江红》)《宋史岳飞传论》([补白]《岳飞的少年》)和《济南城上》。这种编排的旨意在于告诉学生要学习岳飞以收复失地,要学习明代抗击倭寇的二少年以抵抗当下日本的侵略。在《初级中学国文读本》(1934)中,该文之前的课文为《凡尔登战事(一)(二)》《新丰折臂翁》和《支那妇人》,之后的课文为《观巴黎油画记》。这种编排方式喻示面对强敌入侵不能妥协,要奋起抗争,也不能忘记国耻。该文课后的"题解"也认为,其描写的是割地之后的惨状。为此,编者还在该文之后附录了都德的小说

---

① 李小峰等编:《北新国语教本教授书》,上海:北新书局,1933年2月版第3册第14—15页。

《逃难》，让学生自读。

　　B. 应爱母语。《新主义国语读本》(1930)选用《最后一课》并作此解读并不奇怪，其编辑纲要所确立的选材原则及目的为"注重含有革命性的故事、史谈、传记、游记、小说、诗歌等。并阐发中国国民党的党义，以期适合于党化教育之用"。小学校高级用《复兴国语教科书》(1933)中的《最后一课（二）》的课后问题为"（1）不忘祖国的语言文字，为什么就有翻身的日子？（2）最后一课的情况是容易忘记的吗？（3）读了《最后一课》，有什么感想？"小学校高级用《复兴国语教学法》(1933)中的"研究"对前两个问题的回答是"因为语言文字是国家的根本，随时随地能唤起民族精神的"和"最后一课所受的刺激极深，所以不容易忘记的"[①]。赵景深、李小峰编的《高小国语读本》(1933)的第3册中的《最后一课》是独幕剧。目前没有见到与之配套的第3册《高小国语读本教学法》对其主旨所作的解读，不过教科书在该课之后所设置的"问题"直接指向应爱母语："1. 为什么汉麦说他们上的是最后一课书？2. 亡国之后为什么不能从容学习本国的文字？3. 读了本课后你们有什么感想？"与高小用《复兴国语课本》(1935)相配套的《复兴国语指导法》在讨论内容时也就这几个问题设置了问答。后期小学用《北新国语教本教授书》(1933)之《最后一课》的"研究"也认为，该文是暗示学生应爱母语——"为什么汉麦说他们是上的最后一课？（因为他们的家乡已割给普鲁士，以后将代以德文，不再有法文的功课了。）亡国之后再有诵习本国文字的机会吗？（没有。）今天的功课，到明天再用功，真来不及吗？举一例？（汉麦的学生们不用功，以致连祖国的言语，文字都来不及学。）读了本课之后你们有什么感想？"[②]上引《初中标准国文》(1934)的第1册第9课《最后一课》的课后"题解"称，"于祖国语言文字，敬守不忘"，也属此类阐释。小学高级用《新主义国语读本》(1930)的编者对《最后一课》的解读也是如此，其之前的课文为《壮哉万里远征军》，之后的课文为《两个女烈士》。其中《最后一课》(三)有3个课后思考题："（1）孩子回答错了，为甚么羞愧无地？（2）语言、文字和国家有甚么关系？（3）为甚么写'法兰西亚尔萨斯'几个大字？"

　　在国立编译馆主编的小学校高级用《实验国语教科书》(1936)的第4册中，《最后一课》之前的课文就是前面已全文照录的《民族主义》。很显然，选录《最后一课》就是希望学生能从中汲取被压迫民族的反抗精神。到底要爱什么呢？应该是要爱祖国的语言文字，这不仅体现为课文中每个字都标注了注音符号，更主要的是课后

[①] 俞焕斗编著：沈秉廉校订小学校高级用《复兴国语教学法》，上海：商务印书馆，1933年版第4册第202页。
[②] 李小峰等编：《北新国语教本教授书》，上海：北新书局，1933年2月版第3册15页。

赶紧跑上学去，我走到市政厅前，看见那边围了一大群人，在那里读墙上的告示。这两年，我心里暗想，坏消息，败仗哪，款哪，今天又不知有甚么坏新闻了。我也无心去打听，平日学堂刚上课的时候，总有很大的响声，来哪。先生铁戒尺的声音，种种声音开抽屉的声音，街上也常跑到汉麦先生的学堂。

小学校高级用《实验国语教科书》(1936)

练习也主要是围绕热爱祖国语言文字来设题的："1.那小学生为什么想逃学？2.为什么这是最末了的一天法文功课？3.他听见这种恶消息有什么感想？4.先生勉励他们不要忘了祖国的语言文字，有什么用意？5.郝叟为什么也跟着他们学拼音？"

稍微提及的是，早在1913年就有教科书编者将母语教育与国家、民族兴亡联系在一起了。如郭成爽、汪涛与何振武编、中华书局1913年出版的高等小学用《新制中华国文教科书》的第4册提到他国历史及人物，还有国人在外的不幸，前者如《法兰西之革命》《波兰》及《福泽谕吉》，后者如《美禁华工》。本册最后一课为《波兰（二）》，其前课文为《波兰（一）》和《福泽谕吉》。福泽谕吉是已占朝鲜、正觊觎我国东北的日本国的英雄人物，日本已在朝鲜禁用朝鲜语而强令学习日语。编者将其放在《波兰》之前的寓意十分明确，因为《波兰》一文记载的是正侵占中国东北的俄国在1772年灭亡波兰的史事，课文结尾写道，除了军事侵略、占领土地外，"又禁波兰士民，不得作波语，悉从俄人方言，凡在学校咸习俄文。若有用波兰语者，辄逮捕之,置之死。呜呼！国之不竞,受人缚轭,荼毒之苦,尚何言哉？尚何言哉？"而俄国又于 1900 年入侵我国东北。很显然,如此编选课文,意在告诉儿童,如果国力衰弱,必然被列强欺凌,甚至连本国的语言文字也不能使用。不论俄国还是日本,都属于帝国主义国家,其侵略行径相同,占领我国的东北地区后,必然会像在朝鲜、波兰实施的奴化政策一样,强令东北人民乃至全中国人民学习日语或俄语,而禁用汉语、汉文。

又如沈颐、范源廉与杨喆编、中华书局 1914 年出版的高等小学校用《中华女子国文教科书》的第 1 册第 1 课为《就学》,第 2 课为《国文》：

今人之言曰：不习外国文,无以周知世界情状。固也。然本国文尤当注重。

盖国文者,国粹之一也。相传至四千余年,通行及二十二省。苟国文不达,微特寻常应用,扞格滋多,抑且蹈忘本之讥矣！

俄裂波兰,禁用波文。英亡印度,专教英文。日本县台湾,并朝鲜,亦废汉文谚文,通令小学校用和文课本。推其用意,无非因国亡而文尚存,则其遗民虽屈伏于势力之下,而眷怀故国,耿耿不忘,终难泯恢复之想也。

然则求国之强,而蔑弃其文,有是理乎？

1932 年,可能面临当时外敌入侵的严峻形势,有位老师以《国文与国家之关系》为题让高中三年级生写作,在其中一名中学生已将国文作为一个国家存在的标志了,而且意识到了列强侵略他国的基本策略。他在文章的开头提到列强禁习占领国的语言文字,提到了波兰、印度,又指出如果语言文字不灭,那么阅读本国史书,爱国之心就会油然而生。所以,国文一日不灭,则国家之亡,非真亡也[①]。

1934 年,一篇题为《谈应用国语国文》的文章虽然没有提到《最后一课》的名称,但是完全引述其所记来说明国语国文与民族存亡的关系。其开头写道[②]：

"国家的强弱,风俗的美恶,都以文化为转移;文化盛,则国家强而风俗美;文化衰,则反是。"这想必大家都以为不错的。我们且拿外国史来证明：普法战争的结果,法国屈服在日耳曼的武力威权之下,因此亚尔塞斯及洛林二地,是被割给普国了。在开始接受的当儿,这两个地方的学校,便实行教授德文。从这看来,可以晓得文字对于国家的关系是多么的重大。

上述课文、作文及论文所提到的,侵略者为了达到最终吞并被占领的目的而试图通过消灭其语言文字的方式,与普鲁士占领法兰西二省后所采取的方式完全一

---

① 张理：《国文与国家之关系》,《铁路学院月刊》,1933 年第二期第 25 页。
② 汪时若：《谈应用国语国文》,《学校生活》,1934 年第六十九期第 2 页。

致;而其中宣扬的被占领地民众只有通过保存本民族的语言文字这个策略才能最终恢复故国的思想,与《最后一课》的主旨相似。这些作者之所以能阐发这样的观点、举上述例子,可能与他们在教科书中学习过《最后一课》,且因教科书编者和老师对本文主旨阐释为热爱母语直接相关。

C. 应既爱国土,又爱母语。《新编初中国文》(1937)的编者在该文的"题解"中直接引录了前述胡适在《最后一课》的译者注中对其主旨的阐释,即此文主题是表达一种失地之痛。同时在课后还设置了3个习题:"(一)阿色司省被割时,法国人民的态度如何?(二)本国的语言文字的保存与国家有什么关系?(三)读了《最后一课》,你觉得有什么感想?"揭示出课文爱国土与爱母语的两重主旨。

(3) 爱国的方式:学习报国还是以身殉国

A. 以身殉国。这一时期教科书编者对如何爱国的方式大多主张儿童应该像战士那样担负起救国的重任,如从上述《新中华教科书国语与国文》(1928)中第49—56课的选文来看,编者认为,少年应该有"廉耻"之心,为了不受亡国之辱,需要做到像《济南城上》中的两兄弟那样在战场上冲锋陷阵,甚至像《取义》中孟子所说的那样"舍身而取义"。在小学高级用《基本教科书国语》(1931)中,《最后一课》之前的两课分别是《战场上的天使》和《小吹手》,之后的两课分别是《木兰辞》和《木兰从军》。与该教科书配套的《基本教科书高小国语教学法》称:《最后一课》的"要旨:宜力求国家之自由平等,做人奴隶是很可痛的事"。[①] 可见,编者是希望学生在学《最后一课》《木兰从军》等课文后能像木兰等人那样在沙场与敌人展开厮杀。

B. 学习报国。这一时期的教科书很少提及其中所含学习报国的思想,只有几套教科书的编者一明一暗地认为其含有这种主旨。与高小用《复兴国语课本》(1935)相配套的《复兴国语指导法》称:《最后一课》的教学"主旨在鼓励学生努力读书,以法国儿童的事实,使本国儿童得到一个深刻的刺激"。又如《初中标准国文》(1934)的第1册第9课《最后一课》课后的"题解"提及师生于"大祸将临之际,仍是教学不辍",则属此类阐释。又如《初级中学国文》(1935)的第1册第26—31课为《总理革命的精神》《在雪夜的战场上》《济南城上》《观巴黎油画记》《最后一课》《谈读书》和《为学》,《最后一课》被放置在抗战救国与读书治学两组不同主题的课文之间,可能在编者看来,对于学生来说爱国不能忘了读书治学,或者说读书治学也是一种爱国行为。上述《北新国语教本教授书》也认为应通过学习报国。小学高

---

① 戴洪恒编辑:《基本教科书高小国语教学法》,上海:商务印书馆,1931年版第4册第110页。

级用《复兴国语教科书》(1933)中的《最后一课(一)》的课后就有"到了最后一课时光才懊悔还来得及吗"的问题。小学高级用《复兴国语教科书》中《最后一课》之前两课分别是《战场上的天使》和《小吹手》,之后两课分别是《最苦与最乐》和《木兰从军》。与教科书配套的小学校高级用《复兴国语教学法》称:《最后一课》的"要旨。爱护国家必须勤求学问,使祖国语言文字永久存在"[1],"本篇主旨在鼓励学生努力读书"[2]。关于"读了《最后一课》,有什么感想"这个问题的答案是"平时求学必须努力,如果到无书可读的时候,再想读书,已经来不及了"。[3]

2. 重文轻道式的阐释

新学制实施初期,白话文初兴,教师不知道怎么教白话文,而围绕课文主题大谈主义。这之后,随着国语文法研究成果的渐多,以及人们对语文科本体认识的加深,一些人认为学习课文的思想内容是各种学科所应共同担负的责任,而学习课文的形式才是语文学科的专责。所以,1929年颁布的《初级中学国文暂行课程标准》在阅读教学中要求"文法与修辞 循序随选文递次教授"[4]:

(子)每授一文,须就文中选取可借文法或修辞法说明之点,详为指示。

(丑)应使学生于随文得文法与修辞的实证外,仍有系统的概念。

(寅)就选文中摘取文法或修辞的习题,令学生练习。

(卯)就学生作文卷中,选取有文法上或修辞上谬误的实例,令其改正。

(辰)文法应注重语体文法与文言文法的比较。

1932年颁布的《初级中学国文课程标准》将"文法"再细分为"语法文法(句式,词位,词性)"和"文章体制(取材,结构及描写法)"[5],相当于今天所说的"语法"和"文章作法"。这一时期,主要从"文"的角度来阐释《最后一课》的教科书有《初级中学北新文选》和《基本教科书国文》等。

(1) 学习文章作法的例子

课文作为文章作法的例子来学习的教科书,一般会按照文体来组织选文,而不论其主题或题材是否一致,因为选文在这里只不过是学习"取材,结构及描写法"的例子而已,而非让学生接受其主旨思想。如《初级中学北新文选》(1931)将《最后一

---

[1] 俞焕斗编著,沈秉廉校订:小学校高级用《复兴国语教学法》,上海:商务印书馆,1933年版第4册202页。
[2] 俞焕斗编著,沈秉廉校订:小学校高级用《复兴国语教学法》,上海:商务印书馆,1933年版第4册205页。
[3] 俞焕斗编著,沈秉廉校订:小学校高级用《复兴国语教学法》,上海:商务印书馆,1933年版第4册205页。
[4] 课程教材研究所编:《20世纪中国中小学课程标准·教学大纲汇编(语文卷)》,北京:人民教育出版社,2001年版第284页。
[5] 课程教材研究所编:《20世纪中国中小学课程标准·教学大纲汇编(语文卷)》,北京:人民教育出版社,2001年版第290页。

课》《文学的方法》《论短篇小说》《画记》《李龙眠画罗汉记》和《狂人日记》组织在一起，其中《文学的方法》和《论短篇小说》都是胡适谈文学特点、短篇小说作法的论文，尤其是前文提到《论短篇小说》在讨论短篇小说的两个基本特点时还专门以《最后一课》为例来说明，可见《最后一课》只是用来证明《论短篇小说》中所阐发的理论的例子而已。《基本教科书国文》(1932)的编辑大意说得更为明确："我们相信以思想迁就文词或以文词迁就思想的办法都不正当。我们对于教材所含的思想，当然力求其有益于读者的身心，但觉得《国文》教科书究与《伦理》教科书有别，故有时所取教材，如果目的只在为某种文体或某种技巧示例，那么思想上但取消极的标准——就是以不致发生恶影响为标准。"可见，国文不是伦理，教学应重形式（文）而非内容（道），而形式又不是指"文词"，而是"某种文体或某种技巧"。总之，课文只不过是用来学习这种文体特征和写作技巧的"示例"而已。《基本教科书国文》的第3册第40—44课分别为《龙潭之役》《国殇》《最后一课》和《一课》。从其选文安排上看，也注意到了题材、主旨的一致，但从《最后一课》的"注释与说明"来看，选入该文主要并不是为了激发学生的爱国之情，而是作为短篇小说作法的示例，如"注释与说明"提到，"本篇说明见前二十八课本文"，而第"二十八课"即《什么叫做短篇小说》，课文是从《论短篇小说》中节选而来的。另外，《一课》的"注释与说明"如下：

　　从小学生眼中看出口中写出割地的惨状，固是"最经济的文学手段"，而从一个儿童上课时的心理分析出"儿童和自然的纠结"，也是"最经济的手段"。

　　这篇所由选出的短篇小说集，名字叫做《隔膜》，其中各篇都是说明人类间彼此隔膜的情形。这篇说明成人和儿童间的隔膜，就全书的题目而论，也要算是经济的写法。

　　可见，《最后一课》和《一课》主旨并不相同，但相同的是写作时都用了"最经济的手法"。

　　又如《最后一课》是《国文百八课》(1935)的第2册第11"课"中的一篇文选。编者称："这是一部侧重文章形式的书，所选取的文章虽也顾到内容的纯正和性质的变化，但文章的处置全从形式上着眼。"[①]之所以这样，是因为编者认为若如此则可以确立国文学科性质，使国文教育具有科学性。其编辑大意称："在学校教育上，国文科一向和其他科学对列，不被认为一种科学。因此国文科至今还缺乏客观具体的科学性。本书编辑旨趣最重要的一点就是想给与国文科以科学性，一扫从来玄

[①] 夏丏尊、叶圣陶：《关于〈国文百八课〉》，中央教育科学研究所编《叶圣陶语文教育论集（上册）》，北京：教育科学出版社，1980年版第177页。

妙笼统的观念。"①要做到这样,首先应明白国文科的性质,"国文科和别的学科性质不同,除了文法、修辞等部分以外,是拿不出独立固定的材料来的……凡是学习语言文字如不着眼于形式方面,只在内容上去寻求,结果是劳力多而收获少……因此我们主张把学习国文的目标侧重在形式的讨究"②。因为"本书是侧重文章的形式的,从形式上着眼去处置现成的文章,也许可将内容不适合的毛病减却许多"。如"时下颇有好几种国文课本是以内容分类的。把内容相类似的古今现成文章几篇合成一组,题材关于家庭的合在一处,题材关于爱国的合在一处。这种办法,一方面侵犯了公民科的范围,一方面失去了国文科的立场"③。其编辑大意称:"每课为一单元,有一定的目标,内含文话、文选、文法或修辞、习问四项,各项打成一片。文话以一般文章理法为题材,按程度配置;次选列古今文章两篇为范例;再次列文法或修辞,就文选中取例,一方面仍求保持其固有的系统;最后附列习问,根据文选,对于本课文的文话、文法或修辞提举复习考验的事项。"④《最后一课》之前的文话为"情感的流露",主要介绍了记叙文如何表达情感。之后的"习问"中有该文"以怎样的感情为中心"、课文"有拟人或拟物的地方吗?如有,试指出来"以及读过之后"最受哪一些部分的激动?试逐一指出来"等问题和要求。可见,《最后一课》在这里只是作为印证写作、语法、修辞等知识的一个范例。编者在《国文百八课》的第3册第1"课"的文话中再次称赞了《最后一课》的选择材料的方式,他们写道:"报纸、杂志所刊登的记载,历史、地理等书所容纳的文字,以及个人的一封写给别人报告近况的书信,一篇写述细物、琐事的偶记,这些都认定现成事物做对象,所以都是记叙文。试看那篇《最后一课》,中间有一个想逃学的学生,有一个教授语文的教师,又有其他许多人,所叙的是上语文课的一回事,这固然不能说没有固定的事物做对象。但这事物都是凭作者的意象创造出来的,他创造出这些来,为的是要表达他对于战败割地的感念。一切事物都集中于这一点,绝不添加一些无用的事物。就为这样,所以《最后一课》是一篇小说。"

总之,《最后一课》在这类教科书编者的眼里,只是一个学习文章作法的好

---

① 夏丏尊、叶圣陶:《初中国文科教学自修用〈国文百八课〉编辑大意》,中央教育科学研究所编《叶圣陶语文教育论集(上册)》,北京:教育科学出版社,1980年版第171页。
② 夏丏尊、叶圣陶:《关于〈国文百八课〉》,中央教育科学研究所编《叶圣陶语文教育论集(上册)》,北京:教育科学出版社,1980年版第177~178页。
③ 夏丏尊、叶圣陶:《关于〈国文百八课〉》,中央教育科学研究所编《叶圣陶语文教育论集(上册)》,北京:教育科学出版社,1980年版第179页。
④ 夏丏尊、叶圣陶:《初中国文科教学自修用〈国文百八课〉编辑大意》,中央教育科学研究所编《叶圣陶语文教育论集(上册)》,北京:教育科学出版社,1980年版第171页。

例子。

(2) 学习语法、修辞的语料

这类教科书只是将课文视为研究语法、修辞的材料,课文的价值在于其语句是否体现了某种语法、修辞法则,而且其思想内容或整篇文章的结构等并不是编者的主要关注点。这类教科书的典型代表是《初级中学混合国语教科书》(1931)。该书的编辑大意称:"本书尤注重文法与修辞,依照部定下列两项编辑,实为尝试之创举:'每授一文,就文中选取可借文法或修辞法说明之点,详为指示。''就选文中摘取文法或修辞的习题,令学生练习。'"其第1册第7—12课分别是《小豪杰放洋记》《三弦》《卖火柴的女儿》《最后一课》《送东阳马生序》和《风筝》。可见,在主旨、题材、体裁、语体等方面这些选文之间并没多少相似性,但这在编者看来无关紧要,只要是这篇选文能说明某种语法修辞规则就最适合,就应选入。如《最后一课》课后安排了"作者小传""注释""文法"和"练习"四项内容,前两项很简短,后两项则相对琐细:

文法:

二〇、名词的目的格三(在《卖火柴的女儿》中已介绍至"十八、名词的目的格一"和"十九、名词的目的格二"——引者)——先行目的格 "把""将"可以把目的格提在动词之前,在这儿所讲的"先行目的格"更可将目的格放在主格之前,意思就是要特别着重这目的格。例如:我一辈子也不会忘记这一回事的。为了想在"这一回事"上加一点力量,或是使人特别注意,我们可以这样写:这一回事,我一辈子也不会忘记的。在颠倒以后,目的格的末尾须重读,有时并加逗点。

练习:试将前三句的目的格改放在普通地位;并将后二句目的格改在先行地位:

一、这种衣服他从不轻易穿起的。

二、这末了一天的功课我一辈子也不会忘记的。

三、他从前那副铁板板的面孔,厚沉沉的戒尺,我都忘记了。

四、那篷挡不起这种大风。——《小豪杰放洋记》

五、这几个人正在拼命似的把着那舵轮。——《小豪杰放洋记》

可见,编者已先将语法规则中的一个个知识点系统化,然后再分散列出,再将含有最能表现这种规则的某一篇课文与这个知识点对应。然后,在文后结合课文的语句来分析某种语法规则,再以本课或前课的语句作为语法练习的材料。总之,《最后一课》只不过是分析"名词的目的格三"的好材料而已。

3. 文道统一式的阐释

所谓"文道统一式的阐释"即是上述两种阐释的综合。采用这种阐释方式的教科书有《高小国语读本》(1937)、《创造国文读本》(1933)和《初中国文教科书》(1935)。《高小国语读本》(1937)的第3册第20—27课分别是《台湾抗日始末》《鲁滨逊飘流荒岛(一)》《鲁滨逊飘流荒岛(二)》《最后一课(一)》《最后一课(二)》《最后一课(三)》《国父孙中山先生(一)》和《国父孙中山先生(二)》。但从课文编选来看,显然是阐发《最后一课》中所揭示的艰苦斗争、热爱祖国的思想,不过从课后习题来看,均是从文、道两方面来阐释的,这在《最后一课》三课的练习中揭示得很清楚:

【思考】市政厅前,为甚么围了一大群的人?孩子走进学校的状况怎样?汉麦先生为甚么穿上礼服?

【缀句】将课文第一段里的"况且""格外""如此""幸亏"等词,缀成一段短文。

【辨别】辨别"更可怪的"和"最可怪的"两句意义的不同。

【思考】孩子怎么到上末次的法文课,才懊悔从前不曾用功?语言文字和国家有甚么关系?

【缀句】照下面的形式,缀成一段短文。……正在……索性……如果……总算……

【集词】搜集本课中的叹词、助词,说明它们的用法和类别。

【思考】汉麦先生为甚么写"法兰西亚尔萨斯"?末了一天的功课,孩子为甚么一辈子也不会忘记?散学时,汉麦先生的态度怎样?

【约缩】将二三、二四、二五三课并看,把它们约缩成二三百字的文章。

【提要】三课并看,提示全文的要旨。

"思考""提要"针对课文内容、主旨而设问,要求阐发"道",而"缀句""辨别""约缩""集词"则是针对语文知识、技能而设题,要求借助课文掌握"文"。

与之配套的《高小国语教学法》(黄人济编,世界书局1933年版)也是从"文"和"道"两方面来确定教学内容,如为《最后一课(一)》设定的教学"目的"为"一、欣赏《最后一课》(一)的历史故事。二、研究课文的体裁和作法。三、引起儿童敬爱祖国的情绪。四、推考课文的立意修辞和单句的成分"。[①]

在上述两本中学教科书编者所作的阐释中,《初中国文教科书》(1935)最具代

---

① 《教学法》认为本文"要旨"为"做亡国奴是很可痛的,我辈应及时努力求学"。

表性,其编辑大意列出的教学内容有"(1)出处(2)作者(3)题意(4)文体(5)章法(6)风格(7)思想(8)材料(9)背景(10)时代",而且列出了"本书文法的分配"和"本书文章作法的分配"两项细目表。可见,从整套教科书来看是以求文道统一。其第2册的第1—7课分别为《战地的一日》《义侠的行为》《沈云英传》《最后一课》《满江红》《孙中山先生》和《和平奋斗救中国》。从这些文题可以看出,编者视《最后一课》为爱国小说。同时,这套教科书有种非常特别的做法,是在每课之后均附上以供教学之用的"教学过程",其中就有按上述编辑大意所列的教学内容对《最后一课》所作的逐一解说:

(1) 出处与作者(略)。

(2) 题意　《最后一课》这样的命题,说是"学期或学年的最后一课"亦得,"我将毕业离此校的最后一课"亦得;但本篇却为"一个小学教师教法文的最后一课"。

(3) 文体　本篇是"短篇小说",是以授与一种美的趣味为目的的"主美的叙事文"。

(4) 章法　本文以一小学生为主人翁而自述之;其布局由赴校而教室中情景而离校。(布局图略——引者)

(5) 风格　本文论其作风是历史的写实,是正直的;但其措词在沉郁中却含有雄健的姿态。

(6) 思想　作者在本文里所表现的思想,叙述战败国不但要亡省,而且自己的文化也要被敌人消灭;文化被消灭,那真是根本被人铲除了,那是真亡了。若能保存自己的文化,还有再兴的希望。

(7) 材料　作者要表现上述的思想,所以选取"今天是你们最末了一天的法文功课了!你总算是一个法国人,连法国的语言文字都不知道!如果我们不忘我们祖国的言语(原文如此——引者)、文字,我们还有翻身的日子!又教了一课历史"等做材料。因为本国的"语言、文字、历史",是自己的文化根源呀!因要表现这些思想,所以又采取一个小学生为主角,一个小学教师为副角,一间小学校做舞台,最后一课做剧情。像这样的取材的方法,是最技巧不过的,真是一篇不朽的名著呀!

(8) 背景与时代(略)。

可见,在编者看来,这篇小说是阐发"战败国不但要亡省,而且自己的文化也要被敌人消灭;文化被消灭,那真是根本被人铲除了,那是真亡了。若是能保存自己的文化,还有再兴的希望"这种道理的"名著"(此处对主旨的阐发和前述各种均不同),更是学习短篇小说如何选取视角、叙述者、材料以及如何组织材料、表达思想的"美"文。

(三) 沉寂：余音绕梁(1938—1949)

1937年七七事变爆发，日本开始全面侵华。收入《最后一课》的《新编初中国文》的第1册虽然于同年8月出版，但不能说其受七七事变的影响，因为时间相隔仅一个月，而教科书需经相当长时间的打磨才能正式出版。从1938年至1949年，在正式出版的语文教科书中，竟然没有一套收录《最后一课》这篇以抗战来保卫领土和保存文化的短篇小说。原因可能有以下四点。

1. 实行教科书国定制，所以入选教科书几率变小(1938—1949)

1932年，国民政府教育部成立了国立编译馆，负责审查中等以下学校用图书①。1932年颁布的《中学法》和《小学法》规定，中小学教科书应采用教育部编写或由其他出版机构编写经教育部审定的教科书②。这样一来，抗战初期虽然国立编译馆并没有编出语文教科书，但因为这项规定，又因为战时物价飞涨、纸张紧张，所以各书局也就没有重编新的语文教科书，也就不可能再出现像这之前多套教科书那样纷纷收录此文的盛况了。1942年国定制正式实行，不再允许各书局编印教科书。这样一来，《最后一课》入选教科书的几率就大大地变小。

2. 翻译文学受到限制，所以入选教科书的几率变小(1938—1949)

早在1934年，就有学者称："文学宗主情感娱志为归，不必有国界，如以文学即国文，则'国'字为赘词，世界各国，下国文或国语之定义，只曰本国特有之文字，或本国特有之语言。国文国语为工具，为媒介，其义至显，工具媒介，必有所藉，或藉以成事达理，所成者或所达者，必以本国之文献为主，以传译他国之文献为辅，亦明甚。人不能数典忘祖，如一国之人民能继承本国之文化，国运昌隆可期，亦为识者所审知，毋待于赘述。由是知国文包括文学，媒介文献，使研习者获有继承本国文化之资格，国文之定义当不外乎此。"③国语、国文教科书中的翻译文学的比重从1931年起与新学制时期相比下降的幅度较大，主要与日本侵华加剧后，国民承继民族文化的自觉意识高涨有关。抗战期间的教科书中很少有翻译文学。内战期间，国民政府和人民政府编写的教科书中的翻译文学不多，而在这不多的翻译文学课文中又以中国的盟国——美国和苏联——的作品居多，所以《最后一课》入选教科书的几率就更是降低了。

---

① 《国立编译馆组织规程》，《中华教育界》，1932年第二十卷第一期"法规章则"第106页。
② 郑鹤声：《三十年来中央政府对于编审教科图书之检讨》，《教育杂志》，1935年第二十五卷第七号第29页。
③ 曹刍：《中学国文教学之商榷》，《江苏教育》，1934年第三卷第五、六期第2页。

3. 风格偏于沉郁,缺乏必要的战斗性(1938—1945)

1935年9月1日,吴研因在《教与学》杂志发表《儿童年与儿童教育》一文,在文中他对平时漠视儿童的现实提出了批评,认为在国破家亡的时刻,要上好"最后一课",培养未来的民族复兴者,他说①:

当此国家濒于危亡的时期,才开始重视儿童,加紧儿童幸福工作;东北四省的儿童,固然好像已被丢弃的孩子,一点也受不到我们的看顾;就是直接受到影响的,怕也只是"最后一课",为时无几了呢!

不过即使是"最后一课",我们也得努力,并且应当格外努力。因为除此"一课"之外,或许不再会有第二课,我们这时不努力,更待何时?我们得自信:被元蒙踩蹒到九十年之后,儿童中会产生朱元璋,被满清踩蹒到二三百年时,儿童中会相继产生洪秀全和更伟大的中山先生;我们的祖宗对于儿童不很努力,儿童中尚且会产生些复兴民族的英雄出来,我们对于儿童如果能比我们的祖宗努力十倍,百倍,我们还怕我们的儿童——虽在比元蒙,满清还很(狠)毒的局面之下,不会产生大批的复兴民族的英雄出来吗?所以我们现在仍得为我们的儿童努力,并且格外地努力,不放一点儿松宽!

同期杂志上还刊登了高焕升的《国防中心的中学课程和教学》。该文认为,中学国文教科书编纂的三个原则中的第一个原则就是选用那些"足以发扬民族精神,激起爱国热性的,如《岳飞之少年》《满江红》……《最后一课》《柏林之围》……《亚尔萨斯劳伦二州》……"可见,他认为《最后一课》是一篇符合形势需要的好教材②。在非常时期,国语教育的材料也应有所改变,如1936年江苏省立如皋师范附属小学制订的《小学实施非常时期教育方案》之关于国语科的教学要求:选授能激发爱国意识及发扬民族精神的文字,引导民族英雄爱国志士之传记剧本的讲读表演,举办救国意见的讲演辩论,促进救国文字的发表③。1938年,葛承训在《战时的小学课程》中指出,战时小学"读书教材,以选用爱国抗敌及民族复兴方面文字为主",例如可从《抵抗》《烽火》《呐喊》《大公报》《大众抗战画报》等报刊和《战时课本》(生活书店出版)、《战时儿童》中的课文以及《血城》《宝山城》《通敌》(皆为雪社发行)等书

---

① 吴研因:《儿童年与儿童教育》,《教与学》,1935年第一卷第二期第16页。
② 高焕升:《国防中心的中学课程和教学》,《教与学》,1935年第一卷第三期第154页。任佩华在《非常时期的国语补充教材》(《江苏省小学教师半月刊》,1936年第三卷第十五期第37页)中也将《最后一课》列为适应抗战需要的补充教材。
③ 江苏省立如皋师范附属小学《小学实施非常时期教育方案》,《江苏省小学教师半月刊》,1936年第三卷第十五期第24页。

中选用①。

"最后一课"在抗战爆发后成了一个典故、熟语。如1938年吴研因在《教与学》杂志中发表《编选中小学抗敌救国补充教材的一个建议》一文时再次提到《最后一课》。他在文中认为,过去教科书很少用以引起儿童"民族意识与'同仇敌忾'的情绪"的课文,就是有也为了"敦睦邦交"而作"委曲求全"地删改,然而敌人的"中小学教科书,表面上虽然很少鼓励侵略我们的教材;但是另设机关,编辑补充教材,专门鼓励对华侵略"。所以要编写含有民族意识、国家观念的补充教材,"这不但是'以眼还眼,以牙还牙'的报复手段,而在未失之地,未亡之日,趁早加紧使我们子弟知道一点敌要抗,国须救的大义,免得到了将来,全受敌人的麻醉支配,要教育也来不及。这也是'最后一课'的用意啊!"②上述1938年1月葛承训的《战时的小学课程》一文开头就写道:"后方的小学,除安全地区还可弦诵不辍,但时时有'最后一课'之虞。"③1938年4月,张佐华在《抗战教育论》一书中再次提到《最后一课》,并由此提到保存民族语言文字的重要,他说:"国语在抗战期中的教育上,占有很重要的位置,由于最后一课的故事中,我们可以想到当国家危急的时候,能用国语去教学实在不是一件容易的事情,何况语言文字又是民族构成上一大要素,它的重要性可想而知。所以国语科的取材,必须(以)能发挥抗战精神,激起抗战热情为原则。"其中的"读书"(阅读)一项要选择"包括学习拼音新文字,记载日本强盗侵略的文字,通俗化的抗战救亡的文电,诗歌,戏剧,故事画,战地通信特写,以及各种救国团体的工作报告等"。④ 1938年7月,王裕凯在《救亡教育之目标》的开篇即提到普法战争,并认为在抗战时期各级学校应"从事于各方面不断之努力,抱必上'最后一课'之决心,以期达到国家独立,民族复兴之目的"。⑤ 1940年,一篇题为《国文教学刍议》的文章还以《最后一课》为例说明教学祖国语言文字的重要:"国于天地,必有所立,其最足以维系民族精神者,莫若本国语言文字。今之灭人国者,必先毁其语言毁其文字,毁其历史,毁其学术文化,使其立国之精神奄然澌灭以尽。……此征诸各国史例而可知也……普法战役,法割两省以和,此两省中,学校均改授德文、德语,有一短篇小说纪其事。"⑥其中提及的"一短篇小说"就是《最后一课》。而且《最

---

① 葛承训:《战时的小学课程》,《教育杂志》,1938年第二十八卷第一期第36页。
② 吴研因:《编选中小学抗敌救国补充教材的一个建议》,《教与学》,1938年第三卷第五期第17、18页。
③ 葛承训:《战时的小学课程》,《教育杂志》,1938年第二十八卷第一期第35页。
④ 张佐华著:《抗战教育论》,汉口:生活书店,1938年版第73—74页。
⑤ 王裕凯:《救亡教育之目标》,《教育杂志》,1938年第二十八卷第七期第23页。
⑥ 欧阳祖经:《国文教学刍议》,《江西地方教育》,1940年第一九四—一九六期第43页。

后一课》中所写读书救国也是与当时一般中国人对此问题的认知相符,甚至连小学生也懂得这个道理,如笔者购藏有一本1942年的小学生含日记、作文、翻译和造句四项内容的作业本①,其中5月24日的作文《小学生怎救国》写道:"我们中国对日本神圣抗战已有四五年之久了。我们在这求学时代,不能亲自上前线去,挺身杀敌,真是恨事! 不过在学校里做小学生的如能努力读书,求得高深的学问,将来做一个伟大的军人,那读书也就是救国了。否则,既不能杀敌,又不能用功,就辜负了国家栽培人材的苦心,那就非好学生了。"可能这位小学生并没有学习过《最后一课》,也就没有以此为论据,但是其所说的道理与《最后一课》的主题颇有一致之处。

按理说,这篇以爱国主义为主题的课文,所写的内容契合当时的形势,所要阐发的主张正是当时复兴民族所需要的,所以应继续保留在教科书中。1937年国民政府准备实行教科书国定制,但国定教科书又因为抗战爆发等原因难以立即编竣,于是购买了前述宋文翰编写、中华书局于1937年8月抗战爆发不久陆续出版的《新编初中国文》的版权,相继以"中等教育研究会""教育总署编审会"等名义陆续于1938年初、1938年8月出版,其实这些所谓的"官编""国定"的教科书,只不过是将《新编初中国文》的名称、编者进行了更换,并对《新编初中国文》中的部分篇目作了更换和删除。在这两本国定教科书《初中国文》中并没有出现此文。这两套《初中国文》的第1册将《新编初中国文》的第1册中的第17—20课《亚美利加之幼童》《少年爱国者》《莫斯科的女孩儿》和《最后一课》悉数删除。这是为什么?

1936年初,有人就明确指出,"语言文字本来是民族构成的一种要素,也就是民族精神与文化之所寄。中学的国文教学不仅要把国文当作一种工具,并且要在教学过程之中发扬爱国的情绪。现在一般青年往往喜欢阅读消遣性质的,鸳鸯蝴蝶派的,或柔靡的,悲观的文艺,养成萎靡不振的风气,实应深戒",在"国防中心的国文教学"中,"选读范文应以发扬民族精神,激起爱国热情的散文或诗词为主,尤应切合于当前的需要。若现今一般中学生喜读的《滕王阁序》《吊古战场文》之类,即使文辞并茂,也应当舍弃"。② 同年,有人指出,国语科阅读材料,应选择"能激发悲壮慷慨,卫国赴难的情绪的小说诗歌剧本等"③。此前,有人指出,"在此国难严重

---

① 2012年10月18日购于安徽屯溪。
② 章育才:《中学师范应如何实施国防教育:国防中心的中学教育》,《教与学》,1936年第一卷第七期第133页。
③ 丁祖荫:《非常时期小学教育实施方案》,《江苏省小学教师半月刊》,1936年第三卷第十五期第21页。

期间,选择教材,应以国防为中心,因为这类教材是讴歌为祖国而竞争,鼓吹抗敌,挽救危亡情绪的文字,他一方在暴露敌人的武力的文化的侵略,一方在排除一切自馁的屈服的行为和理论"。他认为《最后一课》《柏林之围》《岳飞之少年》《满江红》等是"足以发扬民族精神激起爱国情绪的"[1],但是,在教科书的编者看来,如果入选《最后一课》,则其高超的技法并不会被考虑,其思想虽然表达的是爱国主义,也暴露了敌人武力和文化的侵略,但是含有"悲观"的意味,尤其是其并没有"排除一切自馁的屈服的行为和理论",所以很有可能使学生养成"萎靡不振的风气"。如前述《初中国文教科书》(1935)就提到了其主要风格是"沉郁"而非"以眼还眼,以牙还牙"式的直露,而且在《初级中学国文读本》(1934)中这一课的"题解"也提到,其"所取的材料,不过是法国一个小学教员教法文的最后一课。然而一切割土地,做奴隶的惨状,都已显露出来。读了很可以发人猛省"。显然,也可能让人读完此文之后面对中国土地被侵占、人民被奴役的惨状而丧失抗争的勇气,所以不能选。况且,文中人物如韩麦尔先生的言行似乎有点消极和无奈,众人也是哀伤和悲愤,学习这篇课文显然不足以激发学生昂扬的斗志。

其实,在抗战爆发前,有些教材在选择国外爱国主义题材的课文时就已经不选此文了。如1931年江苏省立上海中学校教务处编《中学国文教材》时就强调,教科书中的文学作品应使学生略解文字,引起研究文学之兴趣,且陶冶勇猛精进之国民性。[2] 1932年,权伯华在《初中国文实验教学法》中指出,"读文的内容,最好是能适合现代思潮,而又不含有丝毫偏激性质。一切颓废消极的文字,足以消灭青年进取思想的,亦万万不宜选入"。[3] 1935年,有人在谈小学教科书的编写时提到的"编辑总则"的第一点就是"发扬民族精神避免一切萎靡颓废之思想"。[4] 1934年,世界书局出版、朱剑芒编辑的《朱氏初中国文》的第4册第14单元"申述欧洲人的爱国思想"选文是《爱尔兰爱国诗人》和《马赛革命歌》两篇译文,第15单元"记述欧洲人的勇敢与革命运动的热烈"的选文是《少年侦探》《月起(一)》和《月起(二)》等能为我国军民抗击外敌入侵起到正面引导作用的课文。在教育部所聘请的教科书编者看来,只有《黄花岗烈士事略序》《左宝贵死难记》和《中国国民革命之历史的因缘》这

---

[1] 王国栋:《非常时期国文教材研究》,《师大月刊》,1936年第二十九期第241—242页。1938年,廖世承在《战时中学教育各学程纲要举例》(《教育杂志》,1938年第二十八卷第二期第22—23页)中提出中学英语要让学生阅读"发扬民族意识"的材料时就以《最后一课》来为例提出:"言亡国惨痛的故事,如'The Last Lesson'"。

[2] 江苏省立上海中学校教务处编:《中学国文教材》,出版地不详,1931年版第2页。

[3] 权伯华著:《初中国文实验教学法》,上海:中华书局,1932年版第14页。

[4] 第二点是"提倡科学精神,摒除一切荒诞离奇之神话"。陈锡芳《三年来之江苏初等教育》,《江苏教育》,1935年第四卷第一、二期第182页。

样的课文才值得也应该收入,至于《最后一课》这类其中人物仅用言语而不用实际行动去抵抗侵略者的课文自然不必选入①。

4. 内容为亡国,失去了现实性(1946—1949)

1946—1947年,在教育部教科书编辑委员会编辑的国定教科书《初级中学国文甲编》的第1—6册中也没有出现此文。这又是为什么呢?《初级中学国文甲编》前列的"编辑经过"称,李清悚和梁实秋被编纂委员会聘请为中小学教科书编纂组主任,负责中小学国文、历史等教科书的编写。1939年,李清悚在《战时补充教材编辑工作之检述》中叙述了抗敌救国国语补充教材编写经过,在叙述时他引用了吴研因关于编写补充教材是不要重蹈"最后一课"的覆辙的论述②,那么为什么几年后在他主持下编写的这套教科书也没有收录《最后一课》呢?按理说1945年日本已宣告投降,中国已取得全面的胜利,应该像法国那样可以正视曾经的战败,如《观巴黎油画记》中就写了法国人用油画的形式表现普法战争中牺牲与抗争的场景。之所以不选,在编者看来,可能是《最后一课》战斗性不强,如同样是胡适译的、以普法战争为题材的、莫泊桑所著的短篇小说《二渔夫》就被收入其第4册。《二渔夫》写普法之战,巴黎被围,人饥粮绝,二渔夫不惧遭普鲁士士兵射杀之危险,经法军同意后相约出城钓鱼。后不幸被俘,虽然普鲁士士兵反复威逼利诱,但两人终没有说出进城的暗号,最后被枪杀。教科书后附的"题解"称:"《二渔夫》系以普法之战为背景之短篇小说。主人翁乃二小商人,而皆具有坚定之民族意识,至死不肯泄露本国秘密消息。文章正面写二人忠勇爱国之精神,另一面则反映普军之残无人性。所谓短篇小说,其主要条件为:'用最经济的文学手腕,描写事实中最精采(彩)的一段或一面。'此篇之技巧,适可与上项条件吻合。"虽然《最后一课》和《二渔夫》都是短篇小说中的上乘之作,都反映了法兰西普通民众反抗普鲁士的侵略,但《二渔夫》中所写的反抗显然要比《最后一课》中所写的师生们的反抗要惨烈得多,《二渔夫》中所描绘的枪杀渔夫的普鲁士士兵,显然要比《最后一课》所描绘的在操练的普鲁士士兵要凶残得多。但更有可能的是,编者认为中国此时已收回了沦陷的国土,更没有失去母语之虞,再选这样的课文就失去了现实意义,因为1946年之后社会主

---

① 是奔赴沙场杀敌救国,还是留在课堂发愤学习呢?这在当时就是一个颇有争议的问题。一般人对此持中庸的态度,如在笔者所藏的安徽屯溪湖东小学学生郑进金1943年的作文本《润色之》中,主张像蚂蚁一样群起抗敌的《蚁之战与蟋蟀之战有何不同》之后就有一篇作文《青年之时宜何如焉》持这种观点:年轻人首先是求学,从幼儿到青年,从无知无能到有知有能。今日寇暴横,吞我土地,为青年者,宜汲汲求学,不忘救国,救国不忘求学,以身许国,抗战到底,扫除日寇,正青年之志。显然,一般师生认为首先是求学,其次是救国。然而,对于统治者来说,则二者次序应相反。由此看来,主张读书救国的《最后一课》显然没有主张奔赴沙场的其他作品更适合作为课文了。

② 李清悚:《战时补充教材编辑工作之检述(上)》,《教育通讯》,1939年第二卷第三十四期第11页。

要矛盾已由外部矛盾(中日)转化为内部矛盾(国共),而为了契合随之而来的国共内战,教科书要选的应该是蒋介石等领袖的文章,以及以英雄为题材的课文。如其第1册第1—6课分别为《总理的幼年时代》(吴敬恒)①、《家训》(蒋中正)、《为学一首示子侄》(彭端淑)、《立志》(高一涵)、《壮哉空军烈士阎海文》(佚名)和《张自忠将军传略》(佚名)。

不过,教科书的编者一直没有忘记《最后一课》,前文提到李清悚在1939年重申了吴研因在1935、1938年所阐发的观点。1939年石中玉在《审查中学国文教科书杂感》一文中认为,当时的国文教科书中"翻译的文学作品很少,很奇怪的,很少有外国第一流作家的译文",且反映"世界弱小民族反抗压迫的文学作品很少"②。他指出,我国的教科书不必像"败家子炫弄过去门阀"宣扬显赫的家族史一样去宣扬光荣的民族史,因为越宣扬"在贫弱的现势下,越发显得寒伧,越发使他骄矜,妄自尊大,忽视了目前的困境","我们今天反抗日本的侵略,是要尊从总理昭示联合世界上以平等待我之民族共同奋斗,尤其是各弱小民族。他们和我们的遭遇相同,在文学上表现的色调相同,我们要多读这些作品作我们意志上的鼓励,我们可以从那(里)面找到温馨的同情,热烈的期望","我们现在所有的中学国文教科书中,可惜很少有这类文章"。③他虽然没有提到《最后一课》,但比照他所说的作品的内容以及现实意义,《最后一课》是最应该入选的。另外,1939年有人认为《最后一课》"文学描写得惨烈动人,是我国抗战时期教师和学生的良好读物",可以作为补充教材,但是因为国定教科书中没有,以至于有教师问:"请问那汉麦先生与郝叟那老头子,究竟是怎么一回事,应该怎样的表演?"可见,普通教师已对这篇著名的作品十分隔膜了。对此,编者也只有用战前出版的世界书局出版的《高小国语读本》和商务印书馆出版的《复兴国语》来作为其出处,并复述这篇小说的主要内容④。总之,编者虽然没有在教科书中选入《最后一课》之文,但其所为均是为了表达不重蹈"最后一课"之覆辙之意。《最后一课》也如余音绕梁,三日而不绝。萦绕在每个编者的耳畔,铭刻在他们心中!

虽然教科书中没有选入《最后一课》,但我们在后文将提到,因为其所描绘的情

---

① "总理"指孙中山。
② 石中玉:《审查中学国文教科书杂感(上)》,《教育通讯》,1939年4月15日第二卷第十五期第11页。
③ 石中玉:《审查中学国文教科书杂感(下)》,《教育通讯》,1939年4月22日第二卷十六期第15页。1915年侯鸿鉴也曾主张,国文应"选择中国历来所受之国耻事实,编入教科书。采取世界奴属各国为借镜之资,亦编入教科书"。《国学国耻劳苦三大主义表例》,《教育杂志》,1915年第七卷第七号第22页。
④ 周天机(问)、彬(答):《进修部学员质疑解答:战时小学各科教材及教法》,《进修》,1939年第九期第32—33页。

境一如当时的中国,所以老师一定会向学生介绍此文,或指导阅读,1946年第一至五期《新学风》就连载了周介藩写的《读〈最后一课〉感言》,介绍普法战争过程及我国民族自救抗争历程,该文发表时标明是国文科"学生课外读物"①。大概因为《最后一课》已退出国文教材多年,而师生仍在阅读、教学,为了供师生在阅读、教学时参考,群如在1948年第五期《人物杂志》上发表了一篇《〈最后一课〉的作者——都德》,介绍都德的生平与作品风格,其第一段提到:"都德是法国著名小说家,亦即《最后一课》的作者,他这篇名作,在中国早经胡适译介过,而且,多年以来,成为我国中学生国文教材之一课"②。

三、共鸣:师生三级阐释(1920—1949)

教师和学生是一群特殊的读者,他们对作品的阐释受编者阐释方式的影响,如编者将其与哪几篇文章放在一起呈现以及在其"解题""注释"中如何说明、在"练习"中如何设置问题,这种暗示或明示都在一定程度上规定了师生阐释的方向和基本内容。不过,和小学语文不同的是,民国期间的中学语文教科书一般没有配套的教学用书。可见,在中学语文课堂上师生受编者的影响,远小于小学语文教学。换句话说,师生除了接受编者的阐释外,还会根据需要在此基础上进行再度阐释。不过,正因为没有教学用书,我们今天只能根据当时普遍采用的教学方式,以及当时一些学习过《最后一课》的学生的回忆来推测当时师生对此文的所作的阐释。

(一)法国版的《最后一课》:讨论与创作、欣赏与表演(1920—1937)

1. 讨论内容

五四新文化运动兴起后,各种思潮接踵而至。"新青年"们整天谈论的都是"主义"。在"提倡白话文新思潮时代",一些拒绝新思潮、讲授旧文学的老先生遭到学生的反对,一些中年教师试图调和新旧思潮,"但学生却不容他们的徘徊与调和,不免提出要求——如要选某种文章,要做某种题目等——要求不遂,便起反对",一些年轻教师则大受学生欢迎,这些年轻教师颇"注意思潮,所以好些教师来宣传各种主义,讨论各种问题,教国文只是离开文章来讲演主义讨论问题了。辞句的解释,视为无用;文法章法,也不值得注意;因为这都要被学生讨厌而引起反对的。结果中学生最出风头的,都有主义了……其次的中学生,也爱讨论问题。有所谓经济问

---

① 周介藩:《读〈最后一课〉感言》,《新学风》,1946年第一期第23页。
② 群如:《〈最后一课〉的作者——都德》,《人物杂志》,1948年第五期第24页。

题,劳动问题,妇女问题,贞操问题,遗产问题,亲子关系问题,还有最切身而最欢迎的恋爱问题,婚姻问题等等,闹得天翻地覆,如雷震耳了"。① 收录《最后一课》的《白话文范》和《新学制初中国语教科书》分别于1920年和1923年出版,这些早期出版的国语教科书只是白话文章的汇集而几乎没有"助读系统",我们可以推想当时师生上课时所讨论的内容一定得是其中的爱国主义思想。更何况,学生喜欢阅读,可能也因文中所写与当时中国的情境相符,如著名作家穆木天在《关于"五四"个人的回忆》(1934)一文中,在回忆五四求学及其后尝试创作时,提到了《最后一课》对广大学生或文学青年的影响②:

都得的《最后之一课》那篇东西,在中国,当时,好象有过三种译文。一方向着"新国家"憧憬着,可是,他方,外国帝国主义的势力还是一天一天地压迫着我们。提到"五四",不能忘掉"五七"的。"二十一条","中日协约",在当时,是给了我们多大的痛击啊。所以一方面希望解放,而他方呢,却不能不抱着悲观。《最后的一课》那篇东西,在当时,给中国学生以多大的影响,是现在所想象不到的……从帝国主义之支配下,列强之支配下,去求解放,是当时的进步的人们所要求,所憧憬的。然而,当时,亡国灭种之观念,也在强烈地支配着我们。所以市民的革命的文学,在当时并未有大量的介绍,而《最后的一课》③一类东西,成为重要的东西了。现在回忆起来,当时,是这样的。

又如,曾在上海求学的著名作家丁玲曾回忆道:

一九二二、二三年,我在上海时期,仍只对都德的《最后一课》有所感受,觉得这同一般的小说不同,联系到自己的国家民族,促人猛省。我还读到其它一些亡国之后的国家的一些作品,如波兰显克微支的《你往何处去》。④

1924年,鲁迅在女师大讲短篇小说时认为,莫泊桑和契诃夫是世界两位最著名的短篇小说家。鲁迅在讲莫泊桑时提及其所写的有关普法战争的小说,于是一

---

① 阮真:《时代思潮与中学国文教学》,《中华教育界》,1934年第二十二卷第一期第2、6—7页。
② 穆木天:《穆木天诗文集》,长春:时代文艺出版社,1985年版第238—239页。引文中《最后之一课》与《最后的一课》文字不同,都指的是《最后一课》。
③ 原文如此。另外,作家谢冰莹在1931年也回忆过阅读《最后一课》的感受:高小一年级的冬天,"二哥从山西寄来一部胡适译的《短篇小说》,我那时快活得跳了起来,好像叫化子拾得一袋宝贝般发狂,我一口气把它读完了,我最爱《二渔夫》《最后一课》和《杀父母的儿子》。至于什么《梅吕哀》《一件美术品》,老实说我还不明白他写的是什么呢?"(谢冰莹《我的读书经验》,《读书月刊》,1931年第二卷第一期第151页。)甚至影响到当时在东南亚的华侨,如1933年第二十期(第40页)《华侨半月刊》上登载的《华侨漫话:最后一课》称读了《最后一课》让人对法国学生和人民赞叹和景仰,当前要学习他们的坚毅精神:"与其说法国人民是镇静,毋宁说是坚毅,他们的镇静不可学,也不用学,我们中华民族因为镇静的结果,已失了整整的四省,难道还不够么?所以现在我们应该学的,似乎还是他们的坚毅。"即坚持抵抗。
④ 丁玲:《鲁迅先生于我》,《鲁迅诞辰百年纪念集》,长沙:湖南人民出版社,1981年版第6—7页。

位学生联想到都德,并就此向鲁迅发问:

他站起来问道:"周先生,都德的《最后一课》,也是写普法战争的,大家都说好,能不能算是杰作?又,都德是不是著名的短篇小说家?"

先生应声答道:"都德是近代法国文学史上的重要作家之一,但并不以短篇小说著称。他的《最后一课》,情节虽然比较简单,写得确实很感动人,从宣传教育爱国主义思想的角度上看,当然可以说是不朽之作。它在我国非常出名,这是因为各种国文教科书上都把它选作教材的缘故。"[①]

可见,在鲁迅眼里,这篇小说艺术手法并无高超之处,若从其思想内容来看,算得上一篇宣传爱国主义的好教材。那么,这些接受过鲁迅所用的这种方式阐释的师大学生毕业后到中小学去教学,肯定也会强调其中的爱国主义思想。

不过收入《白话文范》中的《最后一课》是胡适所译,胡适是新文学的主要倡导者;而胡适在《论短篇小说》中又对其技法大加赞赏,视其为短篇小说的典范。所以,受胡适的影响,一些教师肯定也会对《最后一课》的写作技法作出分析;更何况,和面对其他新文学作品除了谈主义而不知道该怎样分析其技法不同,胡适已对《最后一课》的写作技法作过阐释,教师教学起来也相对容易,有话可讲。在老师的阐释下,学生自然也会作出自己的判断,学生运用所学的技法进行创作,在某种程度上也是一种阐释。

1931、1932年后,随着日本侵略的加剧,《最后一课》更是成为中国师生激发民族情感的精神食粮。如2002年黄宗江回忆早年求学的经历的文章《我的师奶们》中,仍然清晰地记得当时所学的课本中有《最后一课》,大概是因为作品所叙述的事实和所表达的情感和当年的他所处的时势及内心感受十分一致,所以虽历七十年仍如在目前,他说[②]:

1932年我十一岁,入学青岛市立中学初中一年级,国文女老师潘景科,在黑板上写下了第一次作文题《九一八纪念》,第二次又写下了《秋风震撼下的沈阳城》……当时的课文,还是以白话为主的……法国都德的《最后一课》也在课本中。

1933年,江苏全省小学毕业会考的题目是《读了〈最后一课〉的感想》[③]。命题者的用意不言而喻。可见,《最后一课》成为处于帝国主义列强铁蹄之下中国学生和文学青年最重要的精神食粮之一。

[①] 孙席珍:《鲁迅先生怎样教导我们的》,《鲁迅诞辰百年纪念集》,长沙:湖南人民出版社,1981年版第97—98页。
[②] 黄宗江:《我的师奶们》,王丽主编《我们怎样学语文》,北京:作家出版社,2002年版第6页。
[③] 《江苏全省小学毕业会考二十二年度:读了〈最后一课〉的感想》,《江苏学生》,1934年第三卷第四期第129—130页。

2. 分析形式

1928—1937年，随着民族主义的高涨和文法、语法、修辞研究的深入，师生在讨论课文内容时会突出其中的爱国主义，当然解读也会更多样；在讨论课文形式时会更细致。如在中华书局1934年7月版、张文治等编的《初中国文读本参考书》的第2册中，围绕《最后一课》就设置了"内容概要""作者生平""注释""文法"和"文章体制"等四项内容，其中前两项内容较略，而后两项内容却十分详细。"内容概要"交代了普法战争，法国战败被迫割地、赔款等史实，而且本文"讬为阿色司省一小学生之语气，写割地之惨，以激扬法人爱国之心"。"作者生平"简单介绍了作者是"写实派小说家"、其生卒年份及其被翻译到中国的作品名称等。"注释"解释了五个地名、标注了三个词的读音。其中的"文法"相当于现在所说的"语法"，"文章体制"相当于现在所说的"文章作法"。"文法"主要是以课文中出现四个语句为例，分析了"统称"和"复称"概念，并设置了习题："（一）什么叫统称？试举一二例。（二）什么叫复称？试举一二例。（三）'亲自''亲身'等是否表复称的代名词？""文章体制"则从"体裁""取材""结构"和"描写"等四方面对全文形式作了详细的分析，并设置习题："将本篇略加删节。"可见，这一时期的教学会更侧重于作品形式的分析。

3. 欣赏与表演

1920年之后，西方的设计教学法传入我国。小学国语教学多采用这种方法。设计教学法一般有"欣赏"和"应用"等环节。"欣赏"时要求补充想象和表情吟诵，"应用"就是将课文改编成课本剧让学生表演。如在戴洪恒编辑《基本教科书高小国语教学法》中，针对《最后一课》就要求想象"回答错误时的羞愧情形；先生演说时的态度；讲书时的态度；大家用心听讲和习字时的情景；先生端坐时的态度；离开四十年旧地的感想；郝叟读书的声音；听见普兵走过时的感想；先生写三个大字时和摆手时的态度等"。主要让学生通过想象和联想，以做到身临其境、设身处地。同时，"备考"中还附录了一个《最后一课》（独幕爱国短剧），供师生设计、实施表演时参考[①]。《北新国语教本》中的《最后一课》课文本身就是独幕剧，那么教学时自然就更应该据此表演了。其他两套小学国语教科书的教学也是如此，不再赘述。

（二）中国版的《最后一课》：创作与表演（1932—1949）

1938—1949年，《最后一课》并没有出现国定教科书中，但曾经学习过此文的教师面对国破家亡的惨状，必然会与《最后一课》中的韩麦尔先生感同身受，希望能

---

① 戴洪恒编辑：《基本教科书高小国语教学法》，上海：商务印书馆，1931年版第4册第116—120页。

够最终取得胜利，所以用《最后一课》来激励学生。正如1938年舒展在《〈最后一课〉论》的开头所说的，当时有一派人以为学生还可以安静地坐在课室里读书，教员们还可以安静地在课堂里教书，于是举出了1871年都德的《最后一课》故事来勉励青年，于是《最后一课》的口号喊出来了[①]。虽然他这是在反激大家，希望大家能丢掉幻想、投入战斗（认为最后一课为读书而救国的精神是值得佩服的，不过这最后一课只有移到战场上才能发生伟大的效能），但也揭示出《最后一课》在特定形势下的特殊功能——能激发出全体国民的一种特殊的心理状态（"最后一课"的心理）。

1. 文学作品中的"最后一课"

有些人通过文学创作的形式反映过当时的情形。其实早在1932年李辉英在第一期《北斗》上就发表过《最后一课》，不仅题名如都德的原作相同，而其内容也相似，写日军铁蹄践踏东北，要求占领地学校教学日文，吉林省立女子中学校的张先生在最后一节国语课上告诫学生们不要做亡国奴，后张先生被日军杀害。最后落款为"廿年秋日军进占吉林后十三日写毕于吴淞"。其实此后不久，日军又觊觎上海了。1932年，大琨在第七、八期合刊的《南华文艺》上发表的《最后之一课》开头写道："这两天关于我国军事方面的消息很不好，大家都谣传上海已经失守了。"然后写苏州一中学老师在日军飞机轰炸下，仍和学生学习《晋楚城濮之战》。因为日军轰炸日渐剧烈，学校只得停课。有学生忏悔以往自己实在太糊涂而安满。当天教音乐的张先生教同学们唱党歌并向总理（孙中山）像鞠躬。校长告诉大家上海据说已失守，所以大家要向吴江方向撤退。在最后离开时有同学在黑板上写下"中华民国万岁！"1937年，蛰宁的"报告"《商都的最后一课》发表，其副标题为"一个小学生自述"。该文通过一个小学生樊光起的之口叙述了发生在察哈尔省内日本侵略势力对民众的奴役以及恶霸、汉奸等与日军勾结卖国事实。其中写到了学校被日军占领的过程及在日军控制下的学校里师生的境遇，结尾写道：看到学校门口站着手持刺刀的日军，又见一块红纸上写着"大××军驻商都守备队"。[②] 1938年，征骅在第一卷第十一期《文艺新潮》中发表了一首诗歌《最后一课》，以教师的口吻叙述最后一课的场景与抒发师生的悲情：

我永远忘不了那最后的一课，

在我的心版上永镌着那惨痛的一页！

---

① 舒展：《〈最后一课〉论》，《铁血》，1938年第五期第4页。
② 蛰宁：《商都的最后一课——一个小学生自述》，《中流》，1937年第二卷第二期第89—94页。

当我庄肃地登上讲座,
我的唇皮禁不住颤慄,
我不忍倾诉血泪的消息!
抖动的心,抖动的语音,
熊熊的愤火炙红了眼睛,
煮沸了热情,
紧张的呼吸也起伏不平!
六十双泪眼在凝神注视,
每个人的面颊泛起红晕,
激动的心弦都已起了共鸣!
隔墙嘈乱的人声正在沸腾,
教室里却保持着一片肃静。

突然校长在窗外颤声呼唤:
"教局命令我们解散,
上空又已发现敌机三架。"
那时我眼前仿佛浮漾着狰狞的脸影;
我又仿佛听到了撼地的炮声!
粉笔被我捏紧的手掌捏碎,
线装的书籍也被我浸透了泪痕!
我颤动地挥一挥手说:
"同学们!走吧!
我们得准备担负时代给我们的重担!"
我颤抖的高声冲出了口腔,
好像要爆炸!

学生们激愤地在黑板上争写着:
"中华民族解放万岁!……"
有的把拳头奋击着课桌;
有的把袖角在拭着眼泪。
阳光斜掠过窗前的书案。

我凭栏惆怅望着人影渐散!

另外,秋一丁、郑秀芝在1936年第17—18期《沪民》上发表的与都德的《最后一课》情节相似的小小说《最后一课》,其结尾写道:"不过,孩子们!你们不用伤心,要知道,徒呼悲哀徒呼痛哭,是无济于事的,你们是中国未来的主人翁,中国未来的兴亡正是在你们重大的责任,起来吧。孩子们!我们民族要求最后的生存,只有是'战'。钟声又响了,最后的一刹那又过去了,每个孩子的心里都充满着兴奋和热烈。于是全堂都高呼着:中华民国万岁!中华民国万岁!中华民国万万岁!"还有1940年扬波在第三期《七月》上发表的小说《最后一课》,等等。

2. 现实中的"最后一课"

如果说上述这些作品都带有文学创作的性质,那么现实中的"最后一课"也在反复上演。如我们比较熟知的事件是1941年暨南大学文学院院长郑振铎在日军占领该校前曾上过"最后一课"[①]:

快上课了,教室里坐满了学生,鸦雀无声。郑先生站在讲台上热泪盈眶:"我想……大家都知道了。今天是我给你们上的中国文学史的最后一课。要永远记住,我们是中国人!"平素调皮的学生,今天也静默着,满嘴眼泪,格外用心地听讲。突然传来沉重的车轮碾地声,几辆卡车逼近了校门。寒风中,一面太阳旗抖动着。师生看了一下时针正是10点30分。这时郑先生挺直了身体,作了立正的姿势;全体同学也刷地一下站起来。许久,没有一个人说话,只有几个女生低声啜泣。师生们的胸中燃烧着爱国的烈焰,一个个握紧了拳头。

这段文字虽然有根据《最后一课》来"演绎"的痕迹,但突出了中国师生在上"最后一课"时的悲愤。可以肯定,在中国的沦陷区的中小学会有许多中国的"韩麦尔"先生在上中文的"最后一课"。

据李泽林在《演〈最后一课〉小话剧》一文中回忆,抗战期间学校曾组织师生演出独幕话剧《最后一课》。这《最后一课》所写的是九·一八之后发生在东北沦陷区某小学的"最后一课"。在这个独幕剧中,一位教师在最后一课上悬挂地图指点学生查看日本对中国东北领土的侵占,讲述侵占后烧杀淫掠的暴行,这位教师最后还说:"令人不能容忍的是要我们按照他们的指令对学生进行奴化教育,什么'满洲国'、大东亚共荣圈……要教师教日文书,唱日本歌,讲日本话,这怎么行呢?我无法教下去了!今天是我给同学们上的最后一课,我决定弃教从军,去抗击日本侵略

---

① 兆文:《郑振铎的"最后一课"》,《党史纵横》,1995年第九期第25页。

者!"然后是学生的不舍和教师的悲愤。演出到这时,台上的学生演员、台下的师生和群众齐声振臂高呼:"誓死不当亡国奴!""把日本鬼子赶出中国去!"演出在《大刀进行曲》的歌声中结束。李泽林说:"像这样的抗日宣传,在抗日根据地的中小学处处可见。"[1]1937 年,新安旅行团根据都德的《最后一课》集体创作了独幕儿童剧《最后一课》,写一群小学生在沦陷区通州一小学上最后一课时,反抗校长的阻拦而要求走出教室去打击卖国贼[2]。1938 年,君行撰写了情节类似的独幕剧《最后一课》,其所标示的地点就是"东北某地,小学校的一教室里"[3]。大学也有演出《最后一课》的,如 1937 年许幸之作、许晴导演的《最后一课》在上海震旦大学上演[4]。

如果说《最后一课》是一部管弦乐谱,那么从 1912 年至 1949 年的这 30 余年间,经译者、编者和师生等不同的演奏者的演奏,而使之成为一曲节奏起伏、多声协和的动人乐曲。不过在这 30 余年的演奏中,其主旋律没有多大变化——爱国主义、现实主义的白话经典小说!关于其"现实主义"手法,从胡适开始就这样解读,即用小说家的手法来写历史,这之后的教科书在注释中都会提及普法战争的事实,甚至在《创造国文读本》(1933)中该文的插图不是作品中的人物画像而是"都德像",而且在介绍作者时教科书编者往往会提及都德是现实主义作家,如《初级中学国文》(1935)对其介绍是"法国写实派小说家",《标准国文选》(1935)对其介绍稍有不同:"法国小说家,属于印象的自然派。自然派以如实地描写人生为鹄的,谓作家观察人生,当具绝对之客观眼光;印象派则依主观所得之印象而描写之。都德盖善用此法者也。"为了突出爱国主义、现实主义的一面,虽然都德也采用了"印象派"的写法,虽然有编者也指出这是小说,或是"美的叙事文",但选入语文教科书中的课文都是胡适节译之后的,如铁匠的对话被删去了,因为这与"爱国主义"并不紧密,属于"闲事";"我"的多处心理活动也被删去了,因为这不尽合"现实主义"的创作原则。很少见到教科书的编者和教师对其文词作审美式地赏析,大概因为这缺乏战斗性。这种阐释方式一直影响着 1949 年之后对此文的阐释。如,因为中法关系较西方其他国家紧密,又受当时所提倡的革命现实主义文艺思潮的影响,1956 年初中《文学》的第 1 册第 11 课收录重新全译的《最后一课》,《最后一课》也由此进入了一轮新的演奏过程。1956 年颁布的《初级中学文学教学大纲(草案)》对其阐释内容作了规定[5]:

---

[1] 李泽林:《演〈最后一课〉小话剧》,《老兵话当年》,2005 年第九辑第 16—17 页。
[2] 张庚:《如何布局戏剧的高潮》,《新知识》,1937 年第一卷第二期第 57—60 页。
[3] 君行:《最后一课》,《号角》,1938 年第十三期第 3—13 页。
[4] 《最后的一课》,《戏剧时代》,1937 年第一卷第一期第 11 页。
[5] 课程教材研究所编:《20 世纪中国中小学课程标准·教学大纲汇编(语文卷)》,北京:人民教育出版社,2001 年版第 349 页。

戒尺的聲音種種響聲街上也常聽得見。我本意還想趁這一陣亂響的裏面混了進去，不料今天我走到的時候，裏面靜悄悄地一點聲音都沒有，我朝窗口一瞧，只見同班的學生都坐好了，漢麥先生拿著他那塊鐵戒尺踱來踱去。我沒法只好硬著頭皮推門進去。臉上怪難爲情的幸虧先生還沒有說什麼他瞧見我但說，『孩子快坐好！我們已經開講了，不等你了。』我一跳跳上了我的坐位，坐定了，定睛一看，心還是拍拍的跳。

繞看出先生今天穿了一件很好看的暗綠袍像德子挺硬的襯彩小小的絲帽這種衣服除了行禮給獎的日子他從不輕易穿起的更可怪的，今天這全學堂都是肅靜無譁的。最可怪的，後邊那幾排空椅子上也坐滿了人這邊是前任的縣官和郵政局長那邊赫叟那老頭子還有幾位我

《创造国文读本》(1933)

简单叙述同这篇小说有关的普法战争的史实。

作品的两个主要人物韩麦尔先生和小弗郎士。韩麦尔先生的忠于职守。他严肃地讲授最后一课，表现他内心的悲痛，对敌人的憎恨和对祖国前途的信心。他赞美祖国语言的深刻意义。小弗郎士的爱国主义的觉悟。郝叟老人等人对祖国的热爱。

法兰西人民在国土沦亡的时候表现的爱国主义精神。

题目的意义。第一人称的写法。环境描写和人物描写。

这里的阐释出现了与以往不同的新质——内容方面的"韩麦尔先生忠于职守"和"小弗郎士的爱国主义的觉悟"、形式方面的"环境描写和人物描写"。但这份法律文件为其演奏所定下了基调仍是采用了现实主义的艺术手法、表现了爱国主义的斗争和奉献精神！

此后，《最后一课》一直被人教版中学《语文》教科书作为固定篇目。1986年《中华人民共和国义务教育法》公布，提出实行教科书审定制。1987年《全国中小学教材审定委员会章程》等文件颁行，标志着审定制正式实施。多套中学《语文》教

科书也收录的《最后一课》,且有多篇相关的阐释文章发表。可以预言,只要有教育存在,这"最后一课"永远会上下去,不会结束!

文选一

最后一课

都德 著 胡适 译

这一天早晨,我上学去,时候已很迟了,心中很怕先生要骂。况且昨天汉麦先生说过今天他要考我们的动静词文法,我却一个字都不记得了。我想到这里,格外害怕,心想还是逃学去玩一天罢。你看天气却如此清明温暖;那边竹篱上两个小鸟儿唱得怪好听;野外田里,普鲁士的兵士正在操演。我看了几乎把动静词的文法都丢在脑后了。幸亏我胆子还小,不敢真个逃学,赶紧跑上学去。

我走到市政厅前,看见那边围了一大群的人,在那里读墙上的告示。我心里暗想,这两年我们的坏消息,败战哪,赔款哪,都在这里传来,今天又不知有什么坏新闻了。我也无心去打听。一口气跑到汉麦先生的学堂。

平日学堂刚上课的时候,总有很大的响声,开抽屉关抽屉的声音,先生,铁戒尺的声音,种种声响,街上也常听得见。我本意还想趁这一阵乱响的里面混了进去。不料今天我走到的时候里面静悄悄地一点声音都没有。我朝窗口一瞧,只见同班的学生都坐好了。汉麦先生拿着他那块铁戒尺,踱来踱去。我没法只好硬着头皮推门进去,脸上怪难为情的,幸亏先生还没有说什么,他瞧见我,但说:"孩子快坐好!我们已要开讲,不等你了。"我一跳跳上了我的坐位,心还是拍拍的跳。坐定了,定睛一看,才看出先生今天穿了一件很好看的暗绿袍子,挺硬的衬衫,小小的丝帽。这种衣服,除了行礼给奖的日子,他从不轻易穿起的。更可怪的,今天这全学堂都是肃静无哗的。最可怪的,后边那几排空椅子上也坐满了人;这边是前任的县官和邮政局长,那边是赫叟那老头子。还有几位我却不认得了。这些人为什么来呢?赫叟那老头子,带了一本初级文法书摆在膝头上。他那副阔边眼镜,也放在书上,两眼睁睁的望着先生。我看这些人脸上都很愁的,心中正在惊疑,只见先生上了座位,端端敬敬的开口道:"我的孩子们,这是我最末了的一课书了。昨天柏林有令下来说,阿色司(即亚尔萨司)和娜恋(即罗来因)两省,现在既已割归普国。从此以后,这两省的学堂只可教授德国文字,不许再教法文了。你们的德文先生明天就到,今天是你们最末了一天的法文功课了。"我听了先生这几句话,就像受了电打一般。我这时才明白,刚才市政厅墙上的告示,原来是这么一回事。这就是我最末了一天的法文功课了!我的法文才该打呢。我还没学作法文呢。我难道就不能再学法文了?唉,我这两年为什么不肯好好的读书?为什么却去捉鸽子打木球呢?我从前最讨厌的文法书,历史书,今天都变了我的好朋友了。还有那汉麦先生也要走了,我真有点舍不得他。他从前那副铁板板的面孔,厚沉沉的戒尺,我都忘记了。只是可怜他。原来他因为这是末了一天的功课,才穿上那身礼服。原来后面空椅子上那些人,也是舍不得他的。我想他们心中也在懊恼从前不曾好好学些法文,不曾多读些法文的书。咳,可怜的(得)很!

　　我正在痴想,忽听先生叫我的名字,问我动静词的变法,我站起来,第一个字就回错了。我那时真羞愧无地,两手撑住桌子,低了头不敢抬起来。只听先生说道:"孩子,我也不怪你。你自己总够受了。天天你们自己骗自己,说这算什么,读书的时候多着呢。明天再用功还怕来不及吗?如今呢?你们自己想想着(看),你总算是一个法国人,连法国的语言文字都不知道。"先生说道(到)这里,索性演说起来了。他说我们法国的文字怎么好,说是天下最美最明白最合论理的文字。他说我们应该保存法文,千万不要忘记了,他说:"现在我们总算是为人奴隶了。如果我们不忘我们祖国的言语文字,我们还有翻身的日子。"……先生说完了,翻开书,讲今天的文法课。说也奇怪,我今天忽变聪明了。先生讲的,我句句都懂得。先生也用心细讲,就像他恨不得把一生的学问今天都传给我们。文法讲完了,接着就是习字。今天习字的本子也换了先生自己写的好字,写着"法兰西""阿色司""法兰西""阿色司"四个大字,放在桌上,就像一面小小的国旗。同班的人个个都用心写字,一点声息都没有,但听得笔尖在纸上飕飕的响,我一面写字,一面偷偷的抬头瞧瞧先生。只见他端坐在上面,动也不动一动。两眼瞧瞧屋子这边,又瞧瞧那边。我心中怪难过。暗想先生在此住了四十年了。他的园子就在学堂门外,这些台子凳子都是四十年的旧物。他手里种的胡桃树,也长大了,窗子上的朱藤也爬上了屋顶了。如今他这一把年纪,明天就要离此地了。我仿佛听见楼上有人走动,想是先生的老妹子在那边收拾箱笼。我心中直替他难受;先生却能硬着心肠,把一天功课,一一作去;写完了字,又教了一课历史。历史完了,便是那班幼稚生的拼音。坐在后的郝叟那老头儿,带上了眼镜,也跟着他们拼那 Ba, Be, Bi, Bo, Bu(巴,卑,比,波,布)。我听他的声音都哽咽住了,很像哭声。我听了又好笑,又要替他哭。这一回事,这末了一天的功课,我一辈子也不会忘记的。忽然礼拜堂的钟敲了十二响,远远地听得喇叭声,普鲁士的兵操演回来,踏踏踏踏的走过我们的学堂。汉麦先生立起身来,面色都变了,开口道:"我的朋友们!我——我……"先生的喉咙哽住了,不能再说下去。他走下座,取了一条粉笔,在黑板上用力写了三个大字,"法兰西万岁"。他回过头来,摆一摆手,好像说散学了,你们去罢。

选自《白话文范》,1920年版第2册。

文选二

一个老翁的自述

魏冰心、范祥善、朱翊新编写

(一)

"我现在是年过六十,须发尽白的老翁了。当我在十三岁那年的一天,早晨上学去,时候已经不早。路上看见普鲁士的兵,在野外操演。经过市政厅,有好些人围着,在那里读墙上的布告。我因为恐怕迟到,所以都没有去留意他,急急忙忙的走到学校去了。"

"我踏进课堂,声音非常静默。汉麦先生见我迟到,并没说甚么。我定睛一看,只见先生穿着大礼服。这身礼服,先生平时不大肯穿,为甚么今天穿起来呢?正在思想的时候,只听见先生很庄重的开口道:'我的孩子们啊!这是最末了一次的功课了。昨天柏林有令下来,说阿尔萨斯、罗兰因两州,已经割给普国。今后这两州的学校,不许再教法文;一律改教德文。你们的德文先生,明天就来。这一次是你们最末了的法文功课了。'"

(二)

"我听见先生这样说,心上顿时受着很大的刺激,心里想:市政厅面前的布告,原来就是这么一回事,汉麦先生穿着那身礼服,原来为着今天是上末了一次的功课。我是法国人,难道以后果真不能再学法文吗?唉!早知如此,我这两年来,为甚么不好好的用功呢?想到这里,非常懊悔,忽听见先生叫我,问我前天教过的文法。我回答不出,只好低着头不响。那时先生叹气道:孩子们啊!你们天天自己骗自己，以为读书的时候很多，尽管等将来用功。唉！现在你们想想！总算做了一个法国人，连法国的语言文字都不会，耻辱不耻辱？孩子们啊！现在要做人家的奴隶了。但是如果你们不忘祖国的语言文字，还有翻身的日子。"

"先生说完，接着就教文法。说也奇怪，我今天好像换了一个人，变得非常聪明。先生讲的，句句都明白。我正想今天先生能够多讲一些给我们听；但是一会儿已是下课时候。踏踏踏的声音，普鲁士的兵队，在门前经过。汉麦先生现出一种惊愕的样子说：'退课了，你们去罢！'"

（三）

"我们的家乡，自从做了普国的属地后，我听了汉麦先生最后的指示，背地里立志用功，努力学习法文法语，并且约了几个朋友，不说德语，不写德文。这时听说有许多志士，在巴黎造了两座女神：一座叫阿尔萨斯，一座叫罗兰因；臂上缠一块黑纱，表示持丧服的意思。上面写的是：'自由不恢复，丧服不除去。'我得到这个消息后，就和父母，迁居到巴黎。"

"每年到割让的纪念日，我和无数人，集在女神像下，徘徊瞻恋，痛哭失声，四十年如一日。"

"现在好了，凡尔赛和约签定了，把我们的家乡和罗兰因，都还给我们了。我年纪虽然老，但是我听到这个消息，非常高兴；往访女神，见他笑容可掬，胸前堆着鲜花，不禁破涕为笑。"

"我到巴黎四十多年了，如今我预备回到故乡去，仍旧做我故乡中的主人。——唉！可是汉麦先生，到那里去了！"

选自新学制小学教科书《初级国语读本》，1924年版第8册。

文选三

最后一课（剧本）

赵景深、李小峰等　编写

登场人物　汉麦先生（法国小学教员）　小学生二十余人　郝叟（旁听者，年纪四十以上）。

布景　　一个小学校的课堂。

开幕时　小学生二十余人,各拿着书,坐在座位上。旁听者郝叟,也坐在课堂里。教员汉麦先生坐在讲台上。

汉麦　　(作忧愁状。手里拿着书,却不讲书,很郑重的对学生说)我的孩子们! 这是我们最后的一课书了。

　　　　(学生作吃惊状。一个学生起来问。)

学生　　先生! 为甚么?(说完坐下。)

汉麦　　我的孩子! 你,你不知道吗? 昨天柏林有命令来,说:把我们的亚尔萨斯,洛林两省,已割给普国。从此以后,这两省的学堂,只许教德国文字,不许再教法文了。你们的德文先生明天就到。今天是你们最后的一天法文课了。

　　　　(学生作吃惊状,却个个静默。停了一回,才有一个学生立了起来说话。)

学生　　先生! 是的! 我上学时,经过市政厅,看见那墙上贴了告示。许多的人立在那里看。一面看,一面叹,大约就是这件事了。

汉麦　　(态度严肃)我的孩子! 是了! 就是这件事了。(向众学生)孩子! 我也不怪你们。你们自己够受了。你们天天自己骗着自己,说:这算甚么! 读书的时候多着呢,明天再用功不迟。如今怎样了? 你们自己想想:你们总算是法国人,连祖国的言语,文字,还没有学会。明天,明天以后,就没有学习的机会了。

　　　　(学生一个个沉默不语。有的急急的翻开书来看,有的暗暗的流泪。郝叟微微的叹了一口气,立起来说话)

郝叟　　先生! 我尽今天一天的力可以学会法国文法吗?(坐下)

汉麦　　(态度极严肃)我的朋友! 你尽你的力,学到多少是多少。(向众学生)我也尽我的力,能教多少,是多少。

　　　　(汉麦讲书。学生们皆用心听。)

汉麦　　现在你们可以习字。

　　　　(学生收了书,拿出纸笔来习字。一言不发。只闻纸笔声飕飕的响。汉麦端坐在讲台上,目光向四周巡视。)

汉麦　　(大声)你们习字完了,将再讲历史。(渐渐低)我们尽今天一天的力……(哽咽)(内作移动器具,学生惊听。)

汉麦　　我的家眷明天就要搬出学校了。现在他们在整理东西。孩子们！我住在这里，四十多年了。明天就要迁出去，今天是最后的一天。

（内作时钟鸣十二下。又作喇叭声，步伐声，由远而近。学生惊听。）

汉麦　　（面色灰白）我的朋友们！你们听！你们听！这不是普鲁士的兵队，经过这里吗？——我——（哽咽不能成声。）

（学生态度极严肃。汉麦急取粉笔，在黑板上写了几个大字。）

（法兰西万岁！）

（急回转来，对学生摆一摆手，表示散课的样子。）

选自《北新国语教本》，1932 第 3 册。

第五章
《项链》的接受与阐释

《项链》是法国著名短篇小说家莫泊桑写的一篇著名短篇小说。小说写的是发生在一名叫玛蒂尔德的年轻女人身上的故事：她嫁给了一名小职员，过着相对清贫的生活。有一天，她受邀参加上流社会的一场舞会，可是她没有华丽的服饰。为了不显得寒碜，她用丈夫买猎枪的钱置办了衣服，又向朋友佛来思节夫人借了一条项链。在舞会上，她出尽了风头，可是回家后发现弄丢了项链。他们四处寻找未果，后来又拿着装项链的盒子多方打听，才找到卖这种项链的商店。他们借了10万法郎买下了项链，还给了佛来思节夫人。为了偿还债务，玛蒂尔德整天辛勤地劳作着。10年之后，债务还清了。有一天，她在公园里偶遇佛来思节夫人，当她叫佛来思节夫人时，佛来思节夫人已认不出苍老的她了。当她得意地告诉佛来思节夫人事情的原委及这10年的生活后，佛来思节夫人告诉她，当年所借的项链是假的，顶多值500法郎。故事至此戛然而止。

有研究者称："《项链》与中学语文第一次建立联系是在1956年"，因为"这一年的8月，《高级中学文学教学大纲》将《莫泊桑中短篇小说选》列为第三学年课外阅读参考书目，并推荐了李青崖的译本（新文艺出版社版）"。[①] 这种说法并不确切，因为《项链》在20世纪30年代初，甚至更早就已开始与中小学语文发生联系了，1930年1月已有中学语文教科书收录《项链》，4月《中学生》杂志就刊发过评论《项链》的

---

① 《新的教学理念指导下的〈项链〉之解读》，闫苹编著：《中学语文名篇的时代解读》，广州：广东教育出版社，2007年版第127页。

文章。

一、学者、作家对《项链》的翻译与评介(1912—1929)

一篇外国文学作品进入中小学语文教育的基本条件,首先是要被翻译成了较好的汉文,其次是学者们给予其高度的评价,《项链》要进入中小学语文教育也必须具备这两个基本条件。

(一)胡适因关注其思想内容而对其视而不见(1912—1923)

1912年前后,在美国留学的胡适开始翻译欧美短篇小说,其中包括都德的小说《最后一课》《柏林之围》以及莫泊桑的小说《梅吕哀》《二渔夫》《杀父母的儿子》等。《梅吕哀》写一个女人怀旧的故事,"本篇不足以代表莫氏之自然主义,然其情韵独厚,大近东方人心理,故首译之"。[①]《二渔夫》写普法之战,巴黎被围,人饥粮绝,二渔夫不惧遭普鲁士士兵射杀之危险,经法军同意后相约出城钓鱼。后不幸被俘,虽然普鲁士士兵反复威逼利诱,但两人终没有说出进城的暗号而最后被枪杀。《杀父母的儿子》写一个受政党思想影响的青年杀死了在他幼年时抛弃他的父母。不过,胡适并没有翻译莫泊桑的《项链》。1918年,胡适在《论短篇小说》一文中,以都德、莫泊桑为例来谈短篇小说的创作时,提及了莫泊桑的多篇小说,但未提及《项链》,他说[②]:

Maupassant所做普法之战的小说也有多种,我曾译他的《二渔夫》(Deux amis),写巴黎被围的情形,却都从两个酒鬼身上着想(此篇曾载本报,故不更细述)。还有许多篇,如"Mlle. Fifi"(《菲菲小姐》——引者)之类(皆未译出),或写一个妓女被普国兵士掳去的情形;或写法国内地村乡里面的光棍,乘着国乱,设立"军政分府",作威作福的怪状……都可使人因此推想那时法国兵败以后的种种状态。

可见,进入他视野的首先是莫泊桑的反映普法战争、政治斗争的短篇小说,其次是近于东方人心理的短篇小说。1934年出版的一本国文教科书在介绍莫泊桑时说,莫泊桑是"法国著名小说家,尤以短篇小说擅长,彼之小说描写人生之病的方面,并有若干篇描写普法战争"。[③]对于身处异国的胡适来说,面对遭受敌国入侵、凌辱的祖国,他想到的更多是如何激发祖国人民的反抗之志,而《项链》可能是写"人生之病"的作品,即便其艺术成就不逊于《最后一课》《柏林之围》和《二渔夫》等,

---

[①] 胡适:《短篇小说》,上海:亚东图书馆,1919年版第48页。
[②] 胡适:《论短篇小说》,《新青年》,1918年第四卷第五号第397—398页。
[③] 张鸿来、卢怀琦、汪震、王述达注:《初级中学国文读本》,北平:师大附中国文丛刊社,1934年版第5册第80页。

但就主题来说,显然这些表达爱国、抵抗等主题的作品比《项链》更为国人所迫切需要。

如果说1912年左右的胡适翻译上述小说的动机是出于爱国的话,那么1917年他发表《文学改良刍议》后更多的是关注翻译作品对新文学创作的影响。1918年5月,胡适发表了著名的《建设的文学革命论》。他在文中称:创造"新中国的活文学"必须翻译西洋文学以掌握艺术表达"方法",因为"中国文学的方法实在不完备,不够作我们的模范",而"西洋的文学方法,比我们的文学,实在完备得多,高明得多,不可不取例"。翻译时"只译名家著作,不译第二流以下的著作",要做到这一点,"国内真懂得西洋文学的学者应该开一个会议,公共选定若干种不可不译的第一流文学名著"。他甚至设想几年之内就译出100种长篇小说,500篇短篇小说[1]。但这前后出版的西方翻译小说并不多,只有周氏兄弟译的《域外小说集》、周瘦鹃译的《欧美名家短篇小说》等屈指可数的几部[2]。1919年,他在《短篇小说》一书的"译者自序"中说:"近一两年来国内渐渐有人能赏识短篇小说的好处,渐渐有人能自己著作颇有文学价值的短篇小说,那些'某生,某处人,美丰姿……'的小说渐渐不大看见了。这是文学界极可乐观的一种现象","我是极想提倡短篇小说的一人,可惜我不能创作,只能介绍几篇名著给后来的新文人作参考的资料"。[3] 他在该书中称莫泊桑"有'短篇小说第一名手'之目"[4],那么他是否会接着翻译艺术成就相当高的《项链》呢?1923年,为了给新文学创作提供借鉴,胡适又着手翻译外国短篇小说,并于1933年由亚东书局出版了《短篇小说二集》。这个集子收录了他所译的美国哈特和欧·亨利、俄国契诃夫和英国莫里孙等人的短篇小说,其中并没有莫泊桑的小说。1923年7月13日,他在所译契诃夫《洛斯奇尔德提琴》前的译者注中写道:"近来山中养病,欧文书籍都不曾带来,只有一册莫泊三和一册契诃夫,都是英译本。梅雨不止,愁闷煞人;每日早起试译此篇,……"[5]可见,此时他仍很喜欢莫泊桑的小说,但并没有翻译《项链》的意向。是认为其艺术成就不高呢?还是他所读

---

[1] 胡适:《建设的文学革命论》,《新青年》,1918年第四卷第四号第303、304、305页。
[2] 不过,胡适并不赞成用文言翻译小说,而主张完全用白话翻译。1923年,他在国语讲习所讲《五十年来中国之文学》时,批评林纾翻译的文言小说违反了"信、达、雅"的基本原则,而且认为周氏兄弟的这本翻译小说之所以读者寥寥,主要是因为是用文言而非白话翻译所造成的,他说:"《域外小说集》这种文字,以译论论,以文章论,都可算是好作品。但周氏兄弟辛辛苦苦译的这部书,十年之中,只销了二十一册!这一件故事应该使我们觉悟了。用古文译小说,固然也可以做到'信,达,雅'三个字,——如周氏兄弟的小说,——但所得终不偿所失,究竟免不了最后的失败"。朱正编选:《胡适文集(第2卷)》,广州:花城出版社,2013年版第38页。
[3] 胡适:《短篇小说·译者自序》,上海:亚东图书馆,1919年版第2页。
[4] 胡适译:《短篇小说》,上海:亚东图书馆,1919年版第43页。
[5] 胡适译:《短篇小说集二》,上海:亚东图书馆,1933年版第83页。

的英译本中根本就没有《项链》呢？不得而知。不过《项链》的思想内容没有《二渔夫》《杀父母的儿子》等"进步"，也没有契诃夫的小说深刻则是肯定的。

正因为没有较好的汉译本，所以，1920年我国第一本正式作为中等学校用的白话文教材《白话文范》出版时，只收录了翻译小说《铃儿草》（法国伏兰著、恽铁樵译）、《畸人》（法国伏兰著、周瘦鹃译）、《最后一课》（法国都德著、胡适译）和《航海》（俄国杜仅纳甫著、耿介之译）等4篇翻译小说，而没有《项链》。

当然，要特别注意的是，《项链》即便有较好的译本，也可能会因为受一些学者的民族主义的倾向的影响而不会入选教科书。清末民初的一些知识分子的带有民族主义倾向的言论，常常会约束教科书编者将翻译文学作品选做我国教科书课文的行为。近代贫弱的中国饱受西方列强的凌侮，一些先进知识分子由此而形成极为矛盾的心理，他们一方面希望借鉴西方先进的器物、技术、制度、文化来改造中国，另一方面又希望以本民族文化的精华来抵御西方文化的强势入侵，所以"中学为体，西学为用"及"以中为本，以洋为末"等成为调和这种矛盾心理最好的策略。表现在教科书的选材上，就是主张多选中国作品，尽量少选，甚至不选翻译作品。清末，一些小学教科书选入了《伊索寓言》中的篇目，但不出现外国人名、地名等。民初，有小学教科书选入了《馨儿就学记》中的部分章节，但这本书是包天笑根据《爱的教育》而改译的，如包天笑在《钏影楼回忆录》中回忆早年翻译教育小说的经过时提到了《馨儿就学记》中的《扫墓》一节，他说："再说《馨儿就学记》，……后来夏丏尊先生所译的《爱的教育》一书，实与我同出一源。不过我是从日文本转译得来的，日本人当时翻译欧美小说，他们把书中的人名、习俗、文物、起居一切改成日本化。我又一切都改变为中国化……有数节，全是我的创作，写到我的家事了。如有一节写清明时节的'扫墓'，全以我家为蓝本，……这都与《爱的教育》原书原文无关的。"[①]1917年胡适、陈独秀提出文学革命后，因主张翻译外国小说、戏剧，借鉴其作法，作为创造国语文学的一个重要手段，于是外国文学纷纷被翻译到我国，开始进入新编的白话教材，如上述的《白话文范》等。翻译文学进入教材，在五四前后渐多，在新学制时期达到高潮。1922年实行新学制。1923年颁布的叶圣陶拟定的《新学制初级中学国语课程纲要》，在其列举的略读书目中，13条小说阅读书目中竟然有9条是翻译小说，包括《侠隐记》、《续侠隐记》（伍光健译）、《天方夜谭》（文言译本）、《点滴》《欧美小说译丛》、《域外小说集》（周作人译）、《短篇小说》（胡适译）、

[①] 胡从经著：《晚清儿童文学钩沉》，上海：少年儿童出版社，1982年版第105页。

《阿丽思梦游奇境记》(赵元任译)和"林纾译的小说若干种"。戏剧阅读书目的两条之一是"于近译西洋剧本内酌选如易卜生集第一册(潘家洵译)之类"①。不过，五四以后民族主义情绪也达到一个高潮，有些人甚至简单地认为，做中国人自然要读中国文，否则就成了外国人了。1923年前后出版的《初中国语教科书》和《初级中学国语文读本》等选入了一些翻译文学作品。如孙俍工、沈仲九编写，1923—1926年民智书局出版的6编(册)《初级中学国语文读本》的编辑大意称："第五六编则为国外小说名作底翻译。长篇剧本多有单行本，不复入选。"其中第5编选的是法、德、俄等国11位作家的14篇作品，第6编选入了俄、瑞典、芬兰、日本、爱尔兰、意大利、希腊、波兰、印度等国20位作家的22篇作品，前几册中还有《珊格夫人自传》《王尔德的散文诗五首》《太戈尔的诗七首》《察拉图斯忒拉的序言》等其他体裁的翻译文学。又如1926年8月北京孔德学校编《初中国文选读》的第9册则是"外国文学读本"，收入胡适、鲁迅等人翻译的《柏林之围》《梅吕哀》《杀父母的儿子》《渡船》《赛根先生的山羊》《卖国的童子》《天真烂漫》《莺和蔷薇》《我的学校生活的一断片》《鱼的悲哀》《池边》《狭的笼》《时光老人》《黯淡的烟霭里》《鼻子》共15篇小说。

针对教材大量采用翻译文学的现象，孟宪承在《初中国文教材平议》一文中对教科书编者的这种广用翻译文学做课文的做法大加鞭挞，他说②：

在二十世纪的国家中，十三岁学生的国文读物里，居然含有这样热烈丰富的国际化的色彩和分素；其取材兼收并蓄，居然罗列英、法、俄、德等国最新的作品。这种文艺大同的精神的表现，宜可以在万国教育会席上大大的自己夸耀！同时假使有外国教育家，还低徊仰慕着中国数千年故旧的文化和学艺而一考查我们初中的国文教材，于自国文学的遗传，乃先已淘汰了洗净了到这个程度；谅也不能不暗暗吃惊，而愈叹东方人的不易了解！

1923年4月，钱基博在《初中中国文学读本写目说明书》中对孟宪承的言论大加赞赏，称二人"英雄所见略同"，并认为"现在编纂中国文学读本，最要紧的一句话，总不可忽略过'中国'两字才兴"，"中国文学，当然非翻译文学"！在文中他还提到，此前他在给江苏义务教育期成会会长衰观澜的信中，就当时的国语课程纲要强调翻译作品阅读等问题提出了批评，他在信中说③：

高级中学之小说剧本教材，皆外国译本，似非所宜。博以为此国语科文学教

---

① 课程教材研究所编：《20世纪中国中小学课程标准·教学大纲汇编(语文卷)》，北京：人民教育出版社，2001年版第276页。
② 光华大学教育系、国文系编：《中学国文教学论丛》，上海：商务印书馆，1927年版第103页。
③ 光华大学教育系、国文系编：《中学国文教学论丛》，上海：商务印书馆，1927年版第103、104页。

学,而非外国文学教学。若云国语科之文学教学,则中国之文学作品,尚嫌日力不给! 岂有舍己芸人,而以外国文学译品,为国语科之文学教材者? 故博以为外国文学译品,似不如留作外国语教学之参考;而整理中国旧有之小说戏曲为国语科文学教材之为名正而言顺也。

1925年3月,钱基博在其所编的中华书局版新师范讲习科用书《国文》的编辑大意中,再次反对翻译文学进入国文教材:"近论者咸主以小说剧本加入国文课;而教材则多取外国译本。夫小说剧本,诚亦文学之一种。然外国小说剧本之译本,只可以供外国文教学之参考。若曰国文,顾名思义,似以取中国固有之小说剧本,而择其说白干脆,情文相生者为宜。故本书所列小说剧本,一以中国为主。惟元剧千古绝作,而中多古方言,初学本未易晓,姑从割爱。"

在这样的话语情境中,《项链》即便是译出了,在这些具有强烈民族主义倾向的学者看来,也会因为其思想不为中国急需、内容远离中国现实,而认为不宜入选中小学教科书的。

需要特别说明的是,虽然一直没有较好的译本,但是早在1914年我国就已出现了《项链》的译本。钱林森在《法国作家与中国》一书中称:"在1913年至1914年间,随着萌蘖于清末民初的鸳鸯蝴蝶派甚嚣尘上,对莫泊桑作品的翻译也掀起了一个小小的高潮。一年间,《小说月报》、《小说时报》分别刊登了瘦鹃、随波、珠儿等翻译的《铁鱼(血)女儿》、《悲观人影》、《巴黎女子》、《约嗣芬外传》等七篇小说。"[①]他提到的《巴黎女子》就是《项链》。《巴黎女子》题下注"本法人孟普桑原著随波珠儿"。虽然《巴黎女子》保留了原著的基本情节,但采用的是意译的方式,如称男主人公是"学部大臣的书记",更是添加了一些情节,用了鸳鸯蝴蝶派在写艳情小说时常用的秾丽的词汇,甚至在开头和结尾还采用了中国传统小说惯用的一段较长的以作者口吻表达的说教文字[②]:

有过人之才,斯有过人之欲。这话并非说无些微之才,就无些微之欲。不过才能济欲到什么地步,那欲就继长增高罢了。而且欲的分量,总较才要多。新学家说:"欲是进化原则。"这话在西洋却不错,若在我们中国么,诸公休怪小子胡说,中国人有些微之才,就有多许之欲。这原不违人类公例,但他的欲,不是探险南北极,不是发明飞行艇,也不是博士硕士的学位,却抛荒本业,到运动场中,钻头觅缝想做官。做官原不比做贼做强盗,但他心思是美慕做官,可以不劳而获。若自己才情称

[①] 马祖毅等:《中国翻译通史 现当代部分(第2卷)》,武汉:湖北教育出版社,2006年版第195页。
[②] 随波、珠儿译:《巴黎女子》,《小说月报》,1914年第七期第1、6页。

不称,可不暇问了。岂但无关进化?简直是退化的大原因。这毛病自从前朝遗传下来,没有绝灭,才在中国,实在不是好东西。我如今且说女子的色,拿来比男人的才。这段话,只算兴而比也。诸公听我道来。话说法国巴黎地方,有一个女子,生得闭月羞花,沉鱼落雁,世家贵族的闺英闺秀,没有一个赶得上他。只是一件缺憾。松柏讬根培娄,生小不知罗绮。虽丰姿绝世,论身世不过华门圭宝中一个小家碧玉,只因艳名四躁,自己便抱负不凡,以为嫁得金龟夫婿,浣纱姊妹,无得同车。无奈父母栖身劳动社会,交游少贵显之人,门前无长者车辙。童蒙求我,女郎却都不屑。久而久之,人都觉其高不可攀。十年不字,过问无人,心中懊悔,不得已想降格以求。适有学部大臣私邸某书记,欲求援系,女郎震于学部大臣之名,以为也不辱没,就许了他。

....

这件事以后如何,暂且搁下不讲。单就本篇所记而论,岂不是有过人之色,有过人之欲么?假使他不有过人美貌,嫁得穷措大,安分守己,虽椎髻高春,举案齐眉,有何不可?自古道:齐大非偶。那学部大臣的宴会,可以不去,他丈夫也不弄帖子回来了。不过才与色,却稍为不同,假如男子有非常之才,自然不难致身通显。女人虽有非常之色,为境况所限,可不能拿色来发展。若是把色当才用,可是连巴黎美人还不如,至于无才想要夤缘,等诸自桧以下,不犯着去说他。

目前,并没有发现在国内刊物上《项链》的最早的汉文直译本,最早的汉文直译本,可能是1920年发表在留日学生创办的刊物《学艺》的第6期上的崔雁冰译的《项圈》。其"译者识"写道:"莫泊三系法国自然派文学的巨子,与俄国契诃夫同称现代短篇小说作者的名手。他一生著作绝富,短篇小说介绍到中国来的已竟很多,长篇则仅有王崇植君译的《人生》。"之所以要选择这篇,可能是虽然莫泊桑的许多短篇小说已译成中文,但这一篇有必要译出,但均是意译,所以有必要重新进行直译,如开头便是"伊是娇艳动人女儿中的一个,时运不齐,生长在书记的家庭里。伊没有奁钱,没有希望,也没有法儿使有钱的人及有声望的人认识伊,晓得伊,恋爱伊,并同伊结婚;伊只好嫁给一个公共教育部里的小书记"。[①]

不过,根据1922年吴弱思在《最小》报上发表的《两篇项圈》来看,当时国内仍有其他译本,严格地说仍属于改作,如张枕绿改作的《项圈》,吴弱思写道:"法国毛柏桑作的一篇《项圈》,内容略述一个爱慕虚荣的少妇……此篇已经译成数十国的

---

① 崔雁冰译:《项圈》,《学艺》(日本),1920年第六期第1页。

文字,传颂全球,便在我国,也有许多人把他译过了。近见《快活》杂志三十五期中也载着张枕绿作的一篇《项圈》。题下注着'读了毛柏桑的项圈改作'一行小字,……"接着他批评改作是"窃取外国小说的资料,改头换面而成篇"。① 这篇改作写女主人公向自己已出嫁的姐姐借首饰,结果弄丢了,丈夫就变卖家产,两人艰苦度日。等他们筹足了钱准备还给姐姐时,姐姐给她看了一封信。原来是丢项链前三天,她丈夫写给她姐姐的,内容是让姐姐借给她,而自己相机偷走,目的是让她悔改。"伊刚把此信看完,伊丈夫立把一串钻石项圈,套向伊项上,说是把此赎他欺饰之罪。"结局是中国人熟悉且喜欢的"大团圆"。当时对《项链》进行改作的绝不止张枕绿一人,又如1923年署名"求幸福斋主"的人在《红杂志》的第41—42期上连载《项圈》,故事情节与原著基本相同,只不过将故事发生的地点搬到了北京,将男主人公换成了北京大学的毕业生刘信才,将女主人公换成了女子中学的毕业生李志芳,将其所参加的宴会改成财政部长举办的,而借的对象是其丈夫在财政部工作的早年同学刘信才的夫人。不过也有人称:"现在中国所译出的莫氏作品,如《项圈》《乞丐》几篇,其实完全不能代表莫氏的全集。"②

(二) 鲁迅因关注其艺术成就而竭力为其推介(1924—1929)

为了给新文学创作提供理论指导,1924年,鲁迅翻译了日本文艺理论家厨川白村的《苦闷的象征》。厨川白村在该书中称《项链》是莫泊桑所著的短篇小说中有了"定评"的"杰作"。厨川白村在书中介绍完"理想主义与现实主义"之后,专门对《项链》的艺术成就进行了分析,他说③:

这项链的故事,摩泊桑是从别人听来,或由想像造出,或采了直接经验,这些都且作为第二的问题;这作家的给与这描写以可惊的现实性,巧妙地将读者引进幻觉的境地,暗示出那刹那生命现象之"真"的这伎俩,就先使我们敬服。将人生的极冷嘲底(ironical)的悲剧底的状态,毫不堕入概念底哲理,暗示我们,使我们直感底地,

---

① 吴弱思:《两篇项圈》,《最小》,1922年第十二期第2、3页。1921年,李璜在《评莫泊桑的小说》(《少年中国》,1921年第三卷第六期第12页)中说:"年来国内翻译莫泊桑的短篇小说很不少。现在并且渐渐有人翻译他的长篇。可见国人爱读莫泊桑小说,这或者是因为莫泊桑的才调特别适合我们的口味。"李璜评介的是李劼人翻译的《人心》(《一生》),另外《少年中国》1922年第十一期刊登了陈生翻译的《我的叔叔虚乐》(《我的叔叔于勒》)。这本杂志还刊登过大量涉及法国思想、文化、文学方面的文章或译作,这大概是因为少年中国学会的成员余家菊等人在法国留学过或考察过,而认为中国应效仿法国,或是倾慕巴黎公社革命。
② 施青萍:《谈莫泊桑的小说》,《最小》,1923年第四卷第九十一期第6页。据笔者的初步统计,1922—1929年,是莫泊桑作品在中国接受的高潮期,作者多被译为"莫泊三",这期间发表在各类刊物上的他的译作有200余篇(部)(包括一作多译),包括现在常被初中教科书收录的《我的叔父系列》(匀锐译,《学生》,1922年第九卷第一期)。1929—1949年多译作"莫泊桑",这期间发表译文也有100多种,包括《落魄的叔父》(顾启源译,《艺风》,1940年第六期;《人间世》,1940年第十期)。
③ 厨川白村著、鲁迅译:《苦闷的象征》,南京:江苏文艺出版社,2008年版第62—63页。

正是地,活现地受纳进去,和生命现象之"真"相触……摩泊桑倘若在最先,就想将那可以称为"人生的冷嘲(irony)"这一个抽象底概念,意识地表现出,于是写了这《项链》,则以艺术品而论,这便简单得多,而且堕入低级的讽喻(alegory)式一类里,更不能显出那么强有力的实现性、实感味来,因此在作为"生命的表现"这一点上,一定是失败的了。怕未必能够使那可怜的官吏的夫妇两个,活现地,各式各样地在我们的眼前活跃了罢。正因为在摩泊桑无意识心理中的苦闷,梦似的受了象征化,这一篇《项链》才能成为出色的活的艺术品,而将生命的震动,传到读者的心中,并且引诱读者,使他也做一样的悲痛的梦。

厨川白村的"苦闷的象征"说主要受弗洛伊德的创作无意识理论的影响。该理论认为,作家之所以创作就是因为内心积聚了某种人生的苦闷,而创作只不过是作家所做的白日梦而已。正因为创作是无意识的心理体现而不是有意识的概念图解,所以作品所写的是最真实的,也是最能打动人的。上述对《项链》的分析就是如此。关于《项链》的思想内容并不是其分析重点,不过在分析其艺术手法时也涉及了一点,如认为这是一个悲剧,可怜官吏夫妇堕入了刹那的人生幻象,作者写作就是讽刺这对夫妇把虚幻当成真实,希望读者能从这场"悲伤的梦"中感受到生命的"真"相,等等。不过,到底是什么"真"相,厨川白村也没说明。

可能是因为厨川白村对《项链》情节的概括过于简略,为了让读者能结合原文理解厨川白村的分析,鲁迅还邀请自己的学生常惠根据法文翻译了《项链》并附在汉译《苦闷的象征》之末。汉译《苦闷的象征》可能是对《项链》最早的汉文评介,常惠的译本是国内发表的《项链》较早的汉译本。

《苦闷的象征》出版的当年(1924),鲁迅在女师大上课讲短篇小说时就高度评价过莫泊桑和《项链》。他说:"世界上有两大短篇小说家,一个是法国的莫泊桑,一个是俄国的契诃夫。"他认为,契诃夫作品的思想内容要超过莫泊桑,因为他写的每篇小说都含深刻的哲理而发人深思,不过,"若从艺术方法上来看,那么,契诃夫就比不上莫泊桑了。他的作品,无论从形式、结构以及表现手法来看,都达到了短篇小说所要求具备的高度"。可见,在鲁迅看来,莫泊桑的小说之所以受欢迎主要是因为其艺术成就。听课的学生立即向鲁迅发难:

周先生,您说莫泊桑的作品,思想内容比不上契诃夫,我看您翻译的《苦闷的象征》,作者厨川白村,对于莫泊桑的《项链》,不是大为激赏吗?这又怎么解释呢?

其实,我们在前文分析过,厨川白村赞赏的是《项链》的艺术手法高超,鲁迅对莫泊桑的评价自然也受其影响。这位学生可能并没有细看厨川白村对《项链》的分

《高中国文》(1930)

2 項鍊 法國 莫泊桑著 常惠譯
附載魯迅譯《苦悶》的象徵後

這是些美麗可愛的姑娘們中的一個，好像運命的舛錯，生在一個員司的家裏。她沒有妝奩，也沒有別的希望，又沒有一個法子讓一個體面而且有錢的人結識，了解，愛惜，聘娶；她只得嫁了一個教育部的小書記。

她是樸素不能打扮，但是可憐如同一個破落戶俱的；因為婦女們本沒有門第和種族的分別，她們天生的聰穎，她們高雅的本能，她們的妖冶就是她們的出身和家世。她們的丰姿和她們的美貌，乃是她們唯一的資格，可以使平凡的女子與華貴的夫人平等。

她覺得生來就是為過一切的雅緻和奢華的生活，因此不住的痛苦。她痛恨住所的貧寒，牆壁的蕭

和麗沙白。剩下的聖誕餅仍然堆在他旁邊莫動；但是他卻把以麗沙白手製的袖口套上了，和他白色的毛織衣裳常配合。他還是坐著，等到冬日底陽光射到結了冰的玻璃窗片上，在他對面的鏡中反射出一個蒼白色的，嚴肅的面孔來。

析，而认为厨川白村赞赏《项链》主要是因为其思想内容深刻。面对学生的诘难，鲁迅迅速以厨川白村的论述中所稍及的思想内容来辩解：

> 我刚才说从思想内容看，契诃夫的作品要比莫泊桑强，这是笼统地比较着说的。莫泊桑在近代文学史上，也不失为大家之一，他的许多作品中，自亦不乏其味深长的杰作，《项链》即是其中之一。厨川氏的赞赏《项链》，是说它将刹那间的幻觉，当作生命现象之真，以致堕入悲剧的境地，影响一生的命运，这富有哲理性的暗示，使读者读后如梦方醒，遂使它终于成为不朽的名篇①。

其实，鲁迅所采取的只是一种辩解策略而已，因为如果《项链》以思想内容见长，只要读一下作者对其情节的概括和对其思想内容的分析就足够了，就不必让常惠翻译全文附录于《苦闷的象征》之末了，而要真正理解厨川白村对作品艺术成就的分析，就必须阅读原作，所以让常惠翻译全文作为附录。常惠曾回忆过当年鲁迅告诉他准备翻译《苦闷的象征》的经过。他告诉鲁迅《苦闷的象征》已有丰子恺的译

---

① 孙席珍：《鲁迅先生怎样教导我们的》，《鲁迅诞辰百年纪念集》，长沙：湖南人民出版社，1981年版第96—97页。

文在报上连载，鲁迅听后要他找来一读，读后，鲁迅告诉常惠自己决定开始翻译，并让他帮助①：

先生又跟我说："书里提到法国作家莫泊桑的一篇《项链》，你能给我找一找译本吗？"我答应了，结果译本没有找到。我对先生说："译本找不到，我给先生翻译吧。"我就把这篇小说从法文给译成中文。同时《苦闷的象征》中还引用了法国作家波特来尔和比利时作家望莱培格的两首法文诗，我也给先生译了出来。《项链》作为《苦闷的象征》的附录，印在后面。

《苦闷的象征》中提到过多篇艺术作品，而鲁迅首先想到的是让常惠替他找《项链》的中译本；后来，常惠翻译了书中所引用的几篇作品，但他仅选用了《项链》以作附录。可见，在鲁迅看来，《项链》是书中所提到的艺术成就高超的作品中的典型。

因为鲁迅在课堂上称其为不朽的名篇，而且作了这种解读，那么这些听课的师大学生，毕业后到中小学任教时，必然会提及《项链》，而且可能会对其作出鲁迅式的解读。

正是鲁迅的译介和常惠的译作使得《项链》被视为"名篇"，而且从1930年开始就被选入不少中小学国语、国文教科书中作为课文，莫泊桑甚至被称为"法国自然主义之巨星，世界短篇小说之王"②。虽然1924年11月李青崖译的《莫泊桑短篇小说集（三）》中有《项链》的全译（商务印书馆出版、译名为《软项圈》）③，但是，据初步考察，《项链》第一次被收入教科书（1930年1月出版、朱剑芒编选《高中国文》）时所采用的是常惠的译文，课文《项链》题下标明"法国　莫泊桑著　常惠译　附载鲁迅译《苦闷的象征》后。"而下表所列的7套教科书中的《项链》一文，除1套是由叶圣陶改编的外，其他6套都用的是常惠的译文，这也说明常惠译作的影响很大。1930年第4号《中学生》刊发的一篇《读莫泊三〈项链〉》一文，也提到了鲁迅所译《苦闷的象征》对《项链》一文的评价——"写实主义的巨人莫泊三的短篇《项链》，是杰作之一，曾为厨川白村在《苦闷的象征》中引论过的。"这篇文章还直接引述了厨川白村所介绍的小说梗概——"厨川白村底节述"④。这说明鲁迅译的《苦闷的象征》在

---

① 常惠：《回忆鲁迅先生》，《鲁迅诞辰百年纪念集》，长沙：湖南人民出版社，1981年版第523页。
② 杜天縻、韩楚原编辑：《杜韩两氏高中国文》，上海：世界书局，1933年版第1册104页。
③ 可能是因有常惠、李青崖的译本而使《项链》已家喻户晓，所以此后新翻译的法国小说中均不出现此文，如在1929年上海嘤嘤书店发行的曾仲鸣译的《法国短篇小说集》中只有莫泊桑的一篇小说《补椅的妇人》（作者被译为"莫泊山"）。1934年第二卷第八期《光华大学半月刊》上载有一篇邢光祖译的《项圈》。然而在1935年商务印书馆出版的黎烈文选译的《法国短篇小说集》中没有一篇莫泊桑的短篇小说，可能与此前李青崖将其短篇小说全部译为汉文有关。另外，还有两种译本是《项链》的另一个译本，即《晨报副刊》12月8日上刊登的陈子谷的译文《颈串》，和1922年武昌的《中华季刊》1932年第二卷第一期上刊登的周学谦的译文《项环》。
④ 大颐：《读莫泊三〈项链〉》，《中学生》，1930年第四号第18—19页。

1930年或更早的时候就已进入了中学生的视野。

二、教科书对《项链》的收录及编者、教师所作的解读(1930—1949)

因为胡适、鲁迅等人对莫泊桑的短篇小说成就给予了高度的评价,所以20世纪30年代多套中小学国语、国文教科书中收录了他的《二渔夫》《杀父母的儿子》和《项链》等短篇小说。另外,据阮真1934年的说法,中学国文教学从1926年后进入了"翻译文学大盛时代",国共两党因阶级斗争而宣传三民主义或共产主义,导致普罗文学兴起,进而"掀动了青年学生的脑筋,做中学国文教师的,又不得不去拿最新的俄德文学来做教材",不少学校的学生"要求教师讲普罗文章,编中国文学史要以劳动问题为中心"。阮真和前述孟宪承、钱基博一样,认为"拿外国的翻译文学来代替中国文学,占了中学国文教材的重要地位,在中学国文教学的目的,教材的位置看来,都是很不应该的"。不过他也不是完全从民族主义立场出发而反对的,而是从作品本身的价值来判断的其是否适合做教材的,他说:"无论英美德法,他们的中学国文教材,大都是已经评论家估定价值,在文学上比较有固定的地位的作品……在英国、法国,新文学应否选入国文教科书的问题,争论甚多,但编教科书者,却还慎之又慎,不敢造次……现在我国,有无提倡无产阶级文学的必要,还是一个问题;而这种创作的很少,却是事实。如果要从俄文、德文中去翻译,固非中学国文教师所能办到;即使办得到,如要拿它做为正式的教材,我以为不如教学生去随意看看。因为在中学国文教材中,应教的文章种类很多,这种浅近的翻译文学,不宜占了正式教材的位置。"①就《项链》来说,其内容主旨可能与普罗文学有点关系,且其形式、技法等又并非"浅近",更主要的是其已经过了鲁迅这位"评论家估定价值",这些应该是其能广泛进入中小学教科书的主要原因。

下面,我们先看教科书中收录《项链》的学段及时段,再分析当时的编者和教师们对其所作的解读的方式及结果。

(一)教科书所收录的不同的学段及时段

编者	教科书名称	册次	出版社	时间、版次	篇名	选录方式	译编者
朱剑芒	《高中国文》	第3册下编	世界书局	1930年1月再版	项链	全选	常惠

---

① 阮真:《时代思潮与中学国文教学》,《中华教育界》,1934年第二十二卷第一期第9—10页。

(续表)

编者	教科书名称	册次	出版社	时间、版次	篇名	选录方式	译编者
南开中学	《南开中学初三国文教本》	上册	编者自刊	1931年出版	项链	全选	常惠
北平文化学社	《初中三年级国文读本》	第3册	北平文化学社	1932年6月出版	项链	全选	常惠
杜天縻、韩楚原	《杜韩两氏高中国文》	第1册	世界书局	1933年9月再版	项链	全选	常惠
叶绍钧	小学高级学生用《开明国语课本》	第2册	开明书店	1934年6月初版	项圈	改编	叶绍钧
夏丏尊、叶绍钧	《国文百八课》	第3册	开明书店	1935年版	项链	全选	常惠
张鸿来、卢怀琦、汪震、王述达	《初级中学国文读本》	第6册	师大附中国文丛刊社	1936年1月再版	项链	全选	常惠

但是河水起波的時候，我們知道風來游戲了。

練習

一 試依括弧裏的話把下面的話倒過來說。
1 這個題目把我難住（把「我」提到上面去） 2 婦人喚住那個賣花的女孩子（把「那個賣花的女孩子」提到上面去） 3 重大的聲音嚇得我一跳（把「我」提到上面去） 4 今天我縱看見鯨（把「鯨」提到上面去）

二 「賣花女」那一篇記畫面上的景物分幾個項目？各個項目的先後是依據什麼排列的？

三 試任意取一幅圖畫把畫面上的景物分幾個項目記下來。

四 第十二課有沒有把李先生說的話記完全？如果沒有記完全那裏是省略的部分？

一四 項圈〔一〕

一天晚上，范先生囘來，手裏拿着一個封套，得意地遞給他的夫人道：「我想你一定高興去的。」

《开明国语课本》(1934)

从《项链》在上表所列的7套教科书中分布的学段来看,出现在小学高年级的有1套,出现在初中的有4套,出现在高中的有2套。这说明多数编者认为这篇小说适合初中生学习,不大适合小学生学习。认为不大适合小学生学习可能有三方面的原因:第一,可能认为小学生尚无理解小说中所揭示的人生、命运等问题的能力。第二,虽然是短篇小说,但作为小学课文则篇幅可能显得过长。第三,译文语言表述不适合儿童语言习惯。例如叶圣陶在将其选入初中用的《国文百八课》时采用的是常惠直译的全文,而将其收入高小用的《开明国语课本》时则根据儿童心理和阅读水平对其作了三方面的加工:一、分成两课。二、删改情节。如删除了原作开头对玛蒂尔德出身、经历等记叙和其他多处描写,而直接从她丈夫带回参加舞会的邀请函开始写起。同时,对原文多处叙述也进行了删除,对诸多描述进行了压缩。三、对所用的名词及表达习惯进行了调整。如将题目《项链》改成了《项圈》,因为当时项圈是儿童常戴的,而成年女性戴的项链则显得少见。又如用"范夫人"代称玛蒂尔的德,以"钱"代称"法郎",其结尾处写道:"我的那一串是假的呀,至多也只值五十块钱!"因为这些是中国人生活中习惯的称呼和常见的物体。又如开头写道:"一天晚上,范先生回来,手里拿着一个封套,得意地递给他的夫人道:'我想你一定高兴去。'范夫人从封套里抽出一张请帖来,是一个朋友发出的,请他们夫妇俩在某一天晚上赴宴会……"经过这样的改编,其语言表述也更符合儿童的语言习惯。常惠的这段译文则为"一天晚上,她的丈夫回来,得意的神气手里拿着一个宽信封。——看呀,他说,这里有点东西为你。她赶紧拆开信封,抽出一张印字的请柬,上面写着这些话:'教育部长与柔惹朗伯那夫人恭请路娃栽先生及其夫人于一月十八日星期一惠临教育部礼堂夜会。'"[①]显然,他采用的是书面化的词语和欧化的句式。

从《项链》出现的时段来看,在中小学国语、国文教科书中的出现集中在1930—1936年,消失于1937—1949年。1937—1949年的10余年间,莫泊桑的短篇小说中只有《二渔夫》出现在1947年版的国定教科书《初级中学国文甲编》的第4册中。1937年之后,《项链》的落选并不令人奇怪,因为抗战爆发后,比其入选教科书时间更早,次数更多的且以普法战争为背景的《最后一课》可能都因风格"沉郁"而落选,

---

[①] 李青崖译:《莫泊桑短篇小说集(三)》这一段的译文为"有一天夜晚,伊丈夫带着满面的笑容归家,手中拿着一个大信套。——你瞧,他说,这儿有一点给你的东西。伊活泼地将信套拆开,并且从中拿出一张印刷好了的请客的卡片,上载着这几个字:'教育总长及其妻朗朋洛夫人邀请罗塞尔先生及其夫人于一月十八日星期一光降教育部衙门夜宴。'"(商务印书馆,1924年版第84页)从文题和这段译文来看,叶圣陶改编时可能参考了李青崖译的《软项圈》。

那么其在教科书中落选就是自然的事了,更何况最初胡适可能就因其思想不够"进步"而将其冷落不译呢!之所以选《二渔夫》而不选《项链》是因为前者更能体现民族主义。如1934年有人在《莫泊三与民族主义文学》一文中主要是分析《二渔夫》中的民族主义,称其为民族主义文学的不朽之作,他在文章开头写道:"他的小说,固然早早的就由胡博士介绍了,又有李青崖先生等一再的翻译,如今很普遍的编入了各种教科书和活页文选;这是《二渔夫》,就是《两个朋友》和《两个渔翁》。题目的字面虽然翻译得各样,本文原是同一篇作品。为什么大家都注意这篇小说呢?好像不以人废言,编的编入教科书,讲的选用作讲义;究竟为着什么都要这样的呢?一言以蔽之,因为是表现着民族精神的。"[1] 可能是因为教科书不选《项链》,所以一些校刊刊登译文供学生阅读,如1937年第7期《稽中学生》上刊登有玄心的译文《项圈》;因为此后多年教科书都不选此文,而导致许多人根本就没读过,所以1949年第359期《中美周报》上又刊登了何刚的译文《钻项圈》供人们阅读。

(二) 编者、教师对其所作的不同解读

1. 不同的选文功能观

(1) 高中:文学创作的范例

在新学制时期颁布的中学国语课程标准中,关于文学作品的学习只要求欣赏不要求创作,但是,1929年颁布的《高级中学普通科国文暂行课程标准》在"作文练习"中特别强调要尝试创作文学作品——"文学作品 凡小说,诗歌,戏剧,各种散文,皆可令学生试作。其有特别天才者,当就其性情所近,指示他多读名家作品,以作模范。"1932年颁布的《高级中学国文课程标准》更是在课程目标中要求"培养学生创造新语新文学之能力",并在"作文练习"中规定"文学作品 凡小说诗歌戏剧,皆可令学生试作"。[2] 可见,从1929年之后,文学作品的写作教学也成为高中国文教学的一个重要任务,而要培养学生的写作能力,必须让学生学习技法高超而且易于模仿的文学作品,所以1930年《项链》一文首次出现在高中国文教科书中也就不令人奇怪了。

《高中国文》的编辑大意称:其第一册按文章体裁编排,以学习各种表达方式;第二册按文学史顺序,以形成文学史观念;第三册,则按"文学概论"的体系编排——"所选作品,以理论的文章为主体,以援作实例的文章为附体。至理论的范

---

[1] 尚由:《莫泊三与民族主义文学》,《黄钟》,1934年第五卷第十期第1页。
[2] 课程教材研究所编:《20世纪中国中小学课程标准·教学大纲汇编(语文卷)》,北京:人民教育出版社,2001年版第288、293、295页。

围:一文学通论,二诗论,三小说论,四戏剧论,五批评论。于每种实例的文章前,概将它的类别(如诗的抒情或叙事等),和所代表的主义(如小说的代表自然主义或代表浪漫主义等)简单说明,以补理论文章中所未及"。① 选入其第 3 册中的《项链》就是"小说论"之后的"小说范作"中的一篇。"小说论"中共选入了 5 篇谈小说的论文:(1)黄仲苏的《小说之艺术》总说小说的地位、创作原则等,其中提到莫泊桑的一些有关小说创作的观点,如否认小说有所谓规定的形式,主张艺术家用其最适宜的方式以创造优美的作品,而且引用了莫泊桑的原话对于写实主义创作方式和旨趣进行解释——"写实派作品中所描绘者为作者对于人生精确的印象。'其目的原非为夸张故事之神奇,人物之怪僻,使读者称快而已,仅结合若干微小琐碎的事物以发挥其神秘而不宣之意义,强迫读者推理作品中深奥的旨趣。盖写实作家所指示者确非图绘人生之平庸呆板的像片②,而系描写人生较为真实,较为恳切,较为完备的幻象。'"③(2)胡适的《论短篇小说》专论短篇小说的特点,即"用最经济的文学手段,描写事实中最精采(彩)的一段,或一方面,而能使人充分满意"。胡适在文中特地以都德和莫泊桑的短篇小说来对此进行说明。他十分欣赏莫泊桑创作短篇小说的手法,他说:莫泊桑在以普法战争为题材的诸多短篇小说中所运用的手法,"都是我所说的'用最经济的手腕,描写事实中最精采(彩)的片段,而能使人充分满意'。"(3)美国马泰斯的《小说法程序》介绍 20 世纪初西方小说发展史。(4)鲁迅的《中国小说源流》介绍了中国古代小说发展史。(5)俞平伯的《中国小说谈》则介绍了小说的含义、种类、优缺点以及自己对小说创作的看法等。"小说范作"分"中国短篇小说"和"外国短篇小说"二部分,"外国短篇小说"由《圣诞节》《项链》《疲劳》《一滴的牛乳》和《安乐王子》等 5 篇范文组成。"小说论"提到了莫泊桑的写实主义创作旨趣及其创作原则、方法等,并没有提及《项链》,所以编者选择此文就像该书编辑大意中所说的,是用实例印证"小说论"所阐发的理论并补充其不及之处。如编者在选文前称:"项链——代表写实主义"。这样,教学时就可结合前述理论文章学习写实主义短篇小说的创作原则、方法等。

---

① 朱剑芒编,徐蔚南校订:《高中国文》,上海:世界书局,1930 年版第 1 册编辑大意第 2—3 页。
② 像片,今作"相片"。
③ 1920 年,崔雁冰在《项圈》前的"译者识"中重点分析了该文所用的对比手法和客观描述的取向:"其背景是一种故意的'对照'Contrast:那丈夫怎样的蠢极心满,那妻子怎样的心慕豪华;伊怎样的一贫如洗,但伊的欲望靡奢;伊是门第极低的妇人,但很希望社交的胜利,伊的胜利仅如昙花一现,但伊潦倒穷途倒有十年,伊所做的事是很少,而伊所受的罚倒是很重大。还有那作者对于他著作的态度,倒也占其真正背景的一部。作者抱着冷静的态度,把这一件事情写出来,也不表同情,也不参喜怒,just像一个速记者从实记录。这种纯客观的描写,就是自然派文学的特色。"崔雁冰译:《项圈》,《学艺》(日本),1920 年第六期第 1 页。

《杜韩两氏高中国文》的编辑大意称：其选文"第一学年为文体示范,第二学年为文学源流,第三学年为学术思想"。《项链》入选其第1册自然是作为"文体示范"之用。其选文组织方式为根据体裁、风格、内容、时代等中的一种"分为若干集团；即以一个集团为一个单元,冠以'基础教材',以为之纲,俾教学时,先窥其藩,以引起深入之兴趣"。其所谓"基础教材"就是一两篇与选文相关的论文。先学习这些论文先窥堂奥,再研读"范文"以印证所论。其第1册第4组"翻译文学"的"基础教材"是胡适的论文《论翻译(附曾孟朴答书)》。胡适在文中提出"总希望定出一个文学上翻译的总标准"。其后的"范文"为《项链》。可见,从编写思路来看,编者是将常惠的译文作为讨论文学翻译的典型案例。什么是翻译的"总标准"呢？1933年胡适称自己所翻译的《短篇小说》就给出了很好的答案,他认为这本译文集十几年来受到普遍欢迎,除小说本身吸引读者外,更主要的是语言文字中国化,他说："这样长久的欢迎使我格外相信翻译外国文学的第一个条件是要使它化成明白流畅的本国文字。其实一切翻译都应该做到这个基本条件。但文学书是供人欣赏娱乐的,教训与宣传都是第二义,决没有叫人读不懂看不下去的文学书而能收教训与宣传的功效的。所以文学作品的翻译更应该努力做到明白流畅的基本条件。"[①]这篇课文后的"文法与作法"中也列出了常惠译文的八点精当之处和两点不当之处。如"'就是她们的出身和家世''乃是她们惟一的资格'。按'就'字有'即'字之意；而'乃'字有'方才''然后'之意。此两句以上下文义视之,本无区别；而一用'就'字,一用'乃'字者,盖语气之间,'乃'较重于'就'也"。指出了译文用词精当之处。"译文句法有特殊之处,因尚未脱原文之痕迹也；如'所让我发愁的是没有一件首饰',若通常的句法,必为'我所愁的是没有一件首饰'。""译文有因原文连叠用数多之形容词或副词,以致句调繁复而冗长者；若在创作,必截裂为数短语,使读者易于上口矣"。指出了译文因直译造成句法欧化而不易上口,而这在创作时是要尽量避免的。除了从课文学习其遣词的高超艺术、避免其造句的不当以利创作外,编者又指出"本篇为叙述文,亦为短篇小说——参看基础教材胡适《论短篇小说》"。本册教科书的第6"组"为"小说及短篇小说",其"基础教材"为俞平伯的《中国小说谈》和胡适的《论短篇小说》。可见,编者认为应结合胡适关于莫泊桑的短篇小说的相关论述,再来学习其艺术手法方面的特点。同时,编者以《项链》为例分析了"纪实文"和"叙述文"在写法方面的区别,指出前者主要从空间着手记述事物的状态、性质和功

[①] 胡适：《短篇小说集二·译者自序》,上海：亚东图书馆,1933年版第1—2页。

用等,而后者主要从时间上着眼记述事物的发展变化过程,而且具有4个基本要素——"一为现象之主体(如项链);二为现象之演变(如借项链与失项链);三为现象发生之时间(教育总长请客为一月十八日星期一);四为现象发生之处所(如在教育部礼堂)"。另外,指出了其叙述角度清晰——"或从路娃栽一边写来,或从路娃栽夫人一边写来";其叙述详略得当——"于赴会以前,写得甚详,而赴会时之情景则甚略;赴会以后归来一段又甚详;借项链一段甚详,而还项链一段甚略:此即叙述文之大要也"。

(2)初中:文学创作的范例或文学欣赏的凭借

《南开中学初三国文教本》的上册共5个单元,其第1—3单元主要分别"为人·处世·读书·治学""思想·文化"和"文学理论",第4单元是中外古今小说作品,第5单元是传记作品。《项链》在第4单元中,这一单元中还有胡适翻译的都德的《柏林之围》和莫泊桑的《二渔夫》①两篇短篇小说,第3单元中已有胡适集中论述都德、莫泊桑等人的短篇小说艺术手法的《论短篇小说》。可见,编者把《项链》当成了学习短篇小说创作的范例。

《国文百八课》是介绍文章学知识的一本教科书。《项链》在其第3册第2"课"中。这一"课"的"文话"为"小说的真实性"。编者认为,小说中的人物和事件虽然是作者创造出来的,但是在众多的人物和事件的基础上,通过典型化的方式创造出来的,再通过对人物和场景的各方面进行逼真的描写,对事件进行符合因果逻辑地叙述,就可以做到"比较对于某人某事的记录还要真实"。其后的"文选"选录了编者叶圣陶自己的小说《赤着的脚》和莫泊桑的《项链》。这种编排方式的目的是试图以此作例子证明其在"文话"中所介绍的这种写作知识。

《初级中学国文读本》的第6册全为文学作品,作者在编辑大意中没有提到写作方面的要求,每篇选文之后也没有介绍写作方面的知识短文,或设置写作方面的习题。《项链》在本册中是以略读教材的身份出现的,且附录在《月夜》之后。《月夜》题下注"法国摩波商著 周作人译"。"摩波商"是"莫泊桑"的旧译。可见,《项链》只是让学生在精读《月夜》之后再略读欣赏之用。

《初中三年级国文读本》虽然收录了《项链》,但是我们难以看出其编排旨趣,因为这套教科书只是将单篇选文胡乱排列,没有任何说明文字,也没有一个习题,所以难以判断编者所确定的选文功能。

---

① 此课在此书目录页中的名称为《二渔人》,在正文中的题名为《二渔夫》。

(3) 高小：训练一般语言表达和写作的材料

《开明国语课本》的编者在该文课后设置了四个习题："一、范先生说'那么，一定掉在车里了'，这句话里的'一定'表示什么？如果范先生心里疑惑不决，应该说'一定'还是说别的？二、下面有十组字眼，试说明在那一种情形之下说话该用那一组。1. 也许去 2. 应该去 3. 可以去 4. 能够去……三、对话上面不写明白谁在那里说话，我们也能明白话是谁说的：这是什么缘故？四、如果把《项圈》改编为剧本，可分做几幕？每幕的地点应该在什么地方？"编者并没有就内容设置问题，可见主要视其为一般语言训练和写作的材料。

总之，《项链》在高中和初三阶段多被当作白话文，尤其是白话小说创作的范例，而明确被作为欣赏之用的，只有《初级中学国文读本》，不明作何之用的有《初中三年级国文读本》。

2. 不同的作品主旨观

关于莫泊桑的创作风格，有称"写实主义"的，有称"自然主义"的，《杜韩两氏高中国文》甚至称其"写小说，完全以科学的分析，客观的态度，赤裸裸描写现实"。也就是说，莫泊桑的小说均从现实中取材，反映现实问题，针对这一点，编者们没有异议。前文提到，莫泊桑认为短篇小说创作要求选择"若干微小琐碎的事物以发挥其神秘而不宣之意义，强迫读者推理作品中深奥的旨趣"，那么《项链》这篇小说到底表达了什么样的"深奥的旨趣"呢？教科书的编者、教师之间的看法颇不相同。

（1）引起阅读兴趣

《杜韩两氏高中国文》在该文之后称："叙述文主意有三：一以教训为主意，如传记是也；二以智识为主意，如历史是也；三以兴趣为主意，如本篇之小说是也。"

（2）暗示借还之道

前文提到，《初中三年级国文读本》这套教科书既不按体裁，也不按主题、题材等编排，显得比较杂乱，所以难以考察其编写旨趣。不过，非常奇怪的是编者在《项链》之后所安排的选文是《黄生借书记》。《黄生借书记》是袁枚写的一篇文言杂记——黄修向袁枚借书，袁枚感慨："书非借不能读也"，如天子之书有"七略"、"四库"，但又几个天子读书呢？富贵人家藏书"充栋塞屋"，但又有几个富家子弟读书呢？只有像现在的黄修和少时的自己才因"家贫"买书不易而爱读书、借书，又因为是所借之书，所以"其读书也必专，而其归书也必速"。编者极有可能是暗示《项链》的主人公玛蒂尔德因家贫而珍视项链、进而借项链，而佛来思节夫人因富有反而对其不太珍视而轻易借出；玛蒂尔德因为珍视而速还，佛来思节因轻视而像处置书一样,让其"素蟫灰丝,时蒙卷轴"。编者这样来比附,虽然有点牵强,不过也不无道理。

(3) 揭露人生之病

前文提到,鲁迅同意《苦闷的象征》的观点,认为作者在《项链》中暗示了人往往贪求一时的虚荣而造成一生悲苦的哲理。前文提到,早在1914年随波等译者在《巴黎妇人》前所添加的说教文字中就已批评女主人公的虚荣了。1920年崔雁冰在《项圈》的"译者识"中已对此做过这种阐释:"这篇小说所描写的系巴黎社会上爱慕虚荣,同贪欲无艺的风气。"①1922年吴思弱在上述《两篇项圈》也认为小说是在批评少妇的虚荣:"据我看来,毛柏桑所作,重在描写一个妇人为虚荣心所累的情形。"②1935年,有人在论莫泊桑的短篇小说时也称这篇小说写的是"一个虚荣心极大的女子"的故事③。

《初级中学国文读本》的第5册在选录的莫泊桑的《二渔夫》时,对作者的介绍中有"法国著名小说家,尤以短篇小说擅长,彼之小说描写人生之病的方面,并有若干篇描写普法战争"之语。《二渔夫》是写普法战争的,那么《项链》必然归入人生之病之列了。到底写了什么人生之病,编者并没有说明。不过,编者在《月夜》的"题解"中说:"本篇为莫泊桑讥讽宗教之作,其意谓,所谓宗教者不过性欲上的问题。宗教道德即'窒欲',一违反人情之事,更无何神秘之性质,其描写道学先生,唯妙唯肖,是其长也。"可见,可能编者认为《项链》是在讽刺人性的弱点。到底有什么弱点,编者并没有明示。可能受教科书编者阐释的影响,一些学生也认为此篇小说是揭示虚荣之病的,如1931年一位高中三年级的学生在用文言"释法人莫泊桑所著'The Necklace'"之《颈链》一文的开头写道:"时下女子,以爱虚荣而受苦者,不知几许。陆赛之妻,亦其一也。"然后用文言复述了小说的基本情节,最后虚拟主人公的自责以点题:"余以慕虚荣而备受艰苦,但愿世之妇女以为鉴。"添加了一个情节:"翌日方夫人以赔偿之真钻链还之,陆赛遂境遇稍丰云。"④

(4) 揭示人生真义

叶圣陶、夏丏尊在《国文百八课》中《项链》之后的"习问"中提到:"作者借了这题材所想写的是些什么意思? 将感到的说出来。"想要表达什么意思呢? 不知道。但可以肯定是编者认为是在描写人生或社会的某种现象,或揭示其中的道理,因为他

---

① 崔雁冰译:《项圈》,《学艺》(日本),1920年第六期第1页。
② 吴弱思:《两篇项圈》,《最小报》,1922年第十二期第3页。
③ 毛秋白:《莫泊桑的短篇小说》,《新中华》,1935年第三卷第七期第152页。
④ 陆梦怀:《颈链》,《墨梯》,1931年第22—23页。

们在该文之前的"文话"中就指出小说"系指对于人生和社会的表现和描摹而言"。

不过,5年前,由这两位编者创办的《中学生》的1930年第4号上刊发了前述《读莫泊三〈项链〉》一文①。二位编者将其刊发,说明他们认为这个署名"大颐"的作者的解读有些道理:该文的作者首先认为这是现实主义的作品,他说:"如实地观察人生,挖掘人生,毫不姑惜,毫不粉饰地把人生的诸相,从凡眼所不能及的深处,阴暗处发现了出来者,是文艺上的写实主义。"但不只是批判,如果写实主义仅是"发掘了现实的丑恶,凶暴,残忍,痴呆,卑劣种种的黑暗,而蔽住了生活的光辉的方面,于是此类艺术家,成为残忍无情的天才,而其艺术品,则成为冷却生命灭杀生命的利刃了。给与读者的,是一个绝望的讽刺——然而,这不是完全的写实主义"。显然,莫泊桑不属此类作家,《项链》也不属此类作品。可见,莫泊桑不是讽刺路瓦栽夫人贪求一时虚荣而造成一生悲苦。他认为真正的写实主义还要"暗示着幽微的光辉,掬出生命的根本的意义,预言人类的当然的命运,告人以一条前征的道路。虽然这只是暗示,不同于说教者们的宣传,必待慧眼的人,加以思索,才能辨认得出来"。从他的分析中,可以总结出他根据思索而辨认出作者所要揭示的三条人生真义如下。

第一,命运之神决定人生际遇

小说在路瓦栽夫人经过10年辛劳终于还清了债务之后写道:"倘那时她没有丢掉那挂项链,后来该当是怎样呢?谁知道呢?谁知道呢?人生是怎样的奇怪和变幻啊,极细微的事,就能败坏你或成全你!"他认可这种说法,认为命运决定人生,人生变幻莫测,命运昨夜"成全"了你,今天从根本上"败坏"你——"诚然,物质之力,是这么伟大,这么无情,所谓人生,完全建筑于其上,因着它而变幻,便是极微细的事,也不能幸免,作者明切②地表现了这生命现象之'真'了"。

第二,穷困生活蕴藏着快乐之源

小说结尾处路瓦栽夫人向佛来思节夫人骄傲地回忆自己过去10年的生活经历,从中可以看出,作者所要阐发的是其在《一生》中所说的,"生命并不如我们所想

---

① 大颐:《读莫泊三〈项链〉》,《中学生》,1930年第四号第18—22页。又,据曹聚仁称,夏丏尊曾在题为《闻歌有感》的在杂文中谈到过莫泊桑的《一生》,他说:"至于夏师自己的女性观,见于题名《闻歌有感》的杂文中;他说:'几年前,我读了莫泊桑的《一生》,对女主人公一生的经过,感到不可言说的女性的世界苦。好好的一个女子,从嫁人生子一步一步地陷入到死的口里去;因了时势和国土,其内容也许有若干的不同,但总逃不出那自然替她们预先设好了的平板铸型一步。'"女性一为人妻人母,"无论贤与良的内容怎么解释,总免不了是一个重大的牺牲,逃不出一个忙字。"(曹聚仁著:《我与我的世界》,北京:人民文学出版社,1983年版第149页。)持有这种女性观念的夏丏尊读与同一作者的内容有些关联的《一生》时,是如何看待女主人公呢?

② 明切,今作"明确"。

的那般坏,也不是我们所想的那般好"的道理,现实的生活是多种的,一个人只有经历了多种真实的生活才能感受到其中的痛苦与快乐,尤其是在经历痛苦之后更能感受到快乐,路瓦栽夫人的经历和体验就是如此:聪明的她经历过小书记家的生活、贵族的生活、底层民众的生活;高雅的她可以厌恶丈夫对清汤的满足,可以戴着项链参加舞会,也可以刷碗洗碟、汲水买菜。她最后感到骄傲自豪的"意义是大可深思的。原来,穷困和工作的所在的生活的深处,并不是痛苦的渊,也有着快乐的源泉。这快乐,是使得后来路娃栽夫人与其女友相遇之际,发出骄傲而诚实的喜悦的笑的原因。当路娃栽还有小女仆服侍,还有上戏园子的福气的时日,她对于自己的生活,痛苦得整天的哭,但后来,度着更困苦的生活的时候,她却不哭了,这是什么原因呢? 若不是在穷困的生活中也有着快乐,则她怎样能忍耐这样长长的十年的时间呢?"

第三,阶级地位影响着人生观念

该期《中学生》所刊发的另几篇评论文章都注明了作者的身份是学生,而这篇只注明了作者的单位为"劳大附中"而没有注明作者的身份,这说明可能这篇文章是劳大附中的教师所写。"劳大"是一所什么性质的学校,是不是"劳动大学"的简称呢? 我们不太清楚。不过,作者却又用阶级分析的观点对《项链》做了另一种解读,他说:"意识的现象上,有一种奇异的对照。凡是过着通常所谓幸福的生活的资产阶级以及小资产阶级的人们的意识,总是烦闷,分裂的。反之,劳动着的人们,常都是安定而坚强。我们读了这一篇之后,也会想起这样的事实来,而对于'生活''幸福''劳动'等等的意味,不得不重加以深思了。"1949 年之后,人们多从阶级分析的角度来解读《项链》,此处的解读可谓开阶级分析法的先河。

文选一

项链

常惠 译

这是些美丽可爱的姑娘们中的一个,好像运命的舛错,生在一个员司的家里。她没有妆奁,也没有别的希望,又没有一个法子让一个体面而且有钱的人结识,了解,爱惜,聘娶;她只得嫁了一个教育部的小书记。

她是朴素不能打扮,但是可怜如同一个破落户似的;因为妇女们本没有门第和种族的分别，她们的美貌，她们的丰姿和她们的妖冶就是她们的出身和家世。她们天生的聪颖，她们高雅的本能，她们性情的和蔼，乃是她们唯一的资格，可以使平凡的女子与华贵的夫人平等。

她觉得生来就是为过一切的雅致和奢华的生活，因此不住的痛苦。她痛恨住所的贫寒，墙壁的萧索，坐位的破烂，幔帐的简陋。这些东西，在别的同她一样等级的妇人一点看不出，使她忧愁和使她愤怒。小女仆做她粗糙的杂事的影子竟引起她悲哀的感慨和狂乱的梦想。她梦想那些寂静的前厅，悬挂着东方的壁衣，高大的古铜灯照耀着，还有两个短裤的仆人，躺在宽大的椅中，被暖炉的热气烘得他们打盹儿。她幻想那些阔大的客厅里，装演着那古式的锦幕，精巧的木器，还陈设些珍奇的古玩，和那些雅洁、清馨的小客室，为下午同一般最亲密的朋友，或为一般女人最仰慕、最乐于结识的男子们谈话之所。

当她坐下，吃晚饭的时候，在蒙着一块三天没洗的台布的圆桌前边，对面，她的丈夫掀起汤锅来，面带惊喜的神气："呵！好香的肉汤！我觉得没有再比这好的了……"她就梦想到那些精致的晚餐，晶亮的银器，挂在墙上古代人物的和仙林奇异禽鸟的壁毯；她就梦想到上好的盘碟盛着的佳肴，又梦想到一种狡然微笑的听着那情话喁喁，更梦想到一边吃着鲈鱼的嫩肉或小鸡的翅膀。

她没有服装，没有珠宝，一无所有。然而她正是喜爱这些；她自己觉着生来是合于这些的，她极想望娇媚，得人艳羡，能够动人而脱俗。

她有一个阔朋友，在修道院时的一个同伴，她再不想去看望的了，看望回来她多么苦痛。她整天的哭因为忧愁，悔恨，绝望和贫乏。

然而，一天晚上，她的丈夫回来，得意的神气手里拿着一个宽信封。

——看呀，他说，这里有点东西为你的。

她赶紧拆开信封，抽出一张印字的请柬，上面写着这些话：

"教育总长与柔惹郎伯那夫人恭请路娃栽先生及其夫人于一月十八日星期一惠临教育部礼堂夜会"。

她本该喜欢，像她丈夫所想那样，但她忿然把请柬掷在桌上，嘟囔着：

——你要我把这怎样办呢？

——但是，我的亲爱的，我原想着你必喜欢。你从不出门，而这却是一个机会，这个，一个最好的！我多么费事才得到它。人人都惦记这个；这是很难寻求并且不常给书记们。你在那儿可以看见一切的官员。

她用恼怒的眼睛瞧他，不耐烦的发作了：

——你打算让我身上穿什么去呢？

　　他没有料到这个；结结巴巴的说：

　　——就是你上戏园子穿的那件衣裳。我觉得很好，依我……

　　他住了口，惊愕，惶恐，因为见他的妻子哭了。两颗大的泪珠慢慢的顺着眼角流到嘴角来了。他吃吃的说：

　　——你怎么了？你怎么了？

　　但是，使着强烈的压力，她制住了她的悲痛并擦干她的潮湿的两腮，用平和的声音问答：

　　——没有什么。只是我没有服装所以我不能赴这宴会。把你的请柬送给别的同事他那妻子比我打扮的好的吧。

　　他难受了。于是说：

　　——比如，马底尔得。那得值多少钱呢，一身合式①的衣服，让你在别的机会也还能穿的，要那最简素的东西？

　　她想了几秒钟，合计妥了并且还想好她能够要的钱数而不致招出这省俭的书记当时的拒绝和惊骇的声音来。

　　末了，她迟疑着答道：

　　——我不知道的确，但是我想差不多四百弗郎我可以办到。

　　他脸色有点白了，因为他正存着这么一笔款子为是买一杆猎枪好加入打猎的团体，到夏天，在南代尔平原，星期的日子，同着几个朋友在那儿打白鸽。

　　然而他说：

　　——就是罢。我给你四百弗郎。但是该当有一件好看的长衫。

＊＊＊＊＊＊＊＊＊＊＊＊＊＊

　　宴会的日子近了，但路娃栽夫人好像是郁闷，不安，忧愁。然而她的衣服却是做齐了。她的丈夫一天晚上对她说：

　　——你怎么了？看看，这三天来你是非常的奇怪。

　　她就回答道：

　　——所让我发愁的是没有一件首饰，连一块宝石都没有，没有可以戴的。我处处带着穷气。我很想不赴这宴会。

---

① 合式，今作"合适"。后同。

他于是说：

——你戴上几朵鲜花。在现在的季节这是很时兴的。花十个弗郎你就能买两三朵鲜艳的玫瑰。

她还是不听从。

——不……在阔太太们群里透着穷气是再没有那么寒碜的了。

她的丈夫大声说：

——你多么愚呀！去找你的朋友佛来思节夫人向她借几样珠宝。你同她很亲近能做到这点事的。

她发出惊喜的呼声。

——真的。我倒没有想到这儿。

第二天，她到她的朋友家里，向她述说她的困难。

佛来思节夫人走近她的嵌镜子的衣柜，取出一个宽的匣子拿过来，打开它，于是对路娃栽夫人说：

——挑罢，我的亲爱的。

她先看了几副镯子，后来是一挂珍珠的项圈，随又看见一支维尼先式的宝石和金镶的十字架，确是精巧的手工。她在镜子前边试这些首饰，犹豫了，舍不得把它们离开，把它们退还。她总是问：

——你再没有别的了么？

——还有呢。找呵。我不知道那样合你的意。

忽然她发见(现)在一个青缎子的盒子里，一挂精美的钻石项链；她的心不能不因极度的愿望而跳起了。她两手拿的时候哆嗦了。她把它系在脖子上，在她的高领的长衣上，她甚至于站在自己面前木然神往了。

随后，她问，迟疑着，又很着急：

——你能借我这样么，只要这样？

——自然，一定能的。

她搂住她的朋友脖子，狂热的亲她，跟着拿起她的宝物就跑了。

宴会的日子到了。路娃栽夫人得了胜利。她比一切妇女们都美丽，雅致，风流，含笑而且乐得发狂。所有的男子都看她。打听她的名姓，求人给介绍。所有阁员们都愿合[①]她跳舞。就是总长也注意她了。

[①] 合，当作"和"。

沉醉的疯狂的跳舞，快乐得眩迷了，在她的美貌的得意里，在她的成功的光荣里；在那一切的尊敬，一切的赞美，一切的妒羡和妇人的心中以为是最美满最甜蜜的胜利所合成的幸福的云雾里，她什么都不想了。

　　她在天亮四点钟才动身。她的丈夫，从半夜里，就和三位别的先生，他们的妻子也都是好作乐的，在一间空寂的小客室里睡了。

　　他把他带的为临走穿的衣服给她披在肩膀上，这是家常日用的朴素的衣服，同跳舞的衣服比着自然显得寒碜。她觉出来便想赶紧走，好让那些披着细毛的皮衣的夫人们不能看见。

　　路娃栽把她拉住：

　　——等等呵。你到外边要着凉的。我去叫一辆马车罢。

　　但她一点也不听他的。赶忙的就下了楼梯。等他们到了街上，没有看见一辆车；于是四处找，远远的看见车夫就喊。

　　他们顺着塞因河走去，失望，颤抖。终于在河岸上他们找着一辆拉晚的破马车，在巴黎只有天黑才能看得见，好像在白天它们羞愧自己破烂似的。

＊＊＊＊＊＊＊＊＊＊＊＊＊

　　车把他们一直拉到他们的门口，马丁街中，他们败兴的进了家。在她呢，这是完了。他呢，他就想着十点钟须要到部里去。

　　她脱下她披在肩膀上的衣服，站在镜子前边，为是乘着在这荣耀里，她再自己照一照。但是猛然她喊了一声。她没有了在她脖子上的项链了。

　　她的丈夫，已经脱了一半衣服，就问：

　　——你有什么事情？

　　她转身向着他，昏迷了：

　　——我……我……我没了佛来思节夫人的项链了。

　　他直着身子，慌乱了。

　　——什么！……怎样！……这绝不能够！

　　于是他们在长衫褶里寻找，在大衣褶里，在各处的口袋里。他们竟没有找到。

　　他问：

　　——你确信离跳舞会的时候你还有它么？

　　——是的，在部院的门口我还摸它呢。

　　——但是如果你要丢在街上，我们总听得见它掉的。这必落在车里了。

——是的。这准是的。你记得车的号码么?

——没有。你呢,你没有看过么?

——没有。

他们惊慌的对望着。末后路娃栽再穿起衣服。

——我去,他说,把我们步行经过的路再踏勘一遍。看我或许找着它。

他出去了。她穿着晚装呆怔着,没有睡觉的力气,只倾倒在一把椅子上,没有心思,也没有计划了。

七点钟她的丈夫回来了。他什么也没找着。

他到警察厅,到各报馆,为是悬赏寻求,到那各车行,总之有一线希望之处他都去到了。

她整天的等候着,始终在惊恐的状态里望着这不幸的灾祸。

路娃栽晚上回家,脸上苍白,瘦弱;他一无所得。

——该当,他说,给你的朋友写信说你把她的项链弄坏了,你正在给她收拾呢。这样能容给我们找的工夫。

她照他所说的写去。

* * * * * * * * * * * * * * *

到了一个星期,他们所有的希望绝了。

路娃栽,似老去了五年,决然说:

——该当想法赔偿这件首饰了。

第二天他们拿了盛项链的盒子,便到这盒里所有的字号的宝石商人的店里。他就查他的账簿:

——太太,这不是我卖的这挂项链;我只卖了这个盒子。

于是他们就从这家珠宝店达到那家珠宝店,找一挂合先前的同样的,又查人家的旧账,两个人都忧愁,苦恼坏了。

在宫殿街的一家铺子里,他们看见一挂钻石项链正和他们所要找的一样。它价值四万弗郎。人家让他们三万六千弗郎。

他们求这宝石商人三天以内不要卖出它去。他们又订了约如果那一挂在二月底以前找着那么他再退出三万四千弗郎把这挂收回。

路娃栽存有他的父亲遗留的一万八千弗郎。其余的他去借。

他去摘借,向这一个借一千,那一个借五百,从这儿借五个路易,那儿三个路易。他立些债券,订些使他破产的契约,合一些吃重利的人和所有各种放帐(账)的摘借。他陷于最窘迫的地位了,冒险签他的名字而并不知道他能保持他的信用不能,并且,被未来的烦恼,将要临到他的身上的黑暗的前途,物质匮乏的忧和一切精神上的痛苦恐吓着,他把这三万六千弗郎放在商店的柜台上,取去新的项链。

路娃栽夫人给佛来思节夫人拿去了项链,她一种冷淡的样子对她说:

——你该当早一点还我,因为我先要用的。

她没有打开盒子,这正是她的朋友担心的地方。如果她要看出来更换了,她将怎样想呢?她将怎样说呢?她不把她当一个贼么?

* * * * * * * * * * * * *

路娃栽夫人晓得穷人的艰难生活了。她又,猛然,勇敢的打定了她的主意。该当偿还这笔可怕的债务。她去偿还。于是辞了女仆;迁了住所;赁了一个楼顶上的小屋。

她晓得家里一切粗笨的工作和厨房里的讨厌的杂事了。她刷洗碟碗,用她粉嫩的指尖摸那油腻的盆沿和锅底。她洞洗脏衣服,衬衣和撮布,她晒在一条绳子上;每天早晨,她提下秽土到街上,再提上水去,每上到一层楼她就站住喘气。而且,穿得像一个穷苦的女人,她到果局里,杂货店里,肉铺里,胳膊上挎着篮子,争价钱,咒骂着,一个铜子,一个铜子的俭省她那艰难的钱。

月月须得归一拨债券,再借些新的,好延长时日。

她的丈夫晚上工作,给一个商人誊写帐(账)目,常常的,在夜间,他还抄那五个铜子一篇的誊录。

这样生活延迟了十年。

到了十年,他们都偿还了,连那额外的利息,和积欠的原利金都清了。

路娃栽夫人现在见老了。她成了一个粗鲁的,强壮的,严恶的和穷家的妇人了。蓬着头,拖着裙子和通红的手,她说话高声,用很多的水刷洗地板。但是时常,当她丈夫在办公处的时候,她便独自坐在窗前,便回想到从前的那天晚上,她是多么美丽,多么受欢迎的那一次的跳舞会。

倘那时她没有丢掉那挂项链后来该当是怎样呢?谁知道呢?人生是怎样的奇怪和变幻呵!极微细的事就能败坏你或成全你!

* * * * * * * * * * * * *

恰巧,一天星期,她到乐田路去闲游,为舒散这一星期的劳乏,她忽然看见一个妇人领着一个孩子散步。原来是佛来思节夫人依旧年青,好看,动人。

路娃栽夫人很觉感动。她和她去说话么?是说的,一定要说的。而且现在她都还清了。她都要告诉她。为什么不呢?

她走近前去。

——好呀,娇娜。

那一个一点也不认识她了,非常惊讶被一个妇人这样亲昵的叫着。她磕磕绊绊的说:

——但是……太太……我不知……你一定是认错了。

——没有,我是马底尔得路娃栽。

她的朋友呼了一声:

——呵!……我的可怜的马底尔得,你怎样改变得这样了!……

——是的,不见你以后,我过了很久苦恼的日子,经过多少的困难……而且都是因为你……

——因为我……这怎么讲呢?

——你必记得你借给我的那挂为赴教育部宴会的项链。

——是呀。怎么样呢?

——怎么样,我把它丢了。

——怎么!然而你已经还了我了。

——我还了你一挂别的完全相同的。你看十年我们才把它还清。你知道那对于我们这什么也没有的人是不容易的……不过那究竟完了,我倒是很高兴了。

佛来思节夫人怔了。

——你是说你买了一挂项链赔我的那一挂么?

——是呵。你会没有看出来,呵?它们是很一样的。

于是她带着骄傲而诚实的喜悦笑了。

佛来思节夫人,感动极了,拉住她的两只手。

——哎!我的可怜的马底尔得!然而我的那一挂是假的。它至多值五百弗郎!……

选自《高中国文》,1930 年版第 3 册下编。

文选二

项圈

叶圣陶　改编

项圈（一）

　　一天晚上，范先生回来，手里拿着一个封套，得意地递给他的夫人道："我想你一定高兴去的。"

　　范夫人从封套里抽出一张请帖来，是一个朋友发出的，请他们夫妇俩在某一天晚上赴宴会。她看罢并不高兴，把请帖丢在桌子上，说她不愿意赴这个宴会。范先生问她为什么，她才说为的是没有一身合式的衣服。

　　范先生手头刚好有一笔钱，预备充别的用途的，现在他要夫人赴宴会，快乐这么一晚，就决定把这笔钱给她做衣服。于是她高兴了，堆着笑脸和范先生讨论衣服的材料和式样。

　　三天过后，衣服做齐了，她却现出发愁的神色，说还是不赴这个宴会的好。范先生又问她为什么，她才说为的是没有一件首饰，连一块宝石都没有。

　　范先生道："你戴几朵鲜花好了。"

　　范夫人摇头道："在一群阔太太中间戴几朵鲜花，再没有那么寒酸的了。"

　　"为什么竟想不起来！史夫人是你的好朋友，向她借几件珠宝不好吗？"

　　范夫人听了，快活得叫将起来。

　　第二天，她到史夫人家里，把来意说明了。史夫人就拿出许多的首饰来让她挑选。那些首饰件件光彩耀目，式样也都可爱，范夫人决不定挑选了那一件好。最后她揭开一个青缎的盒子，她的眼睛几乎发花了，原来是一串精致的钻石项圈。她迟疑了一下，红着脸问道："这一件可以借给我吗，单是这一件？"

　　"当然可以的。"

　　范夫人得了史夫人的允许，感激得说不出什么来，紧紧地握了一下史夫人的手，便带着宝物跑了。

　　宴会的日子到了。范夫人在满堂宾客中间最受人注意，她的容貌既美丽，装饰又特别入时。许多人的眼光都在赞美她，许多人温和地、恭敬地和她谈话。她觉得幸福极了；只此一念之外，她什么都不想了。

宴会散了,时间已经是半夜里。夫妇俩回到家里,范夫人便站到镜子前面,再照一照幸福的自己。但是她突然喊了起来。她脖子上的钻石项圈掉了。

他们翻开衣服的褶皱处来寻找,伸手到袋子里去寻找,都没有。

范先生问道:"你记得散席的时候还没有掉吗?"

"是的,在那人家门前,我还摸过一下呢。"

"那么,一定掉在车里了。"

"我想是的。你记住那车的号码吗?"

"没有。你呢,你没有看过吗?"

"没有。"

范先生惊慌地跑出去,直到早上七点钟回来,什么都没有找着。又到公安局、各报馆、各车行去打听,也是一无所得。他便叫夫人写封信给史夫人,说把项圈弄坏了一点,现在送到珠宝铺子修理去了。用这方法腾出时间来,他们再去寻找。

项圈(二)

一个星期过去了,希望依然没有。范先生便决定设法赔偿。他们带着那青缎的空盒子,到一家一家的珠宝铺子去问;珠宝商人都回答说:"这东西不是我这里卖出去的。"最后在一家珠宝铺子里看见一串钻石项圈,正同掉了的那一串一模一样,价值是五千块钱。

范先生存有父亲遗留下来的两千块钱,其余的他去借。他向这个朋友借五百,向那个朋友借三百;有些朋友只能借给他十块、二十块,他也要。他写下了许多的债券,担负了很重的利息,才得凑足了五千块钱,放在珠宝商人的柜台上,把那一串项圈买回来。

范夫人带了新项圈去还史夫人。史夫人冷淡地说道:"你应该早一点还我。前几天我想用的。"这样说着,她把青缎盒子接在手里,并没有打开来看。

从此以后,范夫人打定了主意,这笔债务须由她去偿还。于是把女用人辞退了,并且搬到一所小屋子里去住。她每天扫地,提水,洗碗盏,洗衣服。她提着篮子上街买东西,和铺子里的人争论着价钱,只求省得一个铜子,不惜费半天的唇舌。

范先生在夜间给人家誊一些文件,誊一千字有两毛钱的收入。

他们每月要还一些债。有时还不出去,只好再借一笔新债。这样的生活延长了十年,才把所有的债都还清了。

范夫人见得老了。蓬着头,通红的手搓着裙子,说话惯用高声。十年前的美丽姿态,消失得一丝也不胜(剩)了。

一天是星期日,很难得的,她跑到野外去散步。忽然看见一个妇人领着一个孩子从前面走来。那是史夫人,依然年轻、好看。

她叫了史夫人的名字。史夫人却奇怪了,以为她认错了人。待她说明了自己是谁,史夫人便问她为什么弄到这个样子。

"和你多年不见,我一直过着苦恼的日子……为的是向你借的那一串项圈!"

"向我借的那一串项圈,怎样呢?"

"我把它掉了。"

"不是你早已还我了吗?"

"还你的是另外一串呀。这一笔债我还了十年才还清呢。"

史夫人怔住了,过了一会才问道:"你说你买了一串项圈赔还我吗?"

"是呀。你竟没有看出来。原来和你那一串是一模一样的。"

史夫人感动极了,拉住范夫人的两只手,说道:"我的那一串是假的呀,至多也只值五十块钱!"

选自小学高级学生用《开明国语课本》,1934年版第2册。

下编
翻译文学教育的发展历程

在始于1997年的语文教育大批判中,有人抨击当时的中学语文教科书编者在"阉割外国文学",并建议运用"世界文化"的眼光,至少选入已有篇数的4倍(80篇以上),以其艺术性而非思想性为选择标准,兼顾各个历史时期、各个国家、各个流派的出名和不出名的优秀作家的优秀作品,力求做到给中学生"一个比较成系统的世界文学的'版图'",同时能提高其艺术鉴赏能力[①]。其实,现代语文独立设科的百余年来,翻译文学作为一种用汉文翻译外文的特殊的文本样式,其在中国语文中是否应成为课程资源,及其在中小学语文教科书中的功用、数量、题材、体裁、国别、呈现方式等问题上一直存在诸多争议。本编将从清末、民初、新学制前后、新标准前后和全面抗战与内战五个时期,来梳理清末民国期间中小学语文教材中的翻译文学选文及围绕此而展开的论争等。对历史的梳理和争论的总结,有利于促进翻译文学与基础教育的发展。将翻译文学作为一种课程资源,需要确定其教学功能,优化其呈现方式,注重对其评介。

---

① 余杰:《阉割外国文学——对中学语文课本中所选外国文学作品的分析》,孔庆东、摩罗、余杰主编:《审视中学语文教育》,汕头:汕头大学出版社,1999年版第152—161页。

第一章

清末翻译文学教育(1902—1911)

晚清,大量西方儿童文学被翻译成中文,但多数是作为儿童课外阅读或课间教师宣讲用的。如商务印书馆出版了孙毓修编的《童话》,初集中有《无猫国》《三问答》《大拇指》《绝岛漂流》《小王子》《夜光壁》《红线领》《哑口会》《人外之友》,二集中有《小人国》《大人国》等。还出版有林万里编的《少年丛书》以及《美洲童子万里寻亲记》《鲁滨逊漂流记》《澳洲历险记》等。出版者在评论推介时,称《童话》为十岁童子最爱读之书,其识字之妇女亦可借为谈助,或在茶余灯下,讲给儿童听。《少年丛书》"诚学生校外最重要之读本也"①,《美洲童子万里寻亲记》《鲁滨逊漂流记》《澳洲历险记》经"学部审定为宣讲用书"②,所谓的"宣讲"就是在学习教科书之余,由教师将这些故事讲给儿童听。这些翻译的儿童文学确实成为儿童重要的课外阅读资源,如高梦旦经常将同事孙毓修刚译编的童话拿回家,"招诸儿而语之,诸儿听之皆乐,则复使之自读之"。③ 又如冰心在回忆儿时课外阅读儿童文学的经历时说:"我接触到当时为儿童写的文学作品,是在我十岁左右。我的舅舅从上海买到的几本小书,如《无猫国》、《大拇指》等,其中我尤其喜欢《大拇指》,我觉得那个小人儿,十分灵巧可爱,我还讲给弟弟们和小朋友们听,他们都很喜爱这个故事。"④

虽然当时出现了大量的翻译文学,且成为课外阅读、课间宣讲用的材料,但是

---

① 《教育杂志》,第一年(1909)第一期广告。
② 《教育杂志》,第一卷(1909)第一期广告。
③ 孙毓修:《童话序》,《教育杂志》,第一年(1909)第二期"杂纂"第10页。
④ 冰心:《我是怎样被推进儿童文学作家队伍里去的》,叶圣陶、冰心等著:《我和儿童文学》,上海:少年儿童出版社,1980版第16—17页。

翻译文学并没有进入中学国文教科书。1904年学部颁行的《奏定中学堂章程》中规定，"中国文学"的主要目的是让学生学习实用文章的写作，其所用的教材主要是古代散文。正如阮真在1929年说的，"我国初办学校的时候，中学的各种教材，除国文外，差不多都是取材于东西洋教科书的。二十年前的中等学校，数学理化博物世界史地等科的教材，或用原本，或用译本，自编的很少……那时中等学校教国文，只由教师从旧日的选本中选几篇，不用什么教科书"。原因有三，一是有《古文观止》《古文辞类纂》，似乎没有再编辑国文教科书的必要，二是出身举业的老先生除了讲解句读、字义、笔法之外，无所谓国文教法，也就用不着教科书，三是"因为国文教科书不能从东西洋教本中去翻译，教师又不能自编，就是编成了，也难得人家采用"。[①] 而商务印书馆出版的两套依据"中国文学"科课程而编写的《中学国文读本》（1908，林纾）和《中学国文教科书》（1908，吴曾祺）简直是古文汇编，类似于姚鼐所编的《古文辞类纂》。如在《中学国文教科书》的选文标准中就有"不选美术之词赋，而存应用之韵文，不拘拘于文以载道之说，扩充采辑之范围，颇注重于经世文字"。[②] 所以，类似于中国古文汇集的中学国文教科书是不可能采用翻译文学作为课文的。

　　翻译文学已少量进入小学国文教科书，但是以中性普适的面貌出现的。清末的小学国文教育，除让学生识字，掌握基本读写技能外，就是传授生活必需的实用知识和处世的基本道德规范，所以国文教科书中多是介绍知识、讲解道理的说明、议论性的实用文章，很少有文学作品。其中文学作品多为中国古代历史人物的幼年故事，如司马光砸缸、曹冲称象等，翻译文学作品很少。之所以很少，还是因为此前出版的不少新式蒙学教材多根据外国教材翻译编辑而成，而被认为不适合中国儿童学习。如1901年南洋公学的朱树人编《新订蒙学课本》等，除了一些介绍现代科学知识的文章外，还有如《华盛顿》这样虚拟的华盛顿与樱桃树的故事，就被认为是"材料多从英文读本译出，略加本国故事，不适用于我国学校"。[③] 其实这些知识多数是现代生活所必需的，除了华盛顿是美国人外，这个用汉文翻译而成的故事，儿童也能读懂，也会感兴趣。近代中国遭受了西方列强的凌辱，所以维护国家主权和民族独立等成为广大知识分子的共识，一方面他们希望引进西方的器物、制度，另一方面又希望保存、承传中华文明，所以对宣传西方物质丰富、精神高尚等，都表

[①] 阮真：《几种现行初中国文教科书的分析研究》，《岭南学报》，1929年第一卷第一期第101页。
[②] 《教育杂志》，1909年第一年第二期"绍介批评"栏第5页对《中学国文教科书》的评价。
[③] 蒋维乔：《创办初期之商务印书馆与中华书局》，张静庐辑注：《中国近现代出版史料·现代丁编（下）》，上海：上海书店出版社，2003年版第396页。

现出一定的排斥心理。如林万里的《少年丛书》出版后不久,《教育杂志》的编者在"介绍批评"栏对其评介时,特别指出其纯以国外的人、事、物为题材的不足[①]：

不当纯用外国人物……我国人物,如苏子卿、班定远、张博望、诸葛武侯、岳武穆、秦良玉、沈云英、郑成功诸人,其行事确可为后人矜式,而人之感情对于本国之圣贤豪杰,固异于他国之圣贤豪杰,此所以不当纯用外国人物,而当采用本国史传也。

可见,编者认为本国的史传故事,因有圣贤豪杰的榜样示范而更能激发儿童的进取之心。这一点在新编的国文教科书中体现得很明显。学部颁布《奏定学堂章程》后,1904年农历12月,商务印书馆开始陆续出版其编印的我国第一套国文教科书——《最新国文教科书》。其中《初等小学用最新国文教科书》的编辑大意罗列此前出版的新式蒙学教材18点不当之一,就是多取"外国之事物,不合于本国习俗"。该书前附的《编辑初等高等小学堂国文教科书缘起》,尤其对新教育效法西方而"贸然遽授以高尚学术、外国文字"表示不满,指出该书18册,"凡关于立身(如私德、公德,及饮食、衣服、言语、动作、卫生、体操等)、居家(如孝亲、敬长、慈幼及洒扫应对等)、处世(如交友、待人接物及爱国等)以至事物浅近之理由(如天文、地理、地文、动物、植物、矿物、生理、化学及历史、政法、武备等),与治生之所不可缺者(如农业、工业、商业及书信、帐簿[②]、契约、钱币等)皆萃于此书。其有为吾国之特色(如开化最早、人口最多及古圣贤之嘉言懿行等),则极力表彰之;吾国之弊俗(如拘忌、迷信及缠足、鸦片等),则极力矫正之,以期社会之进步改良"。也就是说,无论是宣扬国光还是揭批国耻,均以中国为本位,因为国光催人奋进,国耻使人反省。《初等小学用最新国文教科书》的编辑大意特别指出,"本编不采古事及外国事"。其实书中仍然选择了翻译作品,如第2册中的《犬衔肉》:

一犬衔肉,过桥上。见水中有犬,口亦衔肉,思并得之,急置肉,跃入水中。几溺死,幸水浅,得跃出。又登桥,其肉已失,回视水中之犬,亦不复衔肉。

又如第4册中的《鸦好谀》:

鸦衔肉,止树梢。狐过而欲得之。仰颂之曰:"君躯既壮,而羽复泽,吾素闻君善歌,请奏一曲。"鸦悦,张口欲鸣,未发声而肉已落。狐疾取之,复语鸦曰:"他日有无故谀君者,君其慎之。"

两篇课文均出自《伊索寓言》。只是其中出现的并不是外国的人名、地名、器物

---

① 《教育杂志》,第一卷(1909)第一期"介绍批评"栏第2页。
② 帐,应为"账"。

等,而是世界各地通用常见的犬、狐、鸦、肉、水、桥等物;而且其所宣扬的不贪之道,也是常理。换言之,这一时期,那些题材中性普适的翻译文学如寓言等,已悄然进入小学国文教科书。如一些励志性的外国人物故事也有选入,但也会对原著中的对国名、人名等加以修改,如在第 8 册(1905 年版)中除了第 24 课《塙保巳一》因为有日本因素(商务印书馆有日本人入股经营,而《最新初等国文教科书》,又由长尾、小谷、加藤三名日本人协助编写等原因,日本应成为国人认为明确要效仿的对象)而开头"日本有塙保巳一者"保留日本国名、人名外,其他如第 25 课励志故事《坚忍》(苏格兰国王布鲁斯战败退入深山后,看到蜘蛛结网,屡遭毁坏,屡次再结,于是重新振作,最后率兵打败英格兰军队)的开头就只是用"昔有一国"代苏格兰,以"首领"代布鲁斯,甚至插图也画成一个穿着在中国古代服饰的武士在松树下仰卧看蜘蛛结网。

第二章
民初翻译文学教育(1912—1916)

  民国初年,随着清廷终结,因为"驱除鞑虏,恢复中华"的思想自然显得不合时宜,所以当局对内宣传汉、满、蒙、回和藏五族平等"共和"以维护国家统一。尤其是在袁世凯称帝后,因为政府希望能获得国际支持以巩固其政权,所以对外实行"世界主义"。这种政治取向必然影响翻译文学教育的发展。

  不过,中学国文教科书仍如清末一样是古文的汇集,就像黎锦熙所说的,"民国初年(一九一二以后)中学学制无甚更张,所出国文选本,惟内容稍稍扩大:高年级略选经籍,似至此始知由姚选进而取法乎曾选之《经史百家杂钞》也者;又稍稍羼入诗歌"[①],所以翻译文学在中学国文教科书中仍然不见踪影。

  然而,翻译文学在小学国文教科书中的地位和呈现形式等出现了明显的改变。如1912年商务印书馆出版的高等小学校秋季始业《共和国教科书新国文》的编辑大意称其选材"提倡汉满蒙回藏五族平等主义以巩固统一民国之基础","注重博爱主义,推及待外人、爱生物等事,以扩充国民之德量"。1914年中华书局出版的高等小学春季始业用《新编中华国文教科书》的编辑大意称其内容与其他各科联络但不重复,其特色有:"甲修身选用昔贤故事之兴味浓厚者,寓言之有益者,以陶冶其性情。乙历史选用本国外国重要之史迹,而尤注重于近世史。"可见,编者明言不再回避"外人""外国"了。1914年中华书局出版的高等小学校用《中华女子国文教科书》的编辑大意说得更为明确:"本书文字注重适用,其要旨如下……二、采取群经

[①] 黎锦熙:《三十年来中等学校国文选本书目提要》,国立北平师范大学《师大月刊》,1933年第二期第4页。

大义,以孔子之言为旨归,或择孔子同源之说,并及古文之饶有兴趣者,诗歌之理解易明者,俾学者涵濡于国粹。三、欧美读本亦有选译,惟仍以无戾我国国情为断。"可见,编者视翻译文学与本国旧籍同为"适用"的课程资源,只不过不是全盘接受,而是选译那些无戾国情的作品。从目前所见该书6册中的前5册来看,课文总数有200篇,除去介绍博物院、专利、飞行机(飞机)、苏伊士与巴拿马运河、利用机械动力等西方知识的记叙文、说明文外,纯粹的翻译文学有9篇,占课文总数的4.5%。这些课文有些多取其趣味,如第1册《记某法人事》(法):

昔普鲁士有某王者,每阅兵,必人人遍劳之,曰:"年几何矣?入伍几何时矣?军中苦乐何如?"王恒作此三语,且先后不乱,如是者有年,士卒咸熟闻之。

有法人初入伍,未谙普语,闻王复将阅兵,询诸同侪,习其答语。王至,问及法人,偶易其序,先问:"入伍几何时矣?"对曰:"二十一年矣!"王惊其齿幼,问:"年几何?"则答曰:"三阅月!"王益惊,曰:"汝何言?汝非癫者乎?"对曰:"军中甚乐也!"

故闻言而不明其理,其应对之际,不至颠倒错乱,类此法人者,几希矣!

除了这篇供儿童获得审美愉悦兼悉闻言应明理的课文外,其余的翻译文学课文主旨则多含我国也常用来训诫学生的道理,如第1册中的《亚衣丹》(美)写小女孩亚衣丹机智救父,第2册中的《鲁滨孙》(英)写鲁滨孙勇于冒险,《罗兰夫人》(法)写罗兰夫人为民请命为国捐躯,第3册中的《述奈端轶事》(英)写发明家牛顿治学勤奋而忘食、误将手表当鸡蛋煮,《斯密亚丹》(苏格兰)写经济学家亚当斯密苦研财富之学,第4册中的《海伦》(苏格兰)写海伦冒险向国王请求特赦其相依为命的妹妹,《仁侠之母女》(美)写母女焚烧挥舞枝拦停汽车避免了车祸的发生,《达尔文》(英)写达尔文探究物种起源,第5册中的《狮》(古罗马)写奴隶安觉克斯与狮子相怜互助,《立那》(奥地利)写村姑立那燃火报警逼退入侵村庄的法军。

特别要指出的是,该书第1册第1课为《就学》,第2课为《国文》将国文学习与国家、民族的存亡联系在一起:

今人之言曰:不习外国文,无以周知世界情状。固也。然本国文尤当注重。

盖国文者,国粹之一也。相传至四千余年,通行及二十二省。苟国文不达,微特寻常应用,扞格滋多,抑且蹈忘本之讥矣!

俄裂波兰,禁用波文。英亡印度,专教英文。日本县台湾,并朝鲜,亦废汉文谚文,通令小学校用和文课本。推其用意,无非因国亡而文尚存,则其遗民虽屈伏于势力之下,而眷怀故国,耿耿不忘,终难泯恢复之想也。

然则求国之强,而蔑弃其文,有是理乎?

然而,编者仍然选择了上述多篇翻译文学作为课文,可能因为他们将翻译文学不当成外国文而是国文,即只要是用汉文表达的,内容不悖中国国情的,都可以作为国文教材,虽然其中有外国的人名、地名、国名、器物、风俗等给理解带来障碍,甚至可能导致学生生成艳羡他国、胡编乱造的恶习。如其第4册第2课《小说》就将中国传统小说与翻译小说作比较,客观地指出前者之短与后者之长,并不忘提醒注意后者可能滋生的弊端:"我国旧有小说,名著如林,然谈盗贼,言闺阃,究无足取;附会史事,又往往归于迷信,杂以神怪,其言不雅驯。近日出自译籍,一洗从前科(窠)白。惟风俗事物,皆与我迥别,不免使阅者驰情异域,侈述创闻。"

另外,民初也有少数人从民族主义立场出发,主张选用一些表达抗击列强之旨的翻译文学,如1915年侯鸿鉴就曾主张国文"选择中国历来所受之国耻事实编入教科书,采取世界奴属各国为借镜之资,亦编入教科书"。[①] 又如叶瑨生指出,"关于国文科者,选择中国历来所受之国耻事实,及世界各亡国之惨状,编入教科书,讲授时宜尽情发挥,以提起学生之精神"。[②]

[①] 侯鸿鉴:《国学国耻劳苦三大主义表例》,《教育杂志》,1915年第七卷第七号第22页。
[②] 叶瑨生:《军国民教育实施法之研究》,江苏省教育会《教育研究》,1915年第二十六期第12页。

第三章
新学制前后翻译文学教育(1917—1926)

1917年初,胡适的《文学改良刍议》和陈独秀的《文学革命论》在《新青年》上发表,二位作者均主张建设新文学,反对旧文学,从而掀起了一场新的文学革命。这场革命使我国固有的文学观念遭遇了巨大的"破坏",而接下来的任务是如何"建设"这种新文学。为此,1918年5月,胡适又发表《建设的文学革命论》一文。他在文中称,桐城文选派所提倡的古文、江西派所创作的诗,都是"假文学""死文学",所以必须创造一种"真文学""活文学"以取而代之,要争取在"三五十年内替中国创造出一派新中国的活文学",而要创造这种"新中国的活文学"必须经历三个步骤:第一步应阅读古代白话文以掌握白话表达的"工具",第二步应学习古代的白话文和翻译的西洋文学以掌握艺术表达的"方法",有了前两个步骤作"预备",最后才能说得上第三步"创造"。谈到翻译西洋文学时,他说:这是因为"中国文学的方法实在不完备,不够作我们的模范",而"西洋的文学方法,比我们的文学,实在完备得多,高明得多,不可不取例"。翻译时"只译名家著作,不译第二流以下的著作",要做到这一点,"国内真懂得西洋文学的学者应该开一个会议,公共选定若干种不可不译的第一流文学名著"。他甚至设想几年之内就译出100种长篇小说,500篇短篇小说[①]。但这前后出版的西方翻译小说并不多,只有周氏兄弟译的《域外小说集》、周瘦鹃译的《欧美名家短篇小说》等。于是,1919年胡适出版了翻译小说集《短篇小说》以作示范。

---

① 胡适:《建设的文学革命论》,《新青年》,1918年第四卷第四号第303、304、305页。

文学革命者除提倡翻译、创作国语文学外,还希望借助中小学语文教育来宣传国语文学,并希望翻译文学也能成为一项重要的课程资源,如1920年何仲英在《国语底教材与小说》一文中,将中国的古近白话小说与西洋的浪漫派、写实派的文意兼茂的佳作相比,并指出,除了将《红楼梦》《老残游记》等白话小说作为教材,"此外胡译《短篇小说》,周译《欧美名家短篇小说》,以及新近北京出版的《俄罗斯名家短篇小说集》,和散见于报章杂志的译体小说!皆可选看"。[1] 于是,儿童文学逐渐成为小学国语教科书的主体,中学国语(文)教科书的编者"以文艺的眼光选辑模范文"[2]。大量的翻译文学,或被做课外读物,或被选如教科书做课文,或被学生改编成课本剧演出,或被学生用做评论写作的对象,等等。

1922年实行新学制。1923年颁布的吴研因拟定的《新学制小学国语课程纲要》,确立了儿童文学教育的中心地位。一些儿童文学教育研究者也将翻译与收集、创作并列为儿童文学材料三大来源之一,其中的翻译包括翻译文言和外文。如1922年吴研因在《新学制建设中小学儿童用书编辑问题》中说:"新学制草案,已从讨论时代,渐渐趋于建设时代了。在建设时代中,有两个当前顶要紧的问题:一是课程怎样订定,一就是学生用书怎样编辑?"在文中他将翻译外国教材作为选择教材的途径之一,他说:"调查外国的小学用书,拣他适于我国儿童用的,翻译出来——要注意本国化,"选择时"最容易得到许多资料的,就是翻译。欧美小学校用书,也已有汗牛充栋的趋势了,我们拣他适合于我国儿童用的,翻译成书,必有许多可以便宜的地方。"[3]又如他在江苏一师时的下属沈百英花了半年时间,编出的《儿童文学读本》(共12册,由商务印书馆于1922年9月陆续出版),就参考了商务印书馆编译所购进了一些国外的儿童读物[4]。又如1924年魏寿镛、周侯于在《儿童文学概论》中对翻译文学的价值、标准、译法及译者素质等一一作了说明[5]:

外国文字为什么译成中文呢?也有两种原因:一种是拿外国文学供给儿童,培养他的世界观念。一种是儿童缺乏外国文字的能力,所以要译,那么译的时候,应当自己先问:(一)这东西就文学本体讲,是否有价值?(二)这东西就世界主义说,是否普遍?(三)这东西就儿童心理讲,是否有效?倘使三个问题回答,都是肯

---

[1] 何仲英:《国语文底教材与小说》,《教育杂志》,1920年第十二卷第十一号第12页。
[2] 黎锦熙:《三十年来中等学校国文选本书目提要》,国立北平师范大学《师大月刊》,1933年第二期第12页。
[3] 吴研因:《新学制建设中小学儿童用书的编辑问题》,《新教育》,1922年第五卷第一、二期合刊第1,7页。
[4] 沈百英:《我与商务印书馆》,商务印书馆编《商务印书馆九十年:我和商务印书馆(1897~1987)》,北京:商务印书馆,1987年版第289页。
[5] 魏寿镛、周侯于著:《儿童文学概论》,上海:商务印书馆,1923年版第34—35页。

定的,那么便好开始翻译。翻译的方法当然用白话,因为外国文字译白话稍微比文言接近些。假使用文言译,便要有严译《天演论》的弊病,失了本来面目。用了白话去译,还要用"直译法",不能用"意译"。因为东西洋人对于儿童,是有一些研究了;他的意思形式,只要合于方才三个问题,总可以有价值了,所以我们可以用"直译法"。不过对于风俗,物产等等,要双方顾及的。

　　翻译外国文学很不容易,而且自己当然要有一番基础,便是对于外国文字程度要在水平线以上,对于外国风俗,人情和国民性,要有研究;对于儿童文学要有研究,方才可以从事翻译。否则"谬种流传",很是危险。就是能力有了,翻译时候最好结一个"译书会",集合许多同事,彼此商量,彼此批评,那么"集思广益"可以减少误谬。不是如此,随随便便,译出来的东西,要变成一个不大会说中国话的外国人;儿童和他相处,恐怕不容易引起感情罢!

　　不过,就当时出版的小学国语教科书来看,低年级的教科书中的儿童文学多系编者自拟,或一些儿童文学作家所写,翻译的儿童文学只是到了高年级才逐渐增多,如1923年吴研因、庄适等编,商务印书馆出版的小学校初级用8册《新学制国语教科书》,直到高年级才出现一些翻译文学,如第6册中的《抬老驴》《波斯国王的

小学初级用《新学制国语教科书》(1923)

新衣》《遇熊》《大萝卜》(剧本)、《聪明的老鸦》《孔雀和狐狸》。全册50课,翻译文学10课(《波斯国王的新衣》分成4课、《大葡萄》分成2课),占课文总数的20%。和此前的初小国文教科书相比,翻译文学的数量明显增加。因为新学制时期强调培养儿童的阅读兴趣,教材的呈现要和儿童的经验相一致,所以这些翻译文学很少像民初小学国文教科书中的翻译文学那样,出现许多外国的人名、地名、器物等,而是像清末小学国文教科书那样,选择含中性普适的题材的翻译文学,如《聪明的老鸦》:

老鸦飞到沙滩上,看见许多蛤蜊。老鸦要吃蛤蜊肉。但是蛤蜊的壳很坚固,老鸦用嘴去啄,终啄不开。

老鸦没有别法,只得衔着蛤蜊,飞到离地三四十丈的半空里,把蛤蜊丢下去。蛤蜊打在石头上,壳既然打破,肉也被老鸦吃着了。

老鸦飞到古庙里,看见一个水瓶。老鸦要吃瓶里的水。但是瓶深水浅,老鸦用嘴去喝,终喝不着。

老鸦没有别法,只得衔着小石子,一颗一颗的装在瓶里。于是石子高起来,水也高到瓶口,被老鸦喝着了。

虽然这篇课文出自《伊索寓言》,但乌鸦则是中国儿童的习见之物。还有如《波斯国王的新衣》,除了波斯是外国名称外,其他如国王、大臣、士兵等也是中国常用的称呼,还有织布、游街等更是中国常见的事情。可能正因这些翻译文学超越了时空,这些课文除了《大萝卜》外,至今仍以《抬驴》《皇帝的新装》《遇熊》《乌鸦喝水》《孔雀和狐狸》等出现在小学语文教科书中。又如缪天绶编、商务印书馆1924年初版小学校高级用书《新撰国文教科书》的第4册共48篇课文,翻译文学就有《波斯老人》《人格》《世界公民诺贝尔传》《巴朋人烛厂为佣》《巴朋得奖》《记孝子比尔事》《名人轶事》《牛痘与占那士》《鲁滨孙(一)》《鲁滨孙(二)》《最后之一课》11课,约占课文总数的23%。另外,这些翻译文学和民初小学国文教科书中的翻译文学相比,尤其是出现在低年级的教科书中的,更多了趣味而少了教训。

1923年颁布的《新学制初级中学国语课程纲要》《新学制高级中学国语课程纲要》分别由新文学家叶圣陶、胡适拟定,两份课程纲要均竭力推荐学生阅读翻译文学,如在《新学制初级中学国语课程纲要》所列举的略读书目中,13条小说阅读书目中竟然有9条是翻译小说,包括《侠隐记》、《续侠隐记》(伍光健译)、《天方夜谭》(文言译本)、《点滴》、《欧美小说译丛》、《域外小说集》(周作人译)、《短篇小说》(胡适译)、《阿丽思梦游奇境记》(赵元任译)和"林纾译的小说若干种"。戏剧阅读书目的两条之一是"于近译西洋剧本内酌选如易卜生集第一册（潘家洵译）之类"①。在这些课程纲要制定者看来，"文言文是国文，语体文也是国文，甚而至于把由各国文字翻译成的中国文，也秘密的承认为国文了"。② 于是，翻译文学进入中学国语（文）教科书达到高潮。《国语课程纲要》颁布前，因为当时翻译文学不多，所以1920年何仲英和洪北平合作编纂、我国第一本正式作为中等学校用的白话文教材《白话文范》出版时，只收录了翻译小说《铃儿草》（法国伏兰著、恽铁樵译）、《畸人》（法国伏兰著、周瘦鹃译）、《最后一课》（法国都德著、胡适译）和《航海》（俄国杜仅纳甫著、耿介之译）等4篇翻译小说。此后，因为白话翻译文学增多，加上国语纲要的强调，还有一个重要原因是，在当时的中学国文课堂上，师生们所热衷讨论的是问题和主义（下文将要提到的《初级中学国语文读本》的编者之一、吴淞公学教员孙俍工指出，自五四运动以后，因为思想解放道德解放的结果，以前不成问题的问题都成为问题了。礼教成了问题，贞操成了问题，劳动成了问题，思潮波荡所及，社会几乎动摇起来；社会上所有缺陷几乎完全暴露了；这实在是一种文化运动进步的表征③。同为吴淞公学教员的另一编者沈仲九更是认为"不懂国语文提倡的理由，不懂女子解放问题、贞操问题、婚姻问题、礼教问题、劳动问题等，却是要做一时代的落伍者"。④翻译文学无疑负载着这些西方已有而中国正缺的思想资源），于是多数教科书选入了大量的翻译文学作品。如由范祥善、吴研因、周予同、顾颉刚、叶圣陶编辑，经胡适、王岫庐和朱经农校订的初级中学用《新学制国语教科书》的第1册50篇课文中就有《林肯的少年时代》《勇敢的讷尔逊》《旧金山的蚊阵》《堡砦上的风景》《我的学校生活一断片》《约翰孙的靴子》6篇翻译文学，占课文总数的12%。呈现时，"较为艰生的外国人名、地名等，一律加以注释附在篇末，务使学生在课外可以考查"（编辑大意）。还有些教科书甚至出现了单册为翻译文学专辑的现象，如孙俍工、沈仲九编写，1923—1926年民智书局出版的6编（册）《初级中学国语文读本》的编辑大意称："第五六编则为国外小说名作底翻译。长篇剧本多有单行本，不复入选"，"各编文章的次序……第五六编以作家底国别和时代为准"。其中第5编选的是3个国家11位作家的14篇作品：《卖国的童子》（法·杜德）、《知事下乡》（法·杜德）、《瞎子》（法·莫泊三）、《林中》（法·莫泊三）、《红蛋》（法·佛朗士）、《代替者》（法·

---

① 课程教材研究所编：《20世纪中国中小学课程标准·教学大纲汇编（语文卷）》，北京：人民教育出版社，2001年版第276页。
② 王鑑：《与一些朋友们谈谈国文》，《学生杂志》，1924年第十一卷第十二期第39页。
③ 孙俍工：《新文艺建设发端》，中国中等教育协进社编《中等教育》，1923年第二卷第二期第1页。
④ 沈仲九：《中学国文教授的一个问题》，《教育杂志》，1924年第十六卷第五号第10页。

考贝)、《路易金币》(法·考贝)、《欢乐家庭》(德·滋德曼)、《活骸》(俄·屠介涅夫)、《圣诞树前的贫孩子》(俄·陀斯妥以夫斯基)、《高加索之囚人》(俄·托尔斯泰)、《玛加尔的梦》(俄·科罗连珂)、《审判》(俄·契珂夫)、《异邦》(俄·契珂夫)、《赌采》(俄·契珂夫);第6编选入了俄、瑞典、芬兰、日本、爱尔兰、意大利、希腊、波兰、印度等国20位作家的22篇作品:《铁圈》(俄·梭罗古勃)、《争自由的波浪》(俄·高尔该)、《齿痛》(俄·安特来夫)、《幸福》(俄·阿尔支拔绥夫)、《卞利奥森在天上》(脑威·包以尔)、《鹭巢》(脑威·般生)、《改革》(瑞典·斯忒林培克)、《忍心》(爱尔兰·夏芝)、《潮水涨落的地方》(爱尔兰·唐珊南)、《金钱》(意大利·邓南遮)、《愿你有福了》(波兰·显克微支)、《世界的徽》(波兰·普路斯)、《影》(波兰·普路斯)、《拉比阿契巴的诱惑》(犹大·宾斯奇)、《扬妈拉媼复仇的故事》(新希腊·蔼夫达利阿谛斯)、《疯姑娘》(芬兰·明那亢德)、《归家》(印度·太戈尔)、《邮政长》(印度·太戈尔)、《星》(日·国木田独步)、《初春的一日》(日·佐藤春夫)、《乡愁》(日·加藤武雄)、《B的自述》(日·武者小路实笃)。另外,其他几册中还有《珊格夫人自传》《王尔德的散文诗五首》《太戈尔的诗七首》《察拉图斯忒拉的序言》等其他体裁的翻译文学。又如1926年8月北京孔德学校编的《初中国文选读》的第9册则是"外国文学读本",收入胡适、鲁迅等人翻译的《柏林之围》《梅吕哀》《杀父母的儿子》《渡船》《赛根先生的山羊》《卖国的童子》《天真烂漫》《莺和蔷薇》《我的学校生活的一断片》《鱼的悲哀》《池边》《狭的笼》《时光老人》《黯淡的烟霭里》《鼻子》共15篇小说。阮真在评价这一时期的教科书时说,初级中学用《新学制国语教科书》"白话的教材,除了时人议论,创作文艺——新诗小说小品居多,——之外,还选了许多英俄德法日本瑞典波兰的翻译小说",与民智书局出版的《初级中学国语文读本》旨趣相同的中华书局出版、沈星一编的"中华的《初级国语读本》,所选的全是白话文,而且多是时人在报志上发表的长篇,(一篇文章,往往有五六千字以至七八千字的。)也有好些创作的新诗和翻译的小说。他的宗旨,大约在补充古文读本的不足,所以灌输新思想,提倡新文艺的了"。[①]

前文说过,课程标准的制定者和教材的编者"把由各国文字翻译成的中国文,也秘密的承认为国文了"[②],但是,大量翻译文学进入中学国语(文)教科书引发了

[①] 阮真:《几种现行初中国文教科书的分析研究》,《岭南学报》,1929年第一卷第一期第102、103页。
[②] 王鑑:《与一些朋友们谈谈国文》,《学生杂志》,1924年第十一卷第十二期第39页。

持民族主义立场的学者的批评,其中也包括教科书的编者①。当时对此进行批评的角度有二:一是容易导致学生写作语言欧化的流弊。因为处在白话文创立初期,所以从这个角度来批评的并不多,目前只见1924年林西轶在《初中国文科读书问题之研究》一文中对前述国语课程纲要推荐阅读翻译小说提出了批评,而且指出周作人直译的西方小说过于欧化而使学生失去阅读兴趣,或使其抛开传统白话小说的语调而有意模仿欧化语调②:

即如近来翻译的小说,语法太偏于欧化,亦很不宜于初中学生阅览。如纲要所举周作人译的,我曾经给学生试验过,大多数感到一种莫名其妙的困难,实在因周先生的语体太欧化了。在周先生固可自成一派,而为一般"文字未顺"的初中学生打算,非但减少兴趣,并且还有流弊。为什么呢?因为学生看惯了《水浒》、《儒林外史》、《老残游记》、《镜花缘》一类的语法通顺的文体,忽又参入这种欧化的语调,势必使学生无所适从,弄成一种非欧非中、杂糅不通的语调,这是何等的危险啊!

二是容易导致学生漠视传统文化。多数论者是从这个角度来批评的。如1921年中华书局在以问答的形式推介其所编的《新教育教科书》时就指出,教科书中的外国故事"和本国故事比,至多只好三分之一,以养成中华民国的国民。如果大半用外国故事,只好养成外国国民了"。③ 又如孟宪承在《初中国文教材平议》一文中,对这些教科书编者广用翻译文学做课文的做法大加鞭挞,他说④:

在二十世纪的国家中,十三岁学生的国文读物里,居然含有这样热烈丰富的国际化的色彩和分素;其取材兼收并蓄,居然罗列英、法、俄、德等国最新的作品。这种文艺大同的精神的表现,宜可以在万国教育会席上大大的自己夸耀!同时假使有外国教育家,还低徊仰慕着中国数千年故旧的文化和学艺而一考查我们初中的国文教材,于自国文学的遗传,乃先已淘汰了洗净了到这个程度;谅也不能不暗暗吃惊,而愈叹东方人的不易了解!

1923年4月,钱基博在《初中中国文学读本写目说明书》中对孟宪承的言论大加赞赏,称其与自己"英雄所见略同",并认为"现在编纂中国文学读本,最要紧的一句话,总不可忽略过'中国'两字才兴","中国文学,当然非翻译文学"!在文中他还

---

① 前文提及何仲英主张以翻译小说作教材,不过同时他对采用翻译剧本做教材持保留态度,他说:"西洋剧译成国语的,容有一二,又因他的意义,与我国国民生活和思想上不尽吻合,难作教材。"何仲英:《国语文底教材与小说》,《教育杂志》,1920年第十二卷第十一号第3页。
② 林西轶:《初中国文科读书问题之研究》,《教育杂志》,1924年第十六卷第六号第2页。
③ 《中华书局出版的〈新教育教科书〉答问》,《中华教育界》,1921年第十卷第八期。
④ 光华大学教育系、国文系编:《中学国文教学论丛》,上海:商务印书馆,1927年版第103页。

提到,此前他在给江苏义务教育期成会会长袁观澜的信中,就当时的国语课程纲要强调翻译作品阅读等问题提出了批评,他在信中说①:

  高级中学之小说剧本教材,皆外国译本,似非所宜。博以为此国语科文学教学,而非外国文学教学。若云国语科之文学教学,则中国之文学作品,尚嫌日力不给! 岂有舍己芸人,而以外国文学译品,为国语科之文学教材者? 故博以为外国文学译品,似不如留作外国语教学之参考;而整理中国旧有之小说戏曲为国语科文学教材之为名正而言顺也。

  1925年3月,钱基博在其所编的中华书局版新师范讲习科用书《国文》的编辑大意中再次反对翻译文学进入国文教材:"近论者咸主以小说剧本加入国文课;而教材多取外国译本。夫小说剧本,诚亦文学之一种。然外国小说剧本之译本,只可以供外国文学教学之参考。若曰国文,顾名思义,似以取中国固有之小说剧本,而择其说白干脆,情文相生者为宜。故本书所列小说剧本,一以中国为主。惟元剧千古绝作,而中多古方言,初学本未易晓,姑从割爱。"

  从以上反对者的论述中可以看出,他们没有正面否定翻译文学的文学价值,而是从保护民族语言、文化的角度出发来反对翻译文学进入国文教科书的。

---

① 光华大学教育系、国文系编:《中学国文教学论丛》,上海:商务印书馆,1927年版第103、104页。

第四章
新标准前后翻译文学教育(1927—1936)

1927年南京国民政府成立,为了加强对全国的统治,国民政府推行"党化教育",不过"党化"二字引发了不小的争议,在一些学者的推动下,在1928年5月,中华民国大学院(教育部)召开第一次全国教育会议,会议通过了"废止'党化教育'代以'三民主义'"的议案,并确定了"三民主义"为中华民国的教育宗旨①。9月,国民政府认可了这个议案,并正式通告全国,称"中国国民党,以三民主义建国,应以三民主义施教"②。大学院(教育部)颁布了有关教科书的审查标准(1927)及新修订的各科暂行课程标准(1929)。《教科书审查标准》之"教材实质"的第一条是"革命化"③。1929年颁布的《初级中学国文暂行课程标准》的"选用教材的标准"的第一条就是"包含党的主义及策略,或不违背党义的"。④ 可见,和此前相比,民族主义思想教育明显得到加强。如果说此前只是钱基博、孟宪承等持民族主义立场的学者的个人主张而没发生实质的影响的话,那么现在则是以三民主义为立国之本的官方立场,必然带来全局性的影响,就如黎锦熙所说,"殆民十六(一九二七),以党建国,'训政开始',教科书之面目又一变"⑤。尤其是1931年九一八事变爆发,日本侵占了东北,1932年一·二八事变爆发,日本企图占领上海之后,民族主义由政党的

---

① 《国民政府下之第一次全国教育会议·取消"党化教育"名词,确定"三民主义教育"案》,《教育杂志》,1928年第二十卷第六号"教育界消息"栏第3页。
② 杜佐周:《中国教育的改造和建设》,《教育杂志》,1929年第二十一卷第二号第8页。
③ 《教科书审查标准》,《教育杂志》,1927年第十九卷第十号"教育界消息"栏第5~6页。
④ 课程教材研究所:《20世纪中国中小学课程标准·教学大纲汇编(语文卷)》,北京:人民教育出版社,2001年版第283页。
⑤ 黎锦熙:《三十年来中等学校国文选本书目提要》,国立北平师范大学《师大月刊》,1933年第二期第4页。

思想变成了全民族的情绪。一些学者主张多选中国传统故事,如1929年,贺玉波在《儿童的文学教育》中称:因为本土儿童文学创作匮缺,"为需要计,不得不采用翻译的外国儿童文学的作品。但是这种翻译的作品,有许多是不适合我国的儿童阅读的,又有许多的译文简直生涩得连成人也难懂得",所以应选择一些我国古代的作品加以"改造"①。1931年,著名编辑朱文叔在《关于小学国语读本的几个重要问题》中就将"要多用中国故事"作为他所确立的10条小学国语选材标准之一,只不过没有明言"少用外国故事"而已②。一些小学国语教科书中因有反映爱迪生等发明家的课文,也被认为有"推崇外国"的嫌疑③。

为抵制日本的文化侵略,国民政府分别于1932、1936年两次颁布小学国语、中学国文课程标准强调本国语言文字的学习,如1932年10月颁布的《高中国文课程标准》课程目标的第一条就是"使学生能应用本国语言文字,深切了解固有的文化,以期达到民族振兴之目的"④,所以主张加强民族主义教育和传统文化教育,进而主张教科书多用利于激发民族精神的本国材料而少用翻译文学。1934年有学者称:"文学宗主情感娱志为归,不必有国界,如以文学即国文,则'国'字为赘词,世界各国,下国文或国语之定义,只曰本国特有之文字,或本国特有之语言。国文国语为工具,为媒介,其义至显,工具媒介,必有所藉,或藉以成事达理,所成者或所达者,必以本国之文献为主,以传译他国之文献为辅,亦明甚。人不能数典忘祖,如一国之人民能继承本国之文化,国运昌隆可期,亦为识者所审知,毋待于赘述。由是知国文包括文学,媒介文献,使研习者获有继承本国文化之资格,国文之定义当不外乎此。"⑤1932年9月,国立编译馆教科图书审查委员会将北新书局送审李小峰、赵景深等人编写的高级小学用《北新国语教本》纳入"修正后再送审之图书",并在批语中解释了部分原因为"惟选材尚欠精审,有不宜儿童阅读者,外国材料不少,而中国历史上伟大事功及伟人的故事则绝无仅有,应酌量增删"。⑥ 又如1933年11—12月委员会又将孙怒潮编的6册《初级中学国文教科书》列入"修正后再送审之教科图书",其批语提到其中部分缘由为该书"惟少注意于目标之第一条(1932年颁布的《初级中学国文课程标准》的课程目标——引者),遂与振兴民族之旨,由

---

① 贺玉波:《儿童的文学教育》,《教育杂志》,1929年第二十一卷第十二号第70页。
② 朱文叔:《关于小学国语读本的几个重要问题》,《中华教育界》,1931年第十九卷第四期第139页。
③ 吴研因:《关于〈小学国语教材的疑问〉之检讨》,《时代公论》,1934年第一三〇期第18页。
④ 课程教材研究所编:《20世纪中国中小学课程标准·教学大纲汇编(语文卷)》,北京:人民教育出版社,2001年版第293页。
⑤ 曹刍:《中学国文教学之商榷》,《江苏教育》,1934年第三卷第五、六期第2页。
⑥ 《国立编译馆审查教科图书一览表》,《图书评论》,1932年第一卷第五期第119—120页。

所违戾"。① 以至于如孙怒潮编的 6 册《初级中学国文教科书》在 1934—1935 年由中华书局出版时,编者特在编辑大意中强调:"翻译作品有振作民族精神,及体制风格合于国情足为模范者,间采百分之七八。"

　　主张教科书少用翻译文学,除了与当时民族主义思潮高涨有关外,还与当时文学界掀起反对白话文学欧化的现象有关。文学革命发生后,为了创作新文学、创造新国语,在胡适等人的号召下,学者们翻译了大量的西方文学作品为借鉴,一些作家的写作技法、用语也因此而逐渐"欧化",如周作人、徐志摩等人的作品,这引起了一些文学创作者的不满。如新文学家俞平伯在《中国小说谈》一文中就对此进行了猛烈地抨击,他说:"现在创作小说的惟一靠山,就是摹拟西洋,所谓'欧化'",然而忽视了我国历史上已有的可以为新文学汲取的因子,只有学习我国优秀的传统小学的某些技法和语言,才能对欧化有所"限制"②。他的这篇文章被朱剑芒选入 1930 年世界书局出版的《高中国文》第 3 册中,这说明编者认同俞平伯的这种想法。国语运动者黎锦熙也批评说,学生作文中也因此出现了欧化的白话文。教科书的编者也持相同看法,如杜天縻、韩楚原编、世界书局 1933 年 9 月再版的《杜韩两氏高中国文》第 1 册第 4 组"翻译文学"的"基础教材"是胡适的论文《论翻译(附曾孟朴答书)》,"范文"为常惠译的《项链》。编者在课后的"文法与作法"中就列出了常惠译文的两点不当:"译文句法有特殊之处,因尚未脱原文之痕迹也;如'所让我发愁的是没有一件首饰',若通常的句法,必为'我所愁的是没有一件首饰'。""译文有因原文连叠用数多之形容词或副词,以致句调繁复而冗长者;若在创作,必截裂为数短语,使读者易于上口矣"。③ 指出了译文因直译造成句法欧化而不易上口,而这在创作时是要尽量避免的。

　　正因为以上两个重要的原因,所以正式出版的教科书中翻译文学课文数量骤减,有些课文的主旨、题材也发生了变化。

　　先看小学国语教科书中的翻译文学。这一时期教育界仍然主张翻译外国的儿童文学作为教材,同样对译者素质和翻译策略也提出了限制以保证质量,不过更强调符合国情。如 1933 年赵侣青、徐迥迁在《儿童文学研究》中称④:"翻译外国文学,其作用有二:(1)用外国文学给儿童欣赏,藉以培养儿童的世界观念;(2)在外国,

---

① 《国立编译馆审查教科图书一览表》,《图书评论》,1934 年第二卷第八期第 119 页。
② 朱剑芒编、徐蔚南校订:《高中国文》,上海:世界书局,1930 年版第 3 册下编第 76—77 页。
③ 杜天縻、韩楚原编:《本韩两氏高中国文》,上海:世界书局,1933 年版第 1 册第 105 页。
④ 赵侣青、徐迥迁著:《儿童文学研究》,上海:中华书局,1933 年版第 89—90 页。

儿童文学的发达较早,富彼此传诵、百读不厌的作品,开了翻译之门,无形中增加了儿童文学的殖民地,来源方面,也就越发广大了。不过译者本人,第一须对于儿童文学有相当的研究;其次对于外国文字之修养,也须在水平线以上;还有对于外国的风俗、人情及国民性,须有相当的认识。三者自问不成问题,然后可从事翻译。最好集合同志,组织儿童文学选译会。未着笔之先,共同搜集审核;审核既定,彼此商量,何者宜省略,何者宜补充,使能适合国情,适应事实;一文译成,先实地试验,修正后,宣布而公之同好。"他们提出的具体翻译策略包括:"(1)事实之表出,须适合儿童口吻;(2)行文要自然而活泼,明晰而正确;(3)时代观念,只要说明'几千年前'或'几百年前'……不必明定某朝;(4)地名,须改用现在的名称;(5)人名可以沿用;(6)不能直译时,用意译;(7)加入插图,表出文字的主要点,要对于当时的情景和装束,适如其分。"其中"地名、人名,宜用注音符号对译,以减少困难"。又如,1934年吕伯攸认为,"圣诞老人""耶稣"等孩子根本不懂,"乔琪""高登""拜伦"等读起来也不顺口,所以首先要按照中国的表达习惯翻译人名、地名,如将"Robert Fulton"译成"福登","还有许多不合于中国儿童的事实,不如直截痛快地删改过。一国有一国的国民性,一国有一国的风俗、人情,对于高年级儿童,我以为供给他们一些,让他们由此可以获得一些世界观念,倒也是很有意义的"。[1]

不过,考察这一时期的小学国语教科书后,我们发现其中的翻译文学数量明显骤减。如1932年初版的沈百英等人编、商务印书馆出版的初级小学用8册《复兴国语教科书》的编辑大意称:本书编辑主旨之一就是"灌输党义,提倡科学"。该书前5册未见翻译的儿童文学,在第6册中只有将故事改编而成的剧本《卖驴》(一)(二)和《住在沙漠里的小安生》3课,第7册中只有《遇熊》《乌龟的巧计》《蚂蚁和蟋蟀》《专心研究的牛顿》4课,第8册中只有《让步》和《两个小旅行家的谈话》(一)(二)3课,该书每册40课,翻译文学约占其中的10%。可见,和新学制时期的初级小学国语教科书相比,翻译文学数量明显减少。第7册的前4课是《国旗歌》《革命的初步宣传》(一)(二)和《怎样叫做三民主义》,第8册的前4课是《看我驾了小飞艇》《四个爱国的小学生》(一)(二)和《一个车夫的死》,显然这样的课文更适合形势发展的需要。又如吴研因在其编写的世界书局于1933年初版的新课程标准教科书初小《国语新读本》,其编辑大意中称,该书内容应注意的前两点为:"甲、具有理想的目的。在现时的中国,应给儿童以怎样的观念和思想?准备造就如何的国民?

---

[1] 吕伯攸:《儿童文学概论》,上海:大华书局,1934年版第135页。

这是本书极注重的问题……乙、切合儿童生活。本书选材,以儿童生活为中心,力求切合于中国一般儿童的习惯和需要。凡外国儿童和中国欧化家庭特殊阶级儿童所习惯的语言、动作、食物、玩具等,一概避免。"相应地,本书中翻译儿童文学并不多,只有《乌鸦怎么样吃蛤蜊肉》《乌鸦怎么样喝瓶里的水》等中外儿童皆常见的动物题材的外,还有就是《鲁滨逊漂流荒岛》和《松太郎唱歌讲故事》等普适性的励志故事。

中学国文教科书中的翻译文学数量也急剧下降。首先,体现在一般的文选型教科书中。如1931年南开中学编印的《南开中学初三国文教本》上、下册共163课,而翻译文学只有《柏林之围》(胡适译)、《二渔人》(胡适译)、《乐人扬珂》(周作人译)、《项链》(常惠译)4篇,约占课文总数的2%,其主旨要么是歌颂反抗外族入侵的崇高,要么是揭露西方底层民众生活的艰辛。前述孙怒潮编1934—1935年中华书局出版的《初级中学国文教科书》,虽然在编辑大意中标示了要用翻译文学作课文,但在全6册共216课中,翻译文学只有《亚美利加之幼童》(包公毅译)、《麻雀》(屠格涅夫作,石民、清野合译)、《一滴的牛乳》(阿伽洛年作)、《母亲》(人见贝作、苏仪贞译)、《写信问母亲索钱的晚上》(奥荣一作、周作人译)、《在母亲旧居的门前》(拉马尔丁作、曲秋译)、《黑玫瑰》(伊林潘林作、赵景深译)、《小鸡的悲剧》(爱罗先珂作、鲁迅译)、《争自由的波浪》(高尔基作、董秋芳译)、《文明的曙光》(须耐拉尔夫人作、胡愈之译)、《马赛革命歌》(黎士礼作、刘复译)、《柏林之围》(都德作、胡适译)、《小鸟儿的歌曲》(乌申斯基作、李秉之译)、《失业》(左拉作、刘半农译)、《沙漠间的三个梦》(须耐拉尔夫人作、周作人译)、《对月》(哥德作、郭沫若译)、《以安水仙之幽灵》(保罗梵乐希作、梁宗岱译)、《吹笛》(苻耳赫列支奇作、周建人译)18篇共17课,约占课文总数的8%。[①] 又如1933年马厚文编、大华书局出版的《标准国文选》3编6册,虽然其编辑大意特别谈到了翻译文学——"译品之佳者,虽来自异邦,而与国情适合,又或他山之石,可为攻错之资,兼容并包,亦可广世界之知识,博文学之兴趣",但是就目前所见的第1、3、5册来看,共154课,其中翻译文学有《林肯的少年时代》(孙毓修译)、《勇敢的纳尔逊》(孙毓修译)、《少年爱国者》(夏丏尊译)、《我的学校生活一断片》(胡愈之译)、《少年笔耕》(夏丏尊译)、《最后一课》(胡适译)、《二渔夫》(胡适译)、《柏林之围》(胡适译)9篇,约占课文总数的6%。

其次,体现在"知识+文选型"教科书中。20世纪20年代末30年代初,出现了

---

① 演讲词、书信等应用文译作没有计算在内。

许多"知识+选文"型的中学国文教科书,在这些教科书中选文的功能是作印证语法(修辞)或写作知识的例子。虽然不必考虑其主旨的积极而只考虑其艺术,但因为学习翻译文学容易导致学生写作欧化的不良倾向,所以选入教科书中也不多,如1930—1931年赵景深编、北新书局出版的以语法(修辞)知识为经、以选文为纬的《初级中学混合国语教科书》6册共180篇课文,其中翻译文学只有《义侠的行为》(亚米契斯)、《弟弟的女先生》(亚米契斯)、《花与少年》(小川未明)、《卖火柴的女儿》(安徒生)、《最后一课》(都德)、《先驱》(哀禾)、《荒岛游历记》(焦尔思威奴)、《燕子与蝴蝶》(戈木列支奇)、《沙里奥》(阿左林)、《知事下乡》(都德)、《雨》(陀罗雪维支)、《流星》(力器德)、《小小的一个人》(江马修)13课,约占课文总数的7%。又如1934年朱剑芒编辑、世界书局出版的《朱氏初中国文》6册共360篇课文,其中翻译文学只有"叙述学校中良好的师生"的《弟弟的女先生》(亚米契斯)、《义侠的行为》(亚米契斯),"叙述家庭中父母训诲"的《上学的训话》(亚米契斯),"描写雪中的景色"的《初雪》(罗传尔),"叙述花的生活与花间的故事"的《花的学校》(泰戈尔)、《花与少年》(小川未明),"叙述家庭的教诲"的《决心》(孟德格查),"描写夏天的景物与旅行的乐趣"的《夏季的旅行》(鹤见 辅),"抒发系恋尊亲的情绪"的《书信》(孟德格查),"描写学徒的困苦"的《樊凯》(柴霍夫),"描写冰雪中景色与劳力者苦况"的《一滴的牛乳》(阿伽洛年),"申述欧洲人的爱国思想"的《马赛革命歌》(黎士礼),"记述欧洲人的勇敢与革命运动的热烈"的《少年侦探》(亚米契斯)、《月起》(一)(二)(葛赖戈蕾),"抒发因动物引起的情绪"的《猫的墓》(夏漱石),"申述春天的美感"的《春天与其力量》(爱罗先珂),"申论妇女解放问题"的《黄昏》(什朗斯奇)等18课,占课文总数的5%。

不过,令人奇怪的是1934年阮真却在《时代思潮与中学国文教学》一文中称:中学国文教学从1926年之后进入了"翻译文学大盛的时代",这和我们在前面分析的翻译文学退潮的情形恰恰相反。其实,前文所说的翻译文学退潮是指其在正式出版的教科书中的境况,而阮真所说的翻译文学大盛则是指其在教师自编教材中的境况。阮真称:当时国共两党因阶级斗争而宣传三民主义或共产主义,导致普罗文学兴起,进而"掀动了青年学生的脑筋,做中学国文教师的,又不得不去拿最新的俄德文学来做教材",不少学校的学生"要求教师讲普罗文章,编中国文学史要以劳动问题为中心"。阮真和前述孟宪承、钱基博的观点一样,认为"拿外国的翻译文学来代替中国文学,占了中学国文教材的重要地位,在中学国文教学的目的,教材的位置看来,都是很不应该的"。不过,他也不是完全从民族主义立场出发而反对的，而是从作品本身的价值来判断的其是否适合做教材的，他说："无论英美德法，他们的中学国文教材，大都是已经评论家估定价值，在文学上比较有固定的地位的作品……在英国、法国，新文学应否选入国文教科书的问题，争论甚多，但编教科书者，却还慎之又慎，不敢造次"，而"现在我国，有无提倡无产阶级文学的必要，还是一个问题；而这种创作的很少，却是事实。如果要从俄文、德文中去翻译，固非中学国文教师所能办到；即使办得到，如要拿它做为①正式的教材，我以为不如教学生去随意看看。因为在中学国文教材中，应教的文章种类很多，这种浅近的翻译文学，不宜占了正式教材的位置"②。

1936年，洪芸仙对1932年中学国文课程标准强调本国文化教育，以及中学国文教科书中翻译文学减少的做法不认同，他认为非常时期的国文教育，一方面要有"关于青年生活陶冶"内容，另一方面也要有"关于外国文学作品的欣赏和近代世界学术思想的认识"的内容："我们既然承认国文科所负教育的使命有陶冶青年人生一项，则国文教学目的当然不能不将这项列入，况且中国学生外国文字根底尚浅，原文书报多未能阅读；而外国文学作品的欣赏和近代学术思想的认识，已有刻不容缓的需要。在此只有藉（借）助于译述作品，由国文学科担任介绍指导的任务。"所以中学国文课程标准中应加入"从国文教学上指导学生作人格的充实思想的运用及对人生的认识"和"简要的欣赏世界文学名著；理解普通的文学理论；并认识近代世界学术思想之大势"两条③。

---

① 做为，今作"作为"。
② 阮真：《时代思潮与中学国文教学》，《中华教育界》，1934年第二十二卷第一期第9—10页。
③ 洪芸仙：《高中国文教材之研究》，《师大月刊》，1936年第24期第162—163页。

第五章

全面抗战及之后翻译文学教育(1937—1949)

1937年7月7日,日本发动了全面侵华战争。中华民族处在亡国灭种的边缘,中日两国的矛盾立即取代国共两党的矛盾而成为主要矛盾。为了抗击日本的侵略,1941年颁布的《国语科课程标准》将激发民族精神、保存民族文化确定为中小学国语、国文教育的首要目标。所以国语、国文教材多以民族英雄事迹和当代领袖、将领、兵士的故事为主,中国新文学作品很少,翻译文学就更少了。1937年抗战爆发前,国民政府准备实行教科书国定制,不准民间编印教科书,然而随着抗战的爆发,并没有得到落实。民间出版机构因资金、物资紧张没有新编教科书而只是重印已出的教科书,官方又因忙于抗战且缺乏专门的编辑人才,而购买了抗战前出版的较好的教科书的版权,只简单地变更了书名和著者,并稍微替换了几篇课文。如1938年7月开始分别以"国立编译馆"和"教育部编审会"为名,陆续出版的《修正初小国语教科书》和《修正高小国语教科书》,实际上就是1932年叶圣陶编、开明书店出版的《开明国语课文》和沈百英等人编、商务印书馆出版的高级小学用的《复兴教科书国语》;1938—1941年分别以"中等教育研究会编纂"和"教育总署编审会"出版的《初中国文》和《高中国文》,实际上就是1937年初中华书局出版的宋文翰编的《新编初中国文》,及宋文翰与张文治合编的《新编高中国文》。前文分析过,这些新标准期间出版的国语、国文教科书中翻译文学不多。当然,官方上述购买民编教科书的版权来充当国编教科书只是权宜之计。

很显然,上述这些实际编写于抗战爆发前的教科书显然不符合形势发展的需要,所以真正的国编教科书也开始出版,其中小学国语教科书有国立编译馆编、七家联合供应处印刷的1941—1942年版《初级小学国语·常识课本》和1947年版《高级小学国语》,中学国语教科书为教育部教科书编辑委员会编辑、七家联合供应处印刷的1946年版《初级中学国文甲编》。《初级小学国语·常识课本》多是介绍科学知识、激发斗争精神的儿童文学化了的课文,翻译文学难见,即使是涉及国外的故事,要么是为了说明某种科学常识服务的,如第6册中的《发明电话的倍尔》一文介绍电话的发明过程;要么是歌颂政党友邦的领袖、英雄,如该册中的《一个忠勇的女子》,写一战期间,有个叫罗斯的比利时女孩,在同盟国之一德国军队攻占他们村庄之时毅然参军抵抗。在战斗中,一个受伤的比利时军官递给她一张向总部报告战况的纸条。她立即打电话将消息报告了总部,并将纸条撕碎放入盛水的花瓶中。德兵闯进来后问她传递了什么消息,她宁死不说,最后英勇就义。还有《罗斯福》一文介绍美国总统罗斯福的不朽功勋与献身精神,《勇敢的华盛顿》一文介绍美国开国总统华盛顿在14岁的跳河救人的义行,《不知害怕的纳尔逊》一文介绍英国名将12岁开始探险的壮举。《高级小学国语》的编辑大意称:"本书选材根据《国父遗教》《总裁言论》及中央政策。""本书指导儿童学习平易的语体文,并欣赏儿童文学,以培养其阅读能力和兴趣。""本书取材标准,系遵总裁手著《中国之命运》第五章所指示之心理建设、伦理建设、社会建设、政治建设与经济建设五项建国基本工作,故特别注重小学教师、军人、飞行员、乡社自治员、边疆屯垦员及工程师之培养,选取最新材料,以供儿童精读之用。"其课文内容可想而知。其中的翻译文学只有第2册中的《伊资》(美国人伊资倾心造船并开创了潜水工程)、《鲁滨孙飘流记》(英国人鲁滨孙航海探险、荒岛求生的故事),第3册中的《史蒂芬》(美国人斯蒂芬修太平洋铁路和巴拿马运河)。虽然1938年就有人提出国文教科书中反映世界弱小民族反抗的文学作品很少,"我们今天反抗日本的侵略,是要尊从总理昭示联合世界上以平等待我之民族共同奋斗,尤其是各弱小民族。他们和我们的遭遇相同,在文学上表现的色调相同,我们要多读这些作品作我们意志上的鼓励,我们可以从那(里)面找到温馨的同情,热烈的期望"[①],但是国编小学国语教科书并没有以此来选择翻译文学,大概是因为编者认为选择以强大的友邦的英雄和领袖为题材的课文,是为了向国民昭示有赖以依靠的强大后盾进而增强民众的自信心,而选择反映世界弱小民族反抗的文学作品反而会让民众将其与当时的局势相联系而丧失信心。

---

① 石中玉:《审查中学国文教科书杂感(下)》,《教育通讯》,1939年4月22日第二卷第十五、十六期第15页。

《初级中学国文甲编》显然更强调政治思想的灌输,其第1册中的"编辑经过"对此作了交代:"二十七年(1938年——引者)中央颁布《抗战建国纲领》,又有改编教材之规定;本部复于同年奉总裁手谕,令即改编中小学语文、史、地、常识诸教科书,因即选聘编辑人员,改组本会组织,另订计划,赓续工作。"可见,这套教科书是在蒋介石命令之下,根据《抗战建国纲领》的精神编写的。其中的翻译文学只是点缀。如第1册中只有包公毅译的《亚美利加之幼童》写美幼童家境贫寒但不忘发奋读书,第2册一篇没有,第3册不详,第4册只有莫泊桑著、胡适译《二渔夫》写普法之战,巴黎被围,人饥粮绝,二渔夫不惧遭普鲁士士兵射杀之危险,经法军同意后相约出城钓鱼。后不幸被俘,虽然普鲁士士兵反复威逼利诱,但两人终因没有说出进城暗号而被枪杀。教科书后附的"题解"称:"《二渔夫》系以普法之战为背景之短篇小说。主人翁乃二小商人,而皆具有坚定之民族意识,至死不肯泄露本国秘密消息,文章正面写二人忠勇爱国之精神,另一面则反映普军之残无人性。"因为教科书只以思想性而不以艺术性选择课文,所以1947年邓广铭(恭三)就曾对国定的初中《国文》教科书提出过"控诉",他说:"初中国文课本中所选录的近代和现代的作品,很明显的是以尽量选取国民党中达官贵人的文章为原则的,因此,有很多在现代文坛上极有声誉的作家,其作品全都未被收进。"①

需要补充说明的是,在内战期间,共产党领导的人民政府编写的教科书中翻译文学的数量也很少,而且也是关注其思想性,只不过其中的友邦换成了苏联而已。如德俯等编、华北人民政府教育部审定、新华书店1948—1949年出版的初级小学适用《国语课本》的第5册的50篇课文中,翻译文学只有两篇,一是励志故事《龟兔赛跑》,二是歌颂苏联领袖列宁从小勤奋好学的《列宁的少年时代》。目前还发现北师大图书馆藏有两套人民政府辖区内学校或地方政府编写的中学国文教科书:晋察冀边区第七中学编、出版时间不详的《初中国文》第1册共21篇课文,其中的《两个铁球同时着了地》为翻译文学。合江省政府教育厅编审委员会编审、东北书店1946年出版的《高中文选》两辑共14篇课文,其中的《游美观感》(散文,苏联爱伦堡)为翻译文学。

翻译文学在中学教科书中比例偏低也引起一些学者的关注,如1942年余冠英在《坊间中学国文教科书中白话文教材之批评》一文中就说:"翻译的文章在有些国文教本里是可以见到的,有些教本里则绝无。傅东华先生所编的初中教本就悬了

---

① 邓恭三:《我对于国定本教科书的控诉》("上海大公报三十六年星期论文"),转引自龚其昌《中学国文问题之检讨》,《教育杂志》,1948年第三十三卷第九号第38—39页。

一条'译品一概不收'的例,他不曾说明理由,我以为是不可解的。就坊间教本所选的译文来看,鲁迅,周作人,徐志摩,夏丏尊诸先生的译笔都是精洁可读的。如所译都是名家杰构,就更有意义了。"①

我们再看中学生课外阅读中有关翻译文学阅读的两项调查②。1940年,心理学家龚启昌进行过一项"我国中学生的一般阅读兴趣"的调查,他调查了重庆、成都和贵阳3地初高中807名学生的课外阅读倾向。发现中学生对教育小说《爱的教育》《苦儿努力记》以及侦探小说《福尔摩斯侦探案》等均喜欢。如初一至高三的学生对《爱的教育》一书都很喜欢,该书在初一阅读兴趣中排第一、初二排第二、初三排第三、高一排第三、高二和高三排第四;《苦儿努力记》在初一排第三、初二排第八。对此,调查者在谈《爱的教育》时说:"这不可以不说是一册最普遍的读物了,这一类富有情感的教育小说,都能这样引起各级学生普遍的爱好,这是很值得我们注意的";《福尔摩斯侦探案》在初一排第五、初二排第四、高二排第七、高三排第九,到了高年级"童话剑侠这类书籍,可说绝迹不见了,不过像《福尔摩斯侦探案》等类惊奇的书,在各年级却仍极普遍,但年级愈高,位置即渐渐低落"。③ 可见,学生最喜欢阅读的翻译小说是那些与其学习生活相关,带有励志性质的教育小说和充满悬疑、情节跌宕的侦探小说。

1944年春天,李之朴在陕西、甘肃、四川等7省26所中学319名男女学生中进行过一项阅读兴趣的调查,发现排在初高中喜欢阅读的前47种书籍中,外国作品有7种,其排名情况为《爱的教育》第10位、《茶花女》第13位、《少年维特之烦恼》第17位、《天方夜谭》第18位、《鲁滨逊漂流记》第28位、《复活》第35位、《冰岛渔夫》第46位。调查者认为,结果表明"初高中学生因为生活经验的不同,因为程度的不同,因为身心发展的不同,所以在阅读方面亦常常有显然的差异……高中学生对于爱情的书籍,如红楼梦、西厢记、少年维特之烦恼等;对于翻译的书籍,如茶花女、天方夜谈(谭)、鲁滨逊漂流记等皆较初中阅读人数的百分比为高。至于少年读物,如爱的教育、寄小读者等则初中学生阅读的百分比比较高中为高",所以从总体上看,"高中学生已经显然的有阅读翻译作品的欲求"。④

---

① 余冠英:《坊间中学国文教科书中白话文教材之批评》,《国文月刊》,1942年第十七期第22页。引文中"傅东华先生所编的初中教本"是指"王云五主编,傅东华编著,上海:商务印书馆1933—1935年出版的6册《复兴初级中学教科书国文》"。
② 龚启昌:《中文阅读心理研究之现阶段》,《教育杂志》,1947年第三十二卷第三号36页。
③ 龚启昌:《中学生的阅读兴趣》,《教育通讯》,1940年11月30日第三卷第四十六期第7页。
④ 李之朴:《中学生课外阅读的分析》,《中华教育界》,1947年复刊第十一期第20、25页。

结 语

回顾历史,翻译文学作为一种课程资源,对现代语文教育的发展无疑作出了贡献。审视现实,我们认为当下有关翻译文学的教育仍有三个重要的问题值得探讨。

第一,翻译文学的功能界定。在不同的时期,学者们赋予翻译文学不同的功能,导致其在中小学教育中地位高低不同,相应地,其在中小学国文、国语教科书中的数量、题材、体裁、国别、呈现方式等也千变万化。我们认为,中小学语文教材中选入翻译文学,首先,是应将其作为学习中国语文的一种手段,这和大学里的外国文学课程完全以学习翻译文学的历史为目的不同。在中小学语文教材中,因为翻译文学同为用汉文表述的文本,所以可以和中国作家创作的文本一样,作为提升学习者的思想境界,培养其读写能力的一种媒介,所以不必同以学习外国文学史为目的那样,在选择教材中的文本时要全面地考虑不同时代、国别、作家、流派、体裁、题材、风格,等等,呈现也较为严格地遵循着历史发展的顺序(其实,即便是中国文学也难以通过作品来体现历史)。换句话说,就是以"中国语文"而非"世界文学"的眼光来看待翻译文学。其次,应将其作为了解异域文化的一种手段,这和大学里的外国文学课程将翻译文学主要当成文学来学习的目的也不同。随着全球人员交往的日益频繁,推广中华文化的国家战略提出,跨文化知识储备的人才变得急需。所以,除了让学生在外语课程中从学习外文原著里熟悉先进的域外文化外,还可以让其在语文课程中学习来自多个国家、语种的翻译文学时开拓其文化视野。所以,要尽可能选择文本内容含不同文化的翻译文学文本。换句话说,就是要以"全球文化"而非"世界文学"的眼光来看待翻译文学。

第二,翻译文学的文本呈现。翻译文学兼具外国文学与中国文学双重性质,其入选教科书首先要同中国文学一样符合文质兼美的基本标准,所以编者在选择翻译文学时十分慎重,如前述《标准国文选》的编辑大意提到翻译文学时称:"惟其不善者,或则失之偏激,或则流于浪漫,瑕瑜互见,利弊颇觉难言。本编于此,慎之又慎。凡所甄录,类经实地试验,而临时去取,又再三加以斟酌者也。"而且作为教学文本呈现时,编者常常又会对所选的翻译文本进行必要的增删改换。除此之外,翻译文学在教科书中的呈现方式还要考虑学生的接受水平(经验范围和阅读水平)和学习目的,因为小学和初中低年级学生的经验范围较窄、阅读水平较低,而且其学习翻译文学的主要目的是学习中国语文的运用,所以选入这一学段语文教科书中的翻译文本应与汉语文学具有相当的同质性,如小学选用寓言、童话等中性化的文本,或者是对其中的人名、地名、器物等进行中国化处理的文本;初中高年级和高中学生的知识面较宽、阅读水平较高,而且其学习翻译文学的主要目的是了解异域文化(含文学),所以选入这一学段语文教科书中的文本应该与汉语文学有异质性的文本,甚至有时可将教学文本与翻译文本、原文文本一道呈现,让学生比较异同。

第三,翻译文学的翻译评介。翻译文学能否被教育者接受而使其成为语文课程资源,其两个基本前提是被译成中文和获得好评。如莫泊桑的小说虽然在20世纪20年代之前已被胡适等翻译过多篇,但是其中的《项链》一直未被译出,也因此没有被选入教科书。直到1924年鲁迅在翻译厨川白村的《苦闷的象征》时因该书认定其为"杰作"而请常惠将其译出作为书后附录,进而因有名译、嘉评,而在1930—1936年至少被7套教科书选作课文。当然,还应该让优秀的译者、评论家参与语文教科书编写,而专业的教科书编者也应扩大自己的学术视野,尽可能地提高自己的鉴赏和创作能力,因为只有这样才能让更多优秀的翻译文学成为语文课程资源。

参考文献

教材

涵子校注：《新订蒙学课本》(1901)，长沙：岳麓书社，2006年版。

蒋维乔、庄俞编纂，张元济、高梦旦校订：《最新初等小学国文教科书》（第1—2册），上海：商务印书馆，1904年（光绪三十年十二月）版。

学部编译图书局编辑：《初等小学国文教科书》（第1册），天津：教育图书局宣统二年（1910）版。

庄俞、沈颐编纂，高凤谦、张元济校：《共和国教科书新国文》（初等小学春季始业学生用，第1—8册），上海：商务印书馆，1912年版。

樊炳清、庄俞编纂，高凤谦、张元济校订：《共和国教科书新国文》（高等小学校秋季始业，第1—6册），上海：商务印书馆，1913—1921年版。

沈颐等编：《新制中华国文教科书》（第1—12册），上海：中华书局，1913—1915年版。

庄适、郑朝熙编纂，陈宝泉等校订：《单级国文教科书》（第1—12册），上海：商务印书馆，1913—1914年版。

范源廉、沈颐等编：《新编中华国文教科书》（初等小学用，第1—8册），上海：中华书局，1914—1915年版。

沈颐、杨喆编，范源廉阅：《新编中华国文教科书》（高等小学校用，第1—6册），上海：中华书局，1915年版。

陆费逵、李步青等编：《新式国民学校国文教科书》（第1册），上海：中华书局，1915

年版。

北京教育图书社编纂、邓庆澜等校订：《实用国文教科书》（高级小学用，第2—6册），上海：商务印书馆，1915年版。

庄适编纂、黎锦熙等校订：《新体国语教科书》（国民学校学生用，第1—7册），上海：商务印书馆，1919年版。

庄适等编纂，高凤谦、庄俞校订：《新法国语教科书》（高等小学学生用，第1—6册），上海：商务印书馆，1921年版。

沈圻编纂、庄俞校订：《新法国语教科书》（新学制小学后期用，第2—4册），上海：商务印书馆，1923年版。

吴研因等编纂，高梦旦等校订：《新学制国语教科书》（小学初级用，第1—8册），上海：商务印书馆，1923年版。

吴研因等编纂，高梦旦等校订：《新学制国语教科书》（小学高级用，第1—4册），上海：商务印书馆，1924—1926年版。

黎锦晖、陆费逵编辑，戴克敦等校阅：《新小学教科书国语读本》（小学初级，第1—8册），上海：中华书局，1923年版。

黎锦晖等编，戴克敦等校：《新小学教科书国语读本》（高级小学用，第1—4册），上海：中华书局，1926年版。

魏冰心编辑、胡仁源等参订：《新学制小学教科书初级国语读本》（第1—3、5—8册），上海：世界书局，1925—1927年版。

胡怀琛、沈圻编纂、朱经农、王岫庐校订：《新撰国文教科书》（新学制小学初级用，第1—8册），上海：商务印书馆，1926—1927年版。

缪天绶编纂、朱经农校订：《新撰国文教科书》（新学制小学高级用，第1—4册），上海：商务印书馆，1924—1927年版。

魏冰心等编、范祥善校订：《新主义国语读本》（前期小学用，第1—8册），上海：世界书局，1930—1931年版。

魏冰心、吕伯攸编辑、范祥善校订：《新主义国语读本》（小学高级学生用，第1—4册），上海：世界书局，1930—1931年版。

沈百英编辑、蔡元培、吴研因校订：《基本教科书国语》（小学校初级用，第1—8册），上海：商务印书馆，1930年版。

戴洪恒编纂、吴敬恒、吴研因校订：《基本教科书国语》（高级小学用，第1—4册），上海：商务印书馆，1931—1932年版。

吴研因编著：《国语新读本》（初小一至四年级用，第1—8册），上海：世界书局，1933

年版。

沈百英、沈秉廉编著,王云五、何炳松校订:《复兴国语教科书》(小学校初级用,第2—8册),上海:商务印书馆,1933—1935年版。

丁毅音、赵欲仁编著,王云五、何炳松校订:《复兴国语教科书》(小学校高级用,第2—8册),上海:商务印书馆,1933年版。

朱文叔、吕伯攸编,孙世庆等校:《小学国语读本》(新课程标准初级适用,第1—8册),上海:中华书局,1934—1935年版。

朱文叔、吕伯攸编,尚仲衣等分撰,孙世庆等校订:《小学国语读本》(小学高级春季始业用,第1—4册),上海:中华书局,1933年版。

叶绍钧编:《开明国语课本》(小学初级学生用,第1—8册),上海:开明书店,1932—1933年版。

叶绍钧编:《开明国语课本》(小学高级学生用,第1—4册),上海:开明书店,1934年版。

陈鹤琴、陈剑恒主编,刘德瑞等助编:《分部互用儿童教科书儿童北部国语》(第1、2、5、6册),上海:儿童书局,1934年版。

陈鹤琴编著:《分部互用儿童教科书儿童中部国语》(第1、3—8册),上海:儿童书局,1934年版。

陈鹤琴、梁士杰主编,徐晋助编:《分部互用儿童教科书儿童南部国语》(第1—8册),上海:儿童书局,1934年版。

任熔等编辑:《新教育教科书国文读本》(高等小学用,第1—6册),上海:中华书局,1921—1922年版。

教育部编审会编印:《修正初小国语教科书》(第3—8册),北平:编者自刊,1938—1939年版。

国立编译馆编辑:《国语读本》(小学初级用,第1—2册),上海:商务印书馆,1936—1937年版。

伪"文教部"编:《初级小学校国文教科书》(第4、7册),长春:满洲图书株式会社,1937年(康德四年)版。

吕伯攸编,朱文叔校:《新编初小国语读本》(第1—8册),上海:中华书局,1937年版。

教育部编审会著:《初小国语教科书》(第1—8册),北平:著者自刊,1938—1941年版。

战时儿童保育会主编,白桃等编:《抗战建国读本》(初级小学用,第1—8册),上海:生活书店1939—1940年版。

教育总署编审会:《初小国语教科书》(第1、2、7册),北平:新民印书馆股份有限公司,1940—1942年版。

教育部教科用书编辑委员会编辑：《初小国语·常识课本》（第1—8册），国定中小学教科书七家联合供应处，1943年版。

晋察冀边区行政委员会教育处审定：《国语课本》（高级小学适用，第2册），张家口：新华书店晋察冀分店，1946年版。

国立编译馆主编：《初小国语常识课本》（第1—8册），上海：国定中小学教科书七家联合供应处，1946—1947年版。

叶圣陶撰：《少年国语读本》（高级小学用，第3、4册），上海：开明书店1947—1949年版。

东北政委会编审委员会编：《初小国语》（第2册），沈阳：东北书店，1948年版。

叶圣陶撰：《儿童国语读本》（第4册），上海：开明书店，1948年版。

德俯等编辑：《国语课本》（初级小学适用，第2、3、5册），北平：新华书店，1948—1949年版。

东方明等编：《国语课本》（小学校初级用，第1—3册），晋绥：新华书店，1948年版。

秦同培编纂，庄俞、樊炳清校订：《共和国教科书新国文教授法》（初等小学教员春季始业用第4、6—8册），上海：商务印书馆，1912—1914年版。

刘传厚、庄适编：《初等小学新国文教授书》（第1册），上海：中国图书公司，1913年版。

谭廉编纂，高凤谦、庄俞校订：《共和国教科书新国文教授法》（高等小学校秋季始业教员用，第1—3、5、6册），上海：商务印书馆，1913年版。

刘传厚、杨喆编，沈颐阅：《新编中华国文教授书》（初等小学用，第1—8册），上海：中华书局，1914—1915年版。

杨喆编，徐俊、沈颐阅：《新编中华国文教授书》（春季始业高等学校用，第1—6册），上海：中华书局，1915年版。

北京教育图书社编纂，陈宝泉等校订：《实用国文教授书》（国民学校春季始业教员用，第4、5册），上海：商务印书馆，1915年版。

杨宝森等编，吴研因等校阅：《新式国文教授书》（国民学校秋季始业用，第2—7册），上海：中华书局，1919—1920年版。

周世勋等编校：《新式国文教授书》（高等小学用，第1—6册），上海：中华书局，1917—1920年版。

屠元礼编，沈颐、戴克敦等阅：《新制中华国文教授书》（第1—12册），上海：中华书局，1918年版。

周靖等编校：《新教育教科书国文教案》（高等小学用，第1—6册），上海：中华书局，1921—1922年版。

周尚志、王芝九等编纂，庄适等编订：《儿童文学读本教学法》（第1、3册），上海：商务印书馆,1922—1923年版。

王国元等编纂:《新法国语教授书》(高等小学教员用,第1—6册),上海:商务印书馆,1920—1922年版。

许志中编纂,朱经农、周予同校订:《新法国语教授书》(新学制小学后期用,第1—6册),上海:商务印书馆,1923年版。

沈圻编纂,朱经农、吴研因校订:《新学制国语教授书》(小学校初级用,第1—8册),上海:商务印书馆,1923年版。

沈圻、计志中编纂,朱经农、吴研因校订:《新学制国语教授书》(小学校高级用,第1—4册),上海:商务印书馆,1924—1925年版。

沈圻、计志中编纂,王岫庐、朱经农校订:《新撰国文教授书》(新学制小学校初级用,第1、2、7册),上海:商务印书馆,1925—1926年版。

刘完如、缪天绶等编纂:《新撰国文教授书》(小学校高级用,第3、4册),上海:商务印书馆,1926年版。

沈百英等编:《基本教科书初小国语教学法》(第1—5册),上海:商务印书馆,1931—1932年版。

戴洪恒编辑:《基本教科书高小国语教学法》(第1—4册),上海:商务印书馆,1931—1933年版。

李小峰等编:《北新国语教本教授书》(后期小学用,第1—4册),上海:北新书局,1932—1933年版。

韦息予等编:《开明国语课本教学法》(小学初级教师用,第1—8册),上海:开明书店,1932—1933年版。

卢芷芬编著:《开明国语课本教学法》(小学高级教师用,第1—4册),上海:开明书店,1934—1935年版。

金润青等编辑,施仁夫等校订:《初小国语教学法》(第1—8册),上海:世界书局,1933—1934年版。

魏冰心编辑:《初小国语教学法》(第1—8册),上海:世界书局,1933—1934年版。

顾志贤编著、沈百英校订:《复兴国语教学法》(小学校初级用,第1—8册),上海:商务印书馆,1933—1934年版。

吕伯攸、杨复耀编,朱文叔校:《小学国语读本教学法》(新课程标准初级用,第1—8册),上海:中华书局,1933—1936年版。

喻守真等编,朱文叔等校:《小学国语读本教学法》(小学高级春季始业用,第1—4册),上海:中华书局,1935年版。

周刚甫编著:《分部互用儿童教科书儿童北部国语教学法》(第1—7册),上海:儿童书局,1934年版。

梁士杰著:《分部互用儿童教科书儿童南部国语教学法》(第1册),上海:儿童书局,1934年版。

刘师培:《经学教科书》(1905),《刘师培全集(第4册)》,北京:中共中央党校出版社,1997年版。

章士钊编纂:《中等国文典》(中学校师范学校用),上海:商务印书馆,1925年版(1907年初版)。

林纾评选,许国英重订:《中学国文读本》(第1—8册),上海:商务印书馆,1913—1915年版(1908年初版)。

吴曾祺评选:《中学国文教科书二集》,上海:商务印书馆,1908年版。

吴曾祺评选,许国英重订:《中学国文教科书》(第1—4册),上海:商务印书馆,1913—1914年版(1908年初版)。

戴克敦编纂:师范讲习社师范讲义《国文典》,上海:商务印书馆,1912年版。

刘法曾、姚汉章评辑:《中华中学国文教科书》(第1—3册),上海:中华书局,1912年版。

许国英编纂,张元济等校订:《共和国教科书国文读本》(中学校用)(第1—4册),上海:商务印书馆,1913年版。

潘武评辑,戴克敦等译:《国文教科书》(讲习适用)(第1、2册),上海:中华书局,1914年版。

许国英评注,蒋维乔校订:《共和国教科书国文读本评注》(中学校用)(第1—4册),上海:商务印书馆,1915—1921年版(初版1914年)。

谢蒙(无量)编,范源廉、姚汉章阅:《新制国文教本》(中学校适用)(第1—4册),上海:中华书局,1914年版。

张之纯、庄庆祥编纂,蒋维乔校订:《共和国教科书文字源流》(中学校用),上海:商务印书馆,1914年版。

庄庆祥编纂,蒋维乔校订:《共和国教科书文法要略》(中学校用)(上、下编),上海:商务印书馆,1915年版。

师范讲习社俞明谦编纂,陈宝泉、庄俞校订:《新体国文典讲义》(师范学校用),上海:商务印书馆,1918年版。

洪北平、何仲英编纂:《白话文范》(中等学校用)(第1—4册),上海:商务印书馆,1920—1921年版。

朱毓魁(文叔)编:《国语文类选》(第1—4册),上海:中华书局,1920年版。

朱蘯忱编辑:《国语发音学概论》(师范中学适用),福建:实进社,1922年版。

沈星一编,黎锦熙等校:《新中学古文读本》(初级中学用)(第1—3册),上海:中华书局,1923年版。

方宾观、章寿栋编纂,刘儒校订:《国音新教本》(供中学、师范学校讲习所国语或短期国语讲习会之用),上海:商务印书馆,1923年版。

孙俍工编:《中国语法讲义》(中学校及师范学校适用),上海:亚东图书馆,1923年版。

秦同培编辑:《言文对照国文读本》(初级中学用)(第1—3册),上海:世界书局,1933年版(初版1923年)。

秦同培选辑:《中学国语文读本》(教科自修适用)(第1—4册),上海:世界书局,1923年版。

沈星一编,黎锦熙、沈颐校:《新中学教科书初级国语读本》(第1—3册),上海:中华书局,1924年版。

庄适编纂,朱经农等校订:《现代初中教科书国文》(第1—6册),上海:商务印书馆,1924年版。

孙俍工、沈仲九编辑:《初级中学国语文读本》(第2册),上海:民智书局,1926年版(初版1923年)。

范祥善、吴研因、周予同、顾颉刚、叶绍钧编辑;王岫庐、胡适、朱经农校订:《新学制国语教科书》(初级中学用)(第1—6册),上海:商务印书馆,1923年版。

吴遁生、郑次川编辑;王岫庐、朱经农校订:新学制高级中学国语读本《近人白话文选》(上、下册),上海:商务印书馆,1924年版。

吴遁生、郑次川编辑;王岫庐、朱经农校订:新学制高级中学国语读本《古白话文选》(上、下册),上海:商务印书馆,1924年版。

穆济波编,戴克敦、张相校:《新中学古文读本》(高级中学用)(第1—3册),上海:中华书局,1931—1932年版(1925年初版)。

孙俍工著:《戏剧作法讲义》(中学及师范学校适用),上海:亚东图书馆,1925年版。

北京孔德学校编:《初中国文选读》(第9册),北京:编者自刊,1926年8月编印。

朱文叔编、陈棠校:《新中华教科书国语与国文》(初级中学用)(第1—6册),上海:新国民图书社(中华书局发行),1928—1929年版。

陈彬龢等编辑、蔡元培等校订:《新时代国语教科书》(初级中学用)(第1—6册),上海:商务印书馆,1929年版。

凌独见编纂:《新著国语文学史》(中等学校用),上海:商务印书馆,1923年版。

钱基博编:《新中学教科书国学必读》(高级中学用)(上、下册),上海:中华书局,1924—

1932年版。

黎锦熙编:《新著国语文法》(中学校用),上海:商务印书馆,1925年版。

何仲英编:《新著中国文字学大纲》(中等学校用),上海:商务印书馆,1926年版。

董鲁安著:《修辞学讲义》(高级中学、旧制中学、师范学校选科之用)(上卷),北平:文化学社,1926年版。

王易著:《修辞学》(新学制高级中学参考书),上海:商务印书馆,1932年版(1926年初版)。

胡适选注:《词选》(新学制高级中学国语科用),上海:商务印书馆,1927年版。

张振镛编:《国文参考书》(新师范讲习科用书),上海:中华书局,1927年版。

张须编纂,庄适校订:《应用文》(中等学校适用),上海:商务印书馆,1927年版。

江恒源编辑:《新学制高级中学教科书国文读本》(第1册上、下),上海:商务印书馆,1928年版。

江恒源编辑:《高级中学国文读本分周教学法纲要》(第1—2册),上海:商务印书馆,1928年版。

朱剑芒编辑,魏冰心校订:《初中国文》(初级中学学生用)(第1—6册),上海:世界书局,1929年版。

张九如编纂,蒋维乔、庄适校订:《初中记事文教学本》,上海:商务印书馆,1929年版。

钱基博编,顾倬校:《国文》(新师范讲习科用书)(上下卷),上海:中华书局,1929年版。

汪震著:《中等国文法》(中等学校用),北平:文化学社,1931年版。

朱剑芒、陈霭麓编辑,范祥善校订:《初中国文指导书》(初级中学教师及学生用)(第1—3册),上海:世界书局,1931—1932年版。

赵景深编:《初级中学混合国语教科书》(第1—6册),上海:北新书局,1930—1931年版。

傅东华、陈望道编辑:《基本教科书国文》(初级中学用)(第1—6册),上海:商务印书馆,1931—1933年版。

王侃如等编注,江苏省扬州中学国文分科会议编辑,江苏省中学国文学科会议联合会校:《新学制中学国文教科书初中国文》(第1—6册),南京:南京书店,1931—1932年版。

北师大附中选订:《初中国文读本》(第3—6册),北平:文化学社,1931年版。

南开中学编辑:《南开中学初三国文教本》(上、下册),天津:编者自刊,1930—1931年版。

朱剑芒编;徐蔚南校订:《高中国文》(第1—3册),上海:世界书局,1930年版。

沈颐编著，喻璞等注：《新中华国文》(高级中学用)(第1—3册)，上海：新国民图书社，1930—1934年版。

徐公美等编注，江苏省立扬州中学国文科会议主编，江苏省立中学国文学科会议联合会校订：《新学制中学国文教科书高中国文》(第1—6册)，南京：南京书店，1931—1933年版。

孙俍工编辑：《国文教科书》(高级中学用)(第1—6册)，上海：神州国光社，1932年版。

徐蔚南编辑：《创造国文读本》(初级中学学生用)(第1—6册)，上海：世界书局，1931年版。

孙俍工编辑：《国文教科书》(初级中学用)(第2、3、4册)，上海：神州国光社，1932年版。

陈椿年编纂：《新亚教本初中国文》(第1—3册)，上海：新亚书店，1932—1933年版。

石泉编著：《初中师范教科书初中国文》(第1—6册)，北平：文化学社，1932—1934年版。

张鸿来、卢怀琦、汪震、王述达选注：《初级中学国文读本》(第1册)，北平：师大附中国文丛刊社，1932—1935年版。

王伯祥编：《开明国文读本》(初级中学学生用)(第1—6册)，上海：开明书店，1932—1933年版。

贺凯著：《中国文字学概要》(高中文科及师范用课本)，北平：文化学社，1932年版。

林轶西编辑：《应用文教本》(中等学校适用)，上海：汉文正楷印书局，1933年版。

戴叔清编：《初级中学国语教科书》(第1—6册)，上海：文艺书局，1933年版。

史本直选辑，朱宇苍校：《国文研究读本》(中学适用)(第1—4册)，上海：大众书局，1933年版。

王云五主编，傅东华编著：《复兴初级中学教科书国文》(第1—6册)，上海：商务印书馆，1933—1935年版。

罗根泽、高远公编著，黎锦熙校订：《初中国文选本》(第1—6册)，北平：立达书局，1933年版。

崔新民等编：《初中国文选本注解》(第1册)，北平：立达书局，1933年版。

张弓编著，蔡元培、江恒源校订：《初中国文教本》(第1—6册)，上海：大东书局，1933年版。

杜天縻编著：《国语与国文》(师范学校、师范科、乡村师范、简易师范用)(第1、2册)，上海：大华书局，1933年版。

马厚文编著，柳亚子、吕思勉校：《初中国文教科书》(第1、3册)，上海：光华书局，1933年版。

朱文叔编,舒新城、陆费逵校:《初中国文读本》(第 1—6 册),上海:中华书局,1933—1934 年版。

张文治等编,朱文叔校:《初中国文读本参考书》(第 1—6 册),上海:中华书局,1933—1937 年版。

孙俍工编:《中学国文特种读本》(第 1、2 册),上海:国立编译馆,1933 年版。

胡怀琛编:《初中应用文教本》,上海:大华书局,1934 年版。

史本直选辑,李英侯校:《国文研究读本》(中学适用)(第 2 辑),上海:大众书局,1934 年版。

沈荣龄等编选,汪懋祖等审校:《实验初中国文读本》(第 1—5 册),上海:大华书局 1934—1935 年版。

施蛰存等注释,柳亚子等校订:《初中当代国文》(第 1—6 册),上海:中学生书局,1934 年版。

孙怒潮编:《初级中学国文教科书》(第 1—5 册),上海:中华书局,1934—1935 年版。

江苏省教育厅修订,中学国文科教学进度表委员会编订,王德林等释注:《初中标准国文》(第 1—6 册),上海:中学生书局,1934—1935 年版。

朱剑芒编辑,韩霭麓、韩慰农注释:《朱氏初中国文》(第 1—6 册),上海:世界书局,1934 年版。

叶楚伧主编,汪懋祖编校,孟宪承校订,汪定奕选注:《初级中学教科书国文》(第 1、3、5 册),南京:正中书局,1934 年版。

众教学会编辑:《初级中学教科书国文》(第 2、4 册),北平:崇慈女子中学校,1934 年版。

夏丏尊等编:《开明国文讲义》(第 1—3 册),上海:开明书店,1934 年版。

张鸿来、卢怀琦、汪震、王述达选注:《初级中学国文读本》(第 1—6 册),北平:师大附中国文丛刊社,1934—1936 年版。

张石樵编:开明中学讲义《开明实用文讲义》,上海:开明函授学校,1935 年版。

朱文叔、宋文翰编,张文治等注,舒新城、陆费逵校:《初中国文读本》,上海:中华书局,1935—1936 年版。

颜友松编辑:《初中国文教科书》(第 1—4 册),上海:大华书局,1935 年版。

正中初中国文教科书编辑委员会编辑:《初级中学教科书国文》(第 2、4、6 册),南京:正中书局,1935 年版。

胡怀琛编著:《最新应用文》(高中大学适用),上海:世界书局,1932 年版。

河北省省立北平高级中学编:《国文读本》(第 2 册下、第 3 册上下),北平:编者自刊,1934 年版。

南开中学编：《南开中学初中国文教本》(初一上册、初二上册、初三上册)，天津：编者自刊，1935年版。

马厚文编，柳亚子、吕思勉校：《标准国文选》(第1—3卷)，上海：大光书局，1935年版。

志成中学国文学科编辑委员会编：《国文读本》(第2—6册)，北平：震东印书馆，1933—1935年版。

江苏省立镇江中学国文学科编辑：《民族文选》(高级中学用书)，上海：民智书局，1933年版。

杜天縻、韩楚原编辑：《杜韩两氏高中国文》(高级中学学生用)，上海：世界书局，1933—1934年版。

薛无兢等注释，柳亚子等校订：《高中当代国文》(第1—6册)，上海：中学生书局，1934年版。

刘劲秋、朱文叔编，张文治注：《高中国文读本》(第1册)，上海：中华书局，1934年版。

南开中学编：《天津南开中学高一国文教本》(上册)，天津：南开中学编印，1934年版。

姜亮夫选注：《高中国文选》(第1—3册)，上海：北新书局，1934年版。

傅东华编著：《复兴高级中学教科书国文》(第1—6册)，上海：商务印书馆，1934—1947年版。

江苏省教育厅修订，中学国文科教学进度表委员会编订，王德林等释注：《高中标准国文》(第1—5册)，上海：中学生书局，1934—1935年版。

何炳松、孙俍工编著：《复兴高级中学国文课本》(第1—6册)，上海：商务印书馆，1935年版。

沈维钧等编著：《实验高中国文》(第1册)，上海：大华书局，1935年版。

赵景深编：《高中混合国文》(第1—3册)，上海：北新书局，1935—1936年版。

叶楚伧主编，汪懋祖、叶溯中校订，许梦因选注：《高级中学国文》(第1—6册)，南京：正中书局，1935—1936年版。

郑业建编纂，孙俍工校订：《高中国文补充读本》，上海：商务印书馆，1935年版。

夏丏尊、叶绍钧编：《国文百八课》(第1—4册，1935—1936)，刘国正主编：《叶圣陶教育文集(第4卷)》，北京：人民教育出版社，1994年版。

陈介白编：《初中国文教本》，北平：贝满女子中学校，1936年版。

朱剑芒编辑：《初中新国文》(第1—6册)，上海：世界书局，1936—1937年版。

宋文翰编，朱文叔校：《新编初中国文》(第1—5册)，上海：中华书局，1937年版。

朱剑芒编著：《初中新国文指导书》(第1、2册)，上海：世界书局，1937年版。

宋文翰、张文治编：《新编高中国文》(第1—6册)，上海：中华书局，1937—1946年版。

蒋伯潜编辑:《蒋氏高中新国文》(第1、2册),上海:世界书局,1937年版。

中等教育研究会编纂:《初中国文》(第2、6册),天津:华北书局,1938年版。

中等教育研究会编纂:《高中国文》(第4、6册),天津:华北书局,1938年版。

教育总署编审会著:《初中国文》(第1—6册),北京:著者自刊,1938—1941年版。

教育总署编审会著:《高中国文》(第1—6册),北京:著者自刊,1939—1941年版。

叶圣陶等合编:《开明新编国文读本注释本(甲种)》,上海:开明书店,1947—1948年版(1943年初版)。

余再新编选,陈伯吹校订:初级中学高级小学补习学校国语科用补充读本《国语新选》(第1—4册),上海:儿童书局,1945—1946年版。

教育部教科书编辑委员会编辑,国立编译馆校订:《初级中学国文甲编》(第3、4、6册),重庆:国定中小学教科书七家联合供应处,1946年版。

国立编译馆主编,徐世璜编辑,金兆梓等校:《初级中学国文甲编》(第2、3、4册),上海:中华书局,1947年版。

朱自清等编:《开明新编高级国文读本》(第1册),上海:开明书店,1948年版。

晋察冀边区第七中学编:《初中国文》(第1册),出版地不详,出版年不详。

合江省政府教育厅编审委员会编审:《高中文选》(第1、2辑),合江:东北书店,1946年版。

杂志

《教育杂志》(商务印书馆,1909—1948)

《中华教育界》(中华书局,1912—1950)

《新青年》(上海群益书社,1915—1922)

《教育丛刊》(北京高师,1919—1924)

《国语月刊》(中华民国国语研究会,1922—1925)

《初等教育》(初等教育季刊社,1923—1924)

《初等教育界》(集美初等教育研究会,1931—1934)

《教与学》(正中书局,1935—1940)

《新教育》(山西大学教育学会,1936)

《教育通讯》(教育通讯社,1938—1948)

《国文月刊》(国立西南联大,1940—1949)

《国文杂志》(国文杂志社,1944)

后 记

    本书中单篇选文的接受史的写作时间较早,与《近代文学与语文教育互动》《经典课文多重阐释》的写作同步,所以这些单篇选文的接受史写作兼有以上两书的特点。不过将这些单篇选文的接受史结集成书的时间较晚。今年春节期间,责任编辑刘佳建议将"经典翻译文学与中小学语文教育"作为一个专题呈现。于是我又补写了翻译文学教育发展史。

    上编呈现同一选文的不同语体和文体的文本形式,以及其在历史发展中的多重阐释。下编梳理不同时期对翻译文学教育的价值的讨论、翻译文学课文选编及其教学。全书以点与面、微观与宏观结合的方式描绘20世纪前期我国翻译文学教育的历史图景。

2018 年 12 月 1 日

图书在版编目(CIP)数据

经典翻译文学与中小学语文教育/张心科著.—上海：华东师范大学出版社,2019
ISBN 978-7-5675-9055-7

Ⅰ.①经… Ⅱ.①张… Ⅲ.①文学翻译-研究②语文课-教学研究-中小学 Ⅳ.①I046②G633.302

中国版本图书馆 CIP 数据核字(2019)第 138621 号

接受美学与中小学文学教育
经典翻译文学与中小学语文教育

著　者　张心科
责任编辑　刘　佳
审读编辑　陈成江
责任校对　张　筝
装帧设计　高　山

出版发行　华东师范大学出版社
社　　址　上海市中山北路 3663 号　邮编 200062
网　　址　www.ecnupress.com.cn
电　　话　021-60821666　行政传真 021-62572105
客服电话　021-62865537　门市(邮购)电话 021-62869887
地　　址　上海市中山北路 3663 号华东师范大学校内先锋路口
网　　店　http://hdsdcbs.tmall.com

印　刷　者　上海展强印刷有限公司
开　　本　889×1194　16 开
印　　张　14
字　　数　242 千字
版　　次　2019 年 7 月第 1 版
印　　次　2019 年 7 月第 1 次
书　　号　ISBN 978-7-5675-9055-7
定　　价　48.00 元

出版人　王　焰

(如发现本版图书有印订质量问题,请寄回本社客服中心调换或电话 021-62865537 联系)